트라우마 1

ALL NIGHT LONG

All Night Long

트라우마 1

ALL NIGHT LONG

제인 앤 크렌츠 지음
김지은 옮김

베가북스
VegaBooks

옮긴이 **김지은**

숙명여대 대학원을 졸업하고, 전문번역가로서 활발히 활동하고 있다. 역서로는 「그대의 초상」, 「서로 사랑한다는 것은」 등 5권의 책을 번역·출판하였음.

트라우마₁

초판 1쇄 인쇄일 2006년 8월 10일 l **초판 1쇄 발행일** 2006년 8월 16일

지은이 제인 앤 크렌츠 l **옮긴이** 김지은 l **펴낸이** 권기대

펴낸곳 베가북스 l **출판등록** 2005년 4월 6일 (제313-2004-000221호)

주 소 135-891 서울시 강남구 신사동 565-19 한주빌딩 302호

전 화 02) 514-8951 l **팩 스** 02) 514-8957

ISBN : 89-956624-7-6 (04840) l **값** 8,500원
　　　　 89-956624-9-2 (전2권)

※잘못된 책은 바꿔드립니다.

나의 어머니 알베르타 G. 캐슬에게,
진실로 중요한 것들은 죄다 어머니 당신께 배웠습니다.
죽는 날까지 가슴 속 깊이 간직하겠습니다.

트라우마 1

ALL NIGHT LONG

트라우마

　신체적인 손상 및 생명을 위협하는 심각한 상황에 직면한 후 나타
나는 정신적인 장애가 1개월 이상 지속되는 질병

　PTSD·충격 후 스트레스장애·외상성 스트레스장애라고도 한다.
전쟁, 천재지변, 화재, 신체적 폭행, 강간, 자동차·비행기·기차 등에
의한 사고에 의해 발생한다. 생명을 위협하는 신체적·정신적 충격을
경험한 후 나타나는 정신적 질병이다.

프롤로그

17년 전…

도로 끝에 위치한 집은 짙은 어둠에 휩싸여 있었다.

이상한 일이야… 아이린은 마음속으로 생각했다. 아이린의 부모는 항상 그녀가 올 때까지 집안의 전등불을 켜놓곤 했었다.

"화내지 마, 아이린."

파멜라가 차도에 차를 세우면서 말했다. 컨버터블 자동차의 헤드라이트가 집 옆에 서 있는 무성한 전나무들을 얼핏 비추었다.

“그냥 농담이었어. 알았지? 그런데 너희 집에 불이 꺼져 있네. 네 부모님은 주무시나봐, 잘 됐어. 네가 귀가시간이 지나서 늦게 집에 돌아온 걸 모르실 거야.”

아이린은 자동차문을 열고 서둘러 차 밖으로 나왔다.

“모르시긴 왜 모르셔? 너 때문에 망했어.”

“그래, 그러면 다 나 때문이라고 말씀드려.” 파멜라는 태평스럽게 대답했다. “내가 시간가는 줄 모르고 돌아다니느라고…”

“아냐, 다 내 잘못이야, 네가 진정한 친구라고 믿었던 내가 바보지. 널 믿은 내가 어리석었어. 우리 집엔 꼭 지켜야 하는 두 가지 규칙이 있어. 마약금지, 호수 반대편으로 드라이브하는 것 금지.”

“얘, 좀 봐줘라. 넌 오늘 밤 한 가지 규칙만 어겼을 뿐이야.”

잠깐 스친 자동차 불빛에 비친 파멜라의 얼굴에는 밝은 미소가 피어 있었다.

“그리고 우린 마약도 가지고 있지 않았잖아.”

“마을을 벗어나서 멀리 가면 안 된단 말야. 넌 이제 막 운전면허증을 땄잖아. 네가 운전경험이 없다고 아빠가 걱정하셨단 말이야.”

"그렇지만 널 집에까지 이렇게 무사히 데려다 줬잖아?"

"그게 중요한 게 아냐. 난 아빠, 엄마에게 한 약속을 지켜야 된단 말이야."

"그래, 넌 정말 착한 딸이구나!." 뾰로퉁해진 파멜라는 빈정대듯이 말했다.

"언제나 부모님 말씀 잘 듣는 모범생 착한 딸이 되는 것이 지겹지도 않니?"

아이린은 걸음을 멈추고 뒤를 돌아보며 말했다. "그게 오늘 밤 네가 원한 것이었니? 내가 아빠, 엄마에게 했던 약속을 어기도록 만들고 싶었던 거니? 그래, 그러면 넌 성공했어. 이제 됐니? 더 이상 너랑 놀지 않겠어. 그게 네가 바랬던 거잖아. 잘 가, 파멜라."

그녀는 지갑에서 열쇠를 찾으며 어둠에 쌓인 집 쪽으로 걸어갔다.

"아이린, 잠깐만…"

아이린은 못들은 척하며 손에 열쇠를 들고 현관문을 향해 서둘러 걸어갔다. 이제 그녀의 부모는 노발대발할 것이다. 아마 그녀에게 영원히 아니면 최소한 여름동안은 외출금지령을 내릴 것이다.

"좋아, 맘대로 해." 파멜라가 그녀의 등 뒤에 대고 외쳤다.

"그 완벽하고 지겨운 착한 딸로 되돌아가, 완벽하고 지겨운 네 부모님께 돌아가라구. 이제부터 친구를 사귈 때는 신나게 놀 줄 아는 애를 사귈 거야."

그러면서 파멜라는 잽싸게 차를 몰고 가버렸다. 컨버터블 자동차의 헤드라이트 불빛이 사라지자, 아이린은 어둠 속에 홀로 남겨졌다. 쌀쌀한 밤공기가 오싹할 정도로 차갑게 느껴졌다. 이건 아니야… 그녀는 생각했다. 그날은 여름날이었고, 달빛이 호수 위를 비추고 있었다. 그날 밤, 파멜라와 아이린은 그 사치스러운 새 스포츠카의 지붕덮개를 덮고 다녔었다. 그렇게 오싹할 만큼 오한을 느낄 이유가 없었던 것이다.

그것은 아마도 믿었던 친구를 더 이상 믿을 수 없다고 생각하게 되었을 때 느껴지는 실망감 때문이었을지도 모른다.

아이린은 침울하게 집안 바깥쪽에 있는 부모의 침실에 불이 켜져 있는지 살펴보았다. 아빠, 엄마는 분명히 파멜라의 자동차 소리를 들으셨을 거야… 그녀는 생각했다. 특히, 그녀의 아버지는 조그만 소리에도 쉽게 잠을 깨는 사람이었기 때문이다.

하지만 아이린의 집은 불이 꺼진 채, 짙은 어둠에 휩싸여 있었다. 그러나 그녀는 한편으로는 오히려 일말의 안도감을 느꼈다. 그녀의 부모가 그날 밤 잠들어 있었다면 그 피할 수 없는 꾸지람이 다음날 아침까지 연기될 수 있을 것이다. 하지만 다음날 아침에 그녀는 영원히 외출금지령을 받게 될 것이다.

아이린은 현관문 층계에 간신히 도착했다. 그녀의 아버지는 현관문의 전등을 켜놓는 것을 잊어버린 모양이었다. 그건 정말 이상한 일이었다. 그는 언제나 현관문과 뒷문의 전등을 밤새도록 켜놓았었다. 그것은 그가 늘 지키는 또 다른 규칙이었다.

아이린은 열쇠를 손에 들고 잠시 걸음을 멈추었다. 그녀 부모의 침실은 현관 입구에서 바로 오른쪽에 있었다. 그녀가 현관을 통해 집안으로 들어가면 그들은 분명히 그 소리를 들을 수 있을 것이다. 그러나 만약 잠들어 있다면 뒷문이 열리는 소리는 못 들을 것이다. 뒷문을 열고 부엌을 통해 집안으로 몰래 들어가면 부모를 깨우지 않고 자신의 방으로 들어갈 수 있을 것 같았다.

아이린은 현관계단에서 몸을 돌려 서둘러 집 뒤쪽으로 돌아갔다. 집 뒤쪽은 너무 어두웠다. 손전등을 가지고 있지 않은 것이 너무 안타까웠다. 희미한 달빛아래, 아버지가 낚시할 때 쓰는 작은 보트와 그것을 보관하는 창고는 너무 어두워서 거의 보이지도 않았다.

그러나 아이린은 뒷문 위에 걸린 전등불 역시 꺼져 있는 것을 보고 깜짝 놀랐다. 짙은 어둠 속에서 그녀는 층계에 발을 헛디뎌 비틀거리다가 넘어질 뻔했다. 그녀는 가까스로 층계의 난간을 붙잡고 중심을 잡았다.

아이린의 아버지가 현관문과 뒷문의 전등을 모두 켜놓지 않은 것은 정말 이상한 일이었다.

이 집안에 무슨 이상한 일이 일어난 것일까? 아마 전등들이 동시에 고장 난 것일지도 모른다.

그녀는 더듬거리며 열쇠를 열쇠구멍에 꽂고 소리를 내지 않고 문을 열려고 조심스럽게 손잡이를 돌렸다.

그녀가 문을 밀자, 문은 빡빡하게 잘 움직여지지 않았다. 어떤 무거운 물체가 안에서 가로막고 있는 것 같았다.

그녀는 좀더 세게 밀어 보았다.

마침내 문이 열리자, 집안에서 끔찍하고 역겨운 냄새가 풍겨 나왔다. 야생동물들이 집안으로 들어 온 것일까? 그녀의 어머니가 아침에 일어나면 아마 기절할 것이다.

그 순간 아이린은 이내 집안에서 끔찍한 일이 벌어졌다는 것을 알아차렸다. 그녀는 몸을 부들부들 떨기 시작했다. 그녀가 할 수 있는 것은 겨우 문턱을 한 발 넘어서서 벽에 있는 스위치를 더듬거리며 찾는 것이었다.

불이 켜지자 아이린은 일순간 현기증을 느꼈다. 그녀는 부엌바닥에 피가 흥건하게 고인 것을 보았다.

누군가가 비명을 지르는 소리가 들렸다. 아이린은 절망과 공포, 부정, 비탄에 떨며 미친 듯이 비명을 지르는 사람이 바로 자신이라는 것을 어렴풋이 느꼈지만, 그 소리는 마치 어디선가 멀리서 들려오는 것 같았다.

한동안 그녀는 모든 것이 예전과는 같지 않은 곳, 정상적인 것은 아무 것도 없는 그런 현실과는 동떨어진 다른 세계에서 떠돌아다니고 있었다.

그녀가 그 다른 세계에서 현실로 되돌아왔을 때, 자신의 일상적인 개인적 삶이 완전히 변화되었음을 깨닫게 되었다.

이메일 메시지

날짜 : 3월 7일

발신 : 파멜라 웹

수신 : 아이린 스텐슨

제목 : 과거

안녕, 아이린 :

아마 이 메일을 받고 깜짝 놀라겠지. 하지만 발신자의 이름을 보고 삭제해서 휴지통에 넣지 않길 바래.

네가 신문기자가 되었다는 소식을 들었는데, 기자들이란 호기심이 많은 사람들이잖아. 다행히 너도 호기심에서 이 메일을 읽게 되길 바란다.

우리가 헤어진 후로 17년이 흘렀다는 사실이 믿어지지 않는구나. 그 일이 있고 나서 우리가 연락을 끊은 뒤, 그동안 잘 지냈으리라 믿어. 그런데 너한테 꼭 할 말이 있어. 그것도 빨리 해야 돼.

옛날에 있었던 일에 관한 이야기야. 너에게 말하려고 하는 것은 이메일이나 전화상으로 할 수 없는 이야기야.

날 믿어줘. 이건 나와 너에게 모두 중요한 일이야.

그런데 우리가 만나기 전에, 나는 몇 가지 할 일이 있어. 목요일 오후에 호숫가로 와라. 그때쯤이면 모든 준비가 되어 있을 거야. 마을에 도착하는 즉시 전화해 줘.

　난 네가 오렌지 샤벳과 바닐라 아이스크림을 얼마나 좋아하는지를 아직 기억하고 있어. 재미있는 추억이었지, 그렇지?

너의 단짝이었던 친구로부터
파멜라

01

"방갈로까지 바래다 드리죠, 스텐슨 양." 루크 대너가 말했다.

아이린은 머리카락이 목덜미에서 흘러내리는 것을 느꼈다. 그녀는 잠시 걸음을 멈추고 검정 트렌치코트의 옷깃을 여몄다. *좀더 일찍 일어났어야 했어… 그녀는 생각했다. 날이 저물기 전에 방갈로로 돌아가야 했었는데…*

그것은 그녀가 뉴스광이었기 때문에 생긴 어쩔 수 없는 결과였다. 그녀는 저녁 뉴스를 봐야만 했고, 이 선라이즈 호수 산장에서 뉴스를 볼 수 있는 유일한 텔레비전은 좁은 로비에 놓여 있는 구식 텔레비전뿐이었다. 결국 그녀는 전 세계에서 기자들이 끊임없이 보내오는 우울한 뉴스들을 모텔 주인과 함께 앉아서 보게 되었다. 텔레비전을 보기 전에 아이린은 그가 로비입구에 '방 없음'이라는 팻말을 내거는 것을 보았다. 그러자 그녀는 은근히 걱정이 되기 시작했다. 그 모텔에 자신 이외에 다른 투숙객은 없는 것 같았기 때문이었다.

아이린은 바래다주겠다는 그의 제의를 거절할 구실을 생각해 내려고 애썼다. 하지만 루크는 이미 나갈 채비가 되어 있었다. 그는 낡고 허름한 로비를 지나서 프런트 데스크 쪽으로 성큼성큼 걸어나갔다.

"방갈로까지 가는 길이 어두워요." 그가 말했다.

"도로의 가로등 몇 개가 고장 났거든요."

그 순간, 또 다시 아이린은 오싹한 한기를 느꼈다. 그녀는 열다섯 살 이래로 어둠에 대한 심한 공포감과 싸워왔다. 그러나 이 순간의 신경이 곤두서는 듯한 원시적인 느낌은 그날 밤의 사건을 생각할 때마다 그녀가 항상 겪어 왔던 그 극심한 공포 때문만은 아니었다. 그것은 루크 대너라는 사람에 대한 초조하고 낯선 느낌과 뒤섞여 있었다.

얼핏 보기에는 사람들이 그를 과소평가하기 쉬울 것이다. 그러나 난 결코 사람을 잘못 보는 그런 실수는 하지 않지…

그녀는 생각했다. 그는 뭐라 표현하기 어려울 정도로 복잡 미묘한 사람이었다. 상황에 따라 그는 분명히 매우 위험한 사람이 될 수도 있을 것이다.

그는 중키에 넓은 어깨와 탄탄하고 억세고 마른 체격의 사나이였다. 그의 용모는 윤곽이 뚜렷하고 날카롭게 보였 다. 엷은 갈색 빛이 감도는 그의 녹색 눈은 마치 제련소의 타오르는 불꽃을 너무 오랫동안 깊이 들여다 본 연금술사 의 눈 같았다. 바짝 깎은 검은 머리칼에는 흰머리가 드문드 문 섞여 있었다. 아이린은 그가 막 40줄에 들어선 나이라는 것을 알아챘다. 그의 왼손 손가락에는 결혼반지가 끼워져 있지 않았다. 아마, 이혼했을 거야… 그녀는 마음속으로 짐 작했다.

아이린이 여태까지 만났던 사람들 중에서 그 연배의 어딘 가 기묘한 느낌이 드는 남자들은 최소한 한 번쯤은 결혼을 했었었다. 루크 대너 역시 아주 기묘한 남자였다. 그 점이 더욱 그녀의 호기심을 끌었다.

그는 텔레비전으로 한 시간 반 동안 계속 뉴스만을 보면 서, 아이린에게 별로 말을 걸지 않았다. 그는 그녀 옆에 놓 인 크고 육중한 구식 안락의자에 몸을 쭉 펴고 앉아서 다리 를 낡은 양탄자에 쭉 뻗은 채 부자연스럽게 쾌활한 어조로 방송을 하고 있는 기자들과 뉴스 앵커들을 조용하고 냉정한 시선으로 응시하고 있었다. 그의 태도에는 이 세상에서 이미 산전수전 다 겪어왔기 때문에 텔레비전에 나오는 우울한 소식들에는 별달리 동요하지 않는다는 느낌이 배어 나왔다.

"괜찮아요, 저 혼자 갈 수 있어요." 아이린은 말했다. 그녀는 코트 주머니에서 만년필처럼 생긴 작은 손전등을 꺼냈다. "손전등이 있거든요."

"내게도 있어요." 루크는 프런트 데스크 아래로 몸을 굽히고 무언가를 찾았다. 곧 그는 크고 튼튼하게 생긴 손전등을 손에 쥐고 몸을 일으켰다. 그의 크고 억센 손에 쥐어진 그 투박한 손전등은 마치 무기처럼 보였다. 그는 아이린의 작은 손전등을 힐끗 쳐다보았다. 이내 장난스러운 미소가 그의 얼굴에 살짝 비쳤다.

"내 손전등이 더 크군요."

신경 쓰지 마… 아이린은 그가 문을 열어주기 전에 재빨리 문을 열면서 마음속으로 중얼거렸다.

밖으로 나오자 서늘한 밤공기에 그녀는 가볍게 몸을 떨었다. 이 정도 고도의 지역일지라도 눈이 그리 자주 내리지는 않는다는 것을 그녀는 알고 있었다. 벤타나 호수 휴양지는 산 속에 있었지만 캘리포니아의 와인 집산지인 온화한 기후의 와인 컨트리와 멀지 않은 위치에 있었기 때문이었다. 하지만 아직 초봄이었으므로 캘리포니아 북쪽 지역인 이곳에서 밤에는 몹시 추울 때도 있었다.

루크는 사슴뿔로 만들어진 옷걸이에서 양털로 가장자리를 덧댄 약간 낡은 가죽재킷을 휙 잡아채고는 그녀를 뒤쫓아 문쪽으로 걸어갔다. 아이린은 그가 문을 잠그려고도 하지 않는다는 것을 알아챘다. 그 당시, 그 던즐리 마을에서 범죄는 그리 큰 문제가 아니었다. 그녀는 지난 20년 동안 이곳에서 단 두 건의 살인사건만 발생했을 뿐임을 이미 알고 있었다. 그 살인사건은 17년 전, 어느 여름날 밤에 일어났었다.

아이린은 산장의 입구에 있는 돌과 통나무가 깔린 작은 길 끝에서 걸음을 멈추었다. 오후 7시 30분경이었지만 한밤중이나 마찬가지로 어두웠다. 나무가 울창한 산 속 한가운데에 위치한 그 산장에는 칠흑같이 어두운 밤이 빨리 찾아왔다.

아이린은 트렌치코트의 옷깃을 세우고 작은 손전등의 불을 켰다. 루크도 프런트 데스크에서 찾아낸 공장에서나 쓸법한 커다란 회중 전등에 불을 켰다.

그의 말이 맞긴 맞아… 아이린은 빈정대면서 마음속으로 중얼거렸다. 그의 손전등이 훨씬 크군…

그의 손전등에서 발하는 밝은 광선이 아이린의 작은 손전
등에서 비치는 가냘픈 한줄기 빛을 집어삼키면서 짙은 어둠
의 한 단면을 베어내듯 이리저리 환하게 비추었다.

"아주 좋은 손전등이네요." 그녀는 마지못해 관심을 보이
면서 말했다. 그 누구도 그녀만큼 좋은 손전등인지 아닌지
잘 구별해내지 못할 것이다. 그녀는 스스로 그 방면에서 전
문가라고 자부하고 있었다.

"어떤 종류인가요?"

"군대에서 사용하는 건데, 여분으로 남은 물건이죠. 이베
이 경매에서 구입했어요."

"그래요." 아이린은 다음번에 새 손전등을 구입할 때에는
여분의 군용 손전등을 판매하는 온라인 쇼핑사이트를 꼭 둘
러보아야겠다고 마음먹었다. 얼마 지나지 않아 곧 새 손전
등을 사게 될 것이다. 그녀는 정기적으로 손전등을 구입하
곤 했다.

루크는 그녀 옆에서 편안한 자세로 세 개의 돌층계를 가
뿐하게 내려갔다. 그의 그런 모습에서 그녀는 그가 어두움
에 대한 일말의 불안감도 갖고 있지 않다는 것을 알 수 있었
다. 오히려 이 세상에서 루크 대녀가 두려워하는 것은 아무
것도 없는 것처럼 보였다.

아이린은 도로 주변을 둘러보았다. "가로등이 한두 개 고장 난 것이 아닌 것 같은데요. 모든 가로등이 꺼져 있군요."

"그래서 철물점에 새 전등을 주문해 놓았어요."

그는 대수롭지 않다는 듯이 말했다.

"여름이 되기 전에 가로등이 고쳐지면 정말 멋있을 것 같아요, 그렇죠?"

"어쩐지 비꼬는 것처럼 들리는데요, 스텐슨 양?"

아이린은 애써 밝게 미소 지었다. "아니에요, 그렇지 않아요."

"그냥 해본 소리요. 가끔 스텐슨 양처럼 도회지에서 온 세련된 도시사람들은 우리 같은 시골사람들에 비해 너무 빈틈이 없거든요."

일부러 시골뜨기처럼 행세하지 마, 루크 대너. 나도 어리석은 바보는 아니니까… 그녀는 생각했다.

확실히 아이린은 그에 대해 아는 바가 별로 없었고, 더 알고 싶은 생각도 없었지만 그의 눈에서 다이아몬드처럼 반짝이는 날카로운 재치가 번득이는 것을 순간적으로 느낄 수 있었다.

"저처럼 대너 씨도 이 던즐리 마을 사람이 아닌 것 같아요."

“왜 그렇게 생각하시죠?”

“그냥, 직감적인 추측이에요.”

“자주 하세요?”

“뭘요?”

“직감적인 추측 말이에요.”

그녀는 잠시 생각해 보았다. “가끔씩요.”

“내 개인적으로는 추측을 좋아하지 않아요.” 루크가 대답했다. “확인된 사실을 더 선호하죠.”

“기분 나쁘게 들리실지 모르지만, 너무 극단적이시네요.”

“아, 그런가요? 아마 그럴지도 모르죠.”

그들은 산장에 있는 열두 개의 독립된 방갈로로 이어지는 자갈길을 저벅저벅 소리를 내며 걸어갔다. 아니, 차라리 아이린이 굽 높은 멋진 검정 가죽부츠를 신고 저벅저벅 소리를 내며 걸어갔다고 해야 맞을지 모른다. 루크는 운동화를 신고 있었다. 그가 옆에서 걸어가고 있었지만, 그의 발자국 소리는 거의 들리지 않았다.

나무들 사이로 크고 검은 거울처럼 보이는 호수 위에 비친 달빛이 희미하게 보였다. 그러나 선라이즈 호수 산장 터에 드리워진 키 큰 소나무와 전나무의 어두운 그림자들 위에는 달빛이 비쳐지지 않았다. 아이린은 머리 위의 나뭇가

지들 속에서 유령들이 속삭이는 소리가 들려오는 것 같았다. 그녀는 순간적으로 손전등을 꼭 움켜잡았다.

아이린은 결코 루크에게 그 말을 고백하지는 않을 것이지만 그가 옆에 있다는 사실에 안도감을 느꼈다. 그녀에게 있어서 밤은 결코 반가운 시간이 아니었다. 꿈속에서 그녀를 늘 괴롭히는 이 끔찍한 마을에서 밤을 지새워야 하는 오늘 밤 같은 경우는 특히 상황이 더 나빴다. 그녀는 날이 새기까지는 잠들 수 없으리라는 것을 스스로 잘 알고 있었다.

자갈길 위의 저벅거리는 소리와 나무들 위에서 부는 기분 나쁜 바람소리에 그녀는 신경이 곤두서며 몸을 떨었다. 그녀는 갑자기 루크와 이야기가 하고 싶어졌다. 아무 이야기나 잡담이라도 해야 안심이 될 것 같았다. 다른 사람과 함께 있으면서 대화를 나누다 보면 두려움에서 벗어나서 위안을 얻을 수 있을 것 같았다. 그러나 조금 전에 텔레비전 뉴스를 함께 시청하며 보여준 그의 침묵으로 봐서는 정중하고 한가로우며 사교적인 대화는 루크 대녀의 취미가 아니라는 것을 직감적으로 눈치챘다. 아마도 저녁식사를 함께하는 데이트는 그에게 있어서 큰 고통이었을 것 같았다.

아이린은 그가 개인적인 주거장소로 사용하는 것처럼 보이는 1호 방갈로를 흘낏 바라보았다. 현관 불은 켜져 있었지

만 창문의 불은 모두 꺼져 있었다. 그녀가 묵고 있는 방갈로
의 불빛을 제외하고는 다른 방갈로의 불들은 모두 꺼져 있
었다. 그녀의 방갈로인 5호 방갈로는 창문마다 불이 환하게
켜져 있을 뿐만 아니라, 현관과 뒷문의 전등까지 켜져 있었
다. 아이린은 뉴스를 시청하기 위해서 유일한 텔레비전이
있는 로비로 가기 전에 방갈로 전체를 환하게 불을 켜놓았
었다.

"오늘 밤, 제가 이 산장의 유일한 투숙객인 것 같군요."
그녀가 말했다.

"비수기니까요."

아이린은 벤타나 호수 주위에 세워진 작은 휴양지가 오직
두 시즌만을 위한 것이라는 점을 스스로 상기시켰다. 그렇
지만 산장이 이렇게 텅 비어 있다는 것은 이상한 일이었다.

"실례지만, 아까 '방 없음' 팻말을 왜 내거셨어요?"
아이린이 물었다.

"저녁에는 사람들로부터 방해받고 싶지 않아서요." 루크
가 대답했다. "하루 종일 방을 찾는 사람들이 들락날락거리
는 것만으로도 충분해요. 정말 괴로운 일이죠."

"그래요," 아이린은 헛기침을 하며 목소리를 가다듬었다.
"서비스업종에 종사하는 건 처음이신가 봐요?"

"난 여기서 서비스를 판매한다고는 생각하지 않아요." 그
가 말했다. "생활필수품을 판매한다는 것이 더 적당한 표현
이죠. 투숙객들은 밤을 보낼 방이 필요한 거구요. 그러면 필
요한 사람들에게 방을 대여하는 거죠. 하지만 낮 시간에 오
지 않고, 아무 시간에나 불쑥 찾아온다면 차라리 호수 주변
에 있는 커비빌 마을로 가서 다른 모텔을 찾아보는 것이 낫
겠죠."

"그것도 숙박업소를 운영하는 한 방법이 되겠네요." 아이
린이 말했다. "가장 수익성이 높은 경영방식은 아니겠지만
요. 언제 이 산장을 인수하셨어요?"

"약 5개월 전에요."

"그 전에 이 산장을 운영하던 사람은 어떻게 되었어요?"

아이린은 이 질문이 루크의 호기심을 자극했다는 것을 즉
각적으로 깨달았다.

"찰리 깁스 씨를 아세요?" 그는 담담한 표정으로 물었다.

아이린은 이내 그 질문을 한 것을 후회했다. 그녀가 오늘
밤, 대화를 하고 싶었던 것은 사실이었지만, 이 마을에서 있
었던 그녀의 과거 이야기만은 하고 싶지 않았던 것이다. 그
러나 이런 구체적인 대화의 길로 그를 이끈 것은 그녀 자신
이었다.

“찰리 씨를 알아요.” 아이린이 조심스럽게 말했다. “하지만 그를 마지막으로 본지는 꽤 오래되었어요. 그런데 그 사람은 잘 지내나요?”

“이 산장을 소개해 준 부동산 중개업자 말로는 그가 작년에 죽었다더군요.”

“오, 안됐군요.”

아이린은 이해할 수 있었다. 그녀가 이 마을에 살 때도 그는 나이가 많았었다. 그래서 그가 죽었다는 사실에 별로 놀라지 않았다. 그의 죽음 소식은 그녀가 몇 시간 전에 여기 도착한 후로 느꼈던 감정과 같이 또 다른 작은 상실의 고통을 일깨워주어서 마음이 심란해졌다.

아이린은 찰리 깁스를 잘 알지 못했지만, 공원에 있는 도서관의 기념비처럼 그와 그의 낡은 산장은 그녀의 어린 시절의 풍경 속에 자리 잡고 있었다.

“전몰장병기념일 이후에 이곳의 사업이 바빠질 거라고 들었어요.” 루크가 열정이 전혀 담기지 않은 어조로 말했다.

“노동절 전후해서 몹시 바쁘고 정신없다더군요.”

“여름 휴양지는 다 그렇죠.” 아이린은 잠시 말을 끊었다. “사업이 바빠질 거라는 전망에도 별로 달갑지 않으신가 봐요.”

그는 어깨를 으쓱하였다.

"나는 조용하고 깨끗한 걸 좋아해요. 이 산장도 그래서 구입했죠. 한적하기도 하고 호수 옆에 있는 산장에서는 별 탈 없이 잘 살아갈 수 있을 것 같았거든요."

"그런 경영방식으로는 생활해 나가시기가 좀 어렵지 않을까요?"

"뭐, 그럭저럭 살아나가죠. 여름이 오면 숙박요금을 올릴 거예요. 그래서 비수기의 손실을 만회하는 거죠."

아이린은 그가 묵고 있는 방갈로 앞에 주차해 놓은 SUV를 떠올렸다. 그 스포츠카는 크고 비싼 새 차였었다. 찰리 깁스는 그런 최고급 자동차를 살 여유가 없었다. 물론 루크가 차고 있는 것과 같은 시계도 살 수 없었다. 아무리 깊은 물속에 빠뜨려도 세계의 주요도시 시각이 정확하게 나타날 것처럼 보이는 티타늄 스톱워치는 결코 싸구려가 아니었다.

아이린의 호기심은 점점 커졌지만 그녀는 루크가 자신의 재정문제에 대해 구체적으로 이야기하는 것을 달가워하지 않는다는 것을 눈치 챘다. 그녀는 또 다른 화제거리를 찾아내려고 애썼다.

"이 산장을 사기 전에 무슨 일을 하셨어요?" 아이린이 물었다.

"약 6개월 전에 해병대에서 제대했어요." 그가 대답했다. "잠시 회사에서 일을 해보려고 했었죠. 하지만 잘 안되더군요."

그가 군대에서 복무했다는 것은 전혀 놀랍지 않았다. 그것은 그가 마치 캐주얼 셔츠와 청바지 대신에 군복을 입고 있는 것처럼 꼿꼿하게 서 있기 때문이 아니라 그의 태도에서 배어 나오는 자신감과 권위, 지배의 힘 같은 느낌 때문이었다. 그는 철두철미하게 남자다운 남자, 알파맨이었다. 아이린은 그런 타입의 남자들에 대해 잘 알고 있었다.

그녀의 아버지도 경찰관이 되기 전에 해병대에서 복무했었다.

루크는 전쟁터의 총성과 화염 속에서 모든 사람들이 공포에 질려 갈팡질팡하며 헤맬 때, 침착하게 사람들을 안전한 대피처로 인도할 수 있는 그런 남자였다. 이런 타입의 남자들은 분명히 이 세상에서 훌륭한 역할을 수행하지만 함께 살기에는 쉽지 않은 남자들이었다. 아이린의 어머니는 화가 난 어조로 자주 그녀에게 이 점을 설명하곤 하셨다.

"이 산장을 구입하실 때 상태가 별로 안 좋았을 거예요." 그녀가 말했다. "제가 마지막으로 보았을 때도 많이 망가져 있었거든요. 꽤 오래 전의 일이지만요…"

“그래서 기본 시설을 약간 수리했죠.” 그는 호숫가의 키 큰 나무들 한가운데에 자리 잡은 아이린이 묵고 있는 방갈로를 살펴보았다. “선라이즈 호수의 환경보호를 위해, 방갈로에서 나갈 때는 방안의 모든 전기를 꺼달라는 작은 카드를 못 보신 것 같군요.”

아이린은 그의 시선을 따라서 5호 방갈로를 바라보았다. 그곳은 마치 야간축구경기장처럼 불이 온통 환하게 켜져 있었다.

“읽어봤어요.” 그녀는 그의 말을 확인시켜 주었다. “하지만 그 운영자가 1갤런당 5마일도 못 갈 것 같은 대형 스포츠카를 몰고 다닌다는 것도 발견했죠. 그래서 에너지를 절약하자는 그의 요청이 투숙객들이 산장의 전기세 몇 달러를 절약하는데 협조하지 않으면 양심의 가책을 느끼도록 만드는 계획적이고 위선적인 책략이라는 것을 자연스럽게 눈치채게 된 거죠.”

“이런 젠장, 그 카드가 효과가 없을 거라고 맥신에게 말했었는데… 대충 이야기하는 건 먹혀들지 않는다니까. 사람들로 하여금 규칙을 지키게 만들려면 그 규칙을 뚜렷하고 강하게 밀고 나가야 하죠. 양자택일은 있을 수 없지.”

“맥신이 누군데요?”

"맥신 보스웰, 보조 매니저에요. 혼자 아들을 키우며 살고 있죠. 그녀의 아들 브래디는 여름동안 산장의 보트를 관리할 거예요. 여름이 되면 많은 관광객들이 호수에서 배를 타고 싶어 하죠. 맥신은 세 시간 걸리는 낚시여행 상품으로 많은 돈을 벌 수 있을 거라고 하더군요. 그녀는 또 수상스키를 탈 수 있는 쾌속 보트를 구입하라고 졸라대었죠. 하지만 아직 결정을 안했어요. 사업이 너무 많이 확장될 것 같아서요…"

아이린은 그 이름을 듣자, 곧 맥신이 누군지 생각났다. 아이린의 세계가 산산조각이 나던 그 해 6월에 이 마을의 고등학교를 졸업한 사람 중에 맥신이라는 여자가 있었다. 그 당시 그녀의 이름은 맥신 스팽글러였다.

"무슨 일로 던즐리에 왔는지 물어봐도 될까요? 스텐슨 양?"

"개인적인 일로 왔어요."

"개인적인 일이요?"

"예." 나도 수수께끼 같은 여운을 풍길 수 있지… 아이린은 생각했다.

"어떤 직업에 종사하세요?" 그녀가 치밀한 유도심문에 넘어갈 사람이 아니라는 것을 깨달은 루크가 물었다.

이건 또 뭐지?… 그녀는 의아해 했다. 그는 조금 전까지만 해도 겨우 물음에 대답만 할 정도로 거의 말이 없었는데, 이제는 그녀에게 아주 직선적인 질문을 하려는 모양이었다.

"기자예요." 그녀가 대답했다.

"그래요?" 그는 흥미롭다는 듯이, 그러나 약간 놀란 듯이 말했다. "거짓말로 날 속여도 믿었을 거예요. 기자일 줄은 꿈에도 상상하지 못했는걸요…"

"그래요? 사실, 그런 말 많이 들었어요." 아이린은 말했다.

"그 굽 높은 부츠와 멋진 코트가 정말 인상적이군요. 아이린 양이 뉴스를 TV로만 보고, 앙상하게 마르고 머리가 텅 빈, 그런 미인대회 참가자들 중의 한 사람으로 보이지는 않았거든요."

"그 말도 맞군요. 저는 신문사에서 일하지, 텔레비전 방송국이나 다른 방송매체에서 일하지 않거든요." 그녀는 냉담한 어조로 말했다.

"아, 신문기자이시군요. 그건 완전히 다른 분야죠." 그는 잠시 말을 멈추었다가 물었다. "어떤 신문사에서 일하세요?"

"*글래스턴 코브 비콘사예요*" 그녀는 예상했던 질문이라는 듯이 냉큼 말했다.

"그 신문사 이름은 한 번도 못 들어본 것 같은데…" 그가 말했다.

바로 그거야… 그녀는 생각했다.

"그런 말도 많이 들었어요." 아이린은 참을성 있게 말했다. "글래스턴 코브는 해안 쪽에 있는 작은 마을이에요. 비콘 신문사는 작은 일간지이지만, 사장은 편집인이자 발행인인데, 최근에 온라인 사이트도 개설해서 최신 뉴스를 다운받을 수도 있어요."

"글래스턴 코브의 신문기자의 관심을 끌만한 일이 이 던즐리 마을에 있을지 궁금하군요."

이건 호기심에서 나온 사교적인 질문 이상인데… 그녀는 생각했다. 그의 질문은 마치 경찰관이 피의자를 취조하듯이 점점 유도 심문처럼 변해갔다.

"개인적인 일로 이곳에 왔다고 말씀드렸잖아요." 아이린은 조용히 말했다. "취재하러 온 게 아니에요."

"아, 참, 그렇지, 미안해요. 개인적인 일이라는 걸 깜빡했군요."

도대체 그걸 잊어버렸다니 말도 안 돼… 그녀는 약간 굳은 표정으로 마음속으로 냉소를 지었다. 루크는 은근히 압력을 가해 유도 심문을 하려고 마음먹었지만 생각대로 잘 되지 않았다. 아이린은 낯선 사람에게 자신의 개인 신상에 관한 이야기를 할 생각이 없었고, 특히 이 지역에 관한 이야기라면 더 더욱 입 밖에 내고 싶지 않았다. 그녀는 파멜라를 만난 뒤에 던즐리라는 마을을 기억 속의 한쪽 구석에 밀어넣어 영원히 지워버릴 생각이었다.

그들이 5호 방갈로에 도착하자, 아이린은 한편으로는 안심이 되고 한편으로는 서운한 생각이 드는 것을 깨닫고 스스로 놀랐다. 그녀는 호주머니에서 열쇠를 꺼내 현관계단을 오르기 시작했다.

"바래다 주셔서 고마워요." 그녀가 말했다.

"천만에요." 루크는 그녀를 따라 계단을 올라간 다음, 그녀의 손에서 열쇠를 건네받아 열쇠구멍에 집어넣었다.

"오늘 오후에 스텐슨 양이 체크인할 때, 아침 7시에서 10시 사이에 로비에서 커피와 도넛이 무료로 제공된다는 얘기를 안했군요."

"그래요? 정말 뜻밖인데요. 이 산장을 운영하면서 투숙객들에게 서비스를 제공하지 않는다고 분명히 말씀하신 것 같은데…"

"아니죠, 그건 룸서비스에 대한 이야기죠."

그는 문을 열고 환하게 불이 켜진 작은 방갈로 안을 살펴보았다. "그런 종류의 서비스는 제공하지 않지만 아침 커피와 도넛은 제공하고 있어요. 투숙객이 있을 경우에만요. 오늘은 스텐슨 양 덕분에 그걸 제공할 수 있겠군요."

"괜히 폐를 끼쳐드리는 건 아닌지 모르겠네요."

"글쎄요, 뭐 이런 비즈니스에서는 손님들이 늘상 있게 마련이니까…" 그는 다소 무뚝뚝한 표정으로 말했다.

"세상을 아주 달관하신 듯한 말씀이시군요."

"나도 알아요." 그는 말했다. "모텔주인이 된 이후로 터득한 거죠. 다행히 그런 훈련도 많이 받았었죠. 어쨌든 도넛과 커피를 제공하는 것은 맥신의 아이디어에요."

"그렇군요."

"한 달 동안 시험 삼아 해보라고 했죠. 사실은 그리 추천할만한 것은 못돼요. 도넛은 설탕덩어리처럼 달죠. 맥신이 사왔을 때는 유통기한이 약간 지난 것 같은 느낌이 들더군요. 하지만 확실히는 모르죠. 던즐리 슈퍼마켓은 변질되기 쉬운 식품의 유통기한 표시를 신뢰하지 않는 것 같더군요."

"오늘 이곳으로 오기 전에 내일 아침에 먹을 음식을 좀 사 가지고 올걸 그랬어요."

"언제든지 자동차로 마을에 갈 수 있어요. 벤타나 뷰 카페는 아침 6시에 문을 열죠."

"알겠어요."

아이린은 방갈로 안으로 들어가기 위해서 그를 약간 밀치고 지나쳐야 했다. 그녀는 어쩔 수 없이 그의 탄탄하고 억센 몸을 스치며 지나갔다. 그의 몸에서 후끈 뿜어져 나오는 열기를 느낄 수 있었다. 감질나는듯한 깔끔한 남자의 체취가 그녀의 내부를 자극하며 가벼운 전율을 일으켰다.

작별인사를 하려고 문 앞에서 몸을 돌렸을 때, 그녀는 루크가 상대방으로 하여금 기를 꺾이게 하는 강렬한 표정으로 자신을 뚫어지게 응시하고 있는 것을 깨닫고 깜짝 놀랐다.

"왜 그러세요?" 아이린은 조심스럽게 물었다.

"정말 아침식사를 하세요?"

"그럼요."

"내가 아는 대부분의 여자들은 아침식사를 안 하더군요."

아이린은 아침식사가 그녀의 개인적인 삶에서 질서를 유지하기 위해 이용하는 사소하지만 대단히 중요한 절차 중의 하나란 것을 애써 설명하고 싶지 않았다. 그녀에게 있어서 아침식사는 밤이 끝났다는 것을 알리는 신호였다. 그런 의미에서 그것은 매우 중요한 식사였다. 하지만 그 점을 그에게 설명하기란 쉬운 일이 아닌 것 같았다. 루크는 그것을 이해하지 못할 것이기 때문이었다.

아침식사의 중요성을 이해해준 유일한 사람은 그녀가 지

난 몇 년 동안 상담을 받아온 대 여섯 명의 정신과 의사들 중 가장 최근에 만난 의사였다. 라바르 박사는 아이린의 삶을 지배하기 위해 수시로 위협을 가해오는 약간 강박적 경향이 있는 몇 가지 장애로부터 그녀를 치료하기 위해 나름대로 최선을 다해 왔다. 그렇지만 그 역시 아침식사가 건강상의 여러 가지 장점이 있다는 이유로 아침식사의 중요성을 인정했다.

"모든 영양학자들이 아침식사가 하루 중 가장 중요한 식사라는 걸 인정하고 있죠." 아이린은 말했다. 그녀는 사람들에게 자신이 그 절차를 중요시하는 이유를 설명해야 하거나 변명할 필요가 있을 때마다 이렇게 말하면서 완전히 바보가 된 것 같은 느낌이 들곤 했다.

그러나 놀랍게도 루크는 그녀의 말에 웃지 않았다. 오히려 아주 진지하게 그녀의 말에 귀를 기울이고 있었다.

"물론이죠." 그가 말했다. "아침식사는 정말 중요해요."

이 사람이 날 놀리고 있는 건 아닐까?… 그녀는 확신할 수 없었다. 그녀는 자세를 고친 다음, 문을 닫기 위해 한 걸음 물러섰다.

"괜찮으시다면 저는 이만, 전화를 걸 일이 있어서…" 그녀가 말했다.

"그러시죠." 그는 약간 뒤로 물러섰다. "그럼 아침에 뵙죠."

아이린은 문을 반쯤 닫은 채, 잠깐 머뭇거리다가 말했다. "아 참, 깜빡했는데요, 어쩌면 내일 떠날지도 몰라요."

루크는 그녀를 굳은 표정으로 바라보았다.

"2박하는 걸로 예약하셨잖아요."

"둘째 날은 유동적이었어요. 피치 못할 사정으로 계획대로 떠날 수 없을 경우에 대비해서 그랬던 거죠."

"이곳 선라이즈 호수 산장에서는 유동적인 예약은 취급하지 않습니다. 대신 24시간 예약 취소제도는 있죠." 그는 자신의 시계를 바라보았다. "그런데 이런, 취소 마감시간이 지났군요."

"내일 아침, 이곳 던즐리에서 하룻밤 더 묵을지 아닌지 결정한 후에 그 예약 취소 제도에 대해서 더 자세한 이야기를 나누도록 하죠. 그럼, 안녕히 주무세요, 대너 씨."

"이 마을에서의 개인적인 볼 일이 잘 끝나도록 행운을 빌게요, 스텐슨 양."

"고마워요." 그녀가 말했다. "가능하면 빨리 끝날수록 좋죠."

루크는 입술이 약간 위로 올라가면서 재미있다는 듯이 미소 지었다. "이 그림같이 아름다운 우리 산장 리조트에는 별로 관심이 없으신 것 같군요."

"관찰력이 대단하시네요."

"잘 자요…"

"그 말," 아이린이 주의를 주었다. "이미 들은 걸요."

"하지만 또 말하고 싶어요." 그가 싱긋 웃으며 말했다. "잘 자요, 아이린."

그녀가 방갈로 문을 그의 면전에서 닫을 때, 문은 탁하는 소리를 내며 매우 만족스럽게 닫혔다. 자물쇠가 미끄러져 들어가며 찰칵하고 잠기는 소리는 더욱 만족스러웠다. 아주 견고하고 튼튼한 잠금장치처럼 느껴졌다. 루크 대녀는 이 마을에 온 지 얼마 안 되었지만 그래도 그녀가 싫어하는 이 마을의 일부가 되고 있었다. 그녀가 가장 싫어하는 것은 그런 그와 함께 엮이는 것이었다.

아이린은 창가로 가서 그가 정말로 방갈로 주위를 떠나는지 확인하려고 커튼 뒤에서 훔쳐보았다.

루크는 확실히 계단을 내려가고 있었다. 그는 그녀가 자신을 지켜보고 있다는 것을 알고 있음을 알리려는 듯, 그녀에게 손을 들어 인사를 했다.

혼자 남겨져서 안심을 하게 되자, 아이린은 핸드백에서

휴대폰을 꺼내어 재발신 다이얼을 눌렀다. 오늘 오후 던즐리에 도착한 이래로 그녀는 얼마나 여러 번 파멜라에게 전화를 했는지 기억할 수조차 없었다.

그러나 여전히 응답이 없었다.

전화는 음성사서함으로 넘어갔다. 오늘 그녀가 남긴 메시지는 몇 번이나 되는지 셀 수 없을 정도였다.

또다시 메시지를 남겨도 소용없을 것 같았다.

02

지혜와 은밀한 비밀이 숨겨져 있는 그 잊혀지지 않는 눈부신 황갈색 눈, 턱 선을 따라 정확하게 커트한 어슴푸레 빛나는 검은 머리칼, 발랄하고 날씬하며 멋지고 우아한 몸매, 섹시한 하이힐 부츠, 당당한 검정 트렌치코트… 게다가 그녀는 아침식사까지 한다고 했다.

그런데 이런 여인에게 무슨 문제가 있는 것일까?

루크는 확실히 패션 전문가는 아니었다. 하지만 그는 자신의 본능적 직감을 믿었다. 그의 본능적 직감은 이렇게 말하고 있었다. 아이린 스텐슨은 부츠와 트렌치코트를 입고 있으며 방탄조끼를 입고 전쟁터에 나가는 사람처럼 늘 긴장해 있다.

도대체 그녀는 누구를, 혹은 무엇을 두려워하고 있을까?

그리고 방안을 온통 환하게 비추는 그 전등불들은 또 무엇인가? 그는 몇 분전에도 방갈로를 한 번 더 점검해 보았다. 5호 방갈로는 전등을 생산해내는 공장처럼 사방에 환하게 불이 켜져 있었다. 그녀를 방갈로까지 바래다 줄 때 얼핏 보았지만 방안의 벽에 있는 전기 콘센트마다 크고 작은 전등들이 끼워져서 불을 밝히고 있었다. 거기에다 그녀가 포켓에서 꺼낸 손전등까지 여전히 불이 켜져 있었다.

어두움을 두려워하는군, 아이린 스텐슨?…

루크는 일주일동안 작업해온 책의 한 장(章)을 끝내려고 마음먹었던 것을 포기하고 컴퓨터의 전원을 껐다. 오늘 밤에는 그 프로젝트에 집중할 수가 없을 것 같았다. 그의 뇌는 아이린 스텐슨이라는 수수께끼를 풀어보려고 애쓰고 있었다. 그의 신체의 또 다른 부분 역시, 그 문제를 탐구하는데 깊은 관심을 나타내고 있었다. 세 시간 전에 그는 아이린을 방갈로에 남겨두고 숙소로 돌아왔다. 그런데 아직까지도 잠 못 이루며 불안하고 막연한 느낌으로 그녀에게 온 신경을 쏟고 있었다.

루크는, 무언지 모르지만 이 문제에 대한 답을 꼭 찾아내

야겠다는 생각을 했다. 그는 오늘 같이 길게 느껴지는 밤에
는 항상 초조함을 떨쳐버리기 위해 산책을 나가곤 했었다.
그런 다음, 남아있는 감정의 찌꺼기들을 달래기 위해서 벽
장 뒤에 보관해 둔 쓰고 독한 프랑스산 브랜디를 한 모금 마
시곤 했다. 그것이 언제나 효과가 있는 방법은 아니었지만
대부분의 경우 상당한 효과를 발휘했다.

그러나 오늘 밤은 달랐다. 호숫가를 산책하고 브랜디 한
잔을 마셔봤자 그다지 효과가 있을 것 같지 않았다.

어쩌면 가족들의 말이 옳은지도 몰랐다. 그들의 말대로
그는 자신의 감정을 자제하는데 문제가 있을지도 모른다.
어쩌면 스스로도 느끼기 시작한 것처럼 상태가 더 악화되어
가고 있는지도 모른다. 아니, 모든 사람들이 걱정하고 있는
것처럼 그는 이미 폐인처럼 무능력자가 되어버렸는지도 모
른다.

하지만 그가 알고 있는 한 가지만은 분명히 사실이었다.
그는 사방에 흩어진 점들에 대한 집착을 포기하지 않았다.
그의 관심을 끌어당기는 흥미로운 사람들을 볼 때마다 그는
본능적으로 그들과 다른 점들을 연결해보고자 하는 충동을
느꼈다.

아이린은 그와 함께 저녁뉴스를 보는 동안, 최소한 다섯

번 이상 휴대폰의 재발신 버튼을 눌렀다. 던즐리에서 만나기로 한 사람이 누구이든 간에 그녀의 전화를 안 받았다는 것은 분명하다. 그리고 그녀는 더 이상 가만히 앉아서 기다릴 수 없는 듯이 초조해 보였다. 또, 그녀는 이곳에 있는 것을 좋아하지 않아서 개인적인 볼일이 끝나는 즉시 여기를 떠나고 싶다고 말했다.

그때, 방갈로에서 산장의 안채로 이어지는 좁은 차도에서 소리를 죽인 자동차 엔진소리가 희미하게 들려왔다. 자동차 불빛이 커튼의 반대편 밤하늘위로 번쩍이며 허공을 가르다가 큰 도로를 향해 방향을 틀었다.

유일한 숙박객이 떠나고 있었던 것이다. 그녀가 만나기로 한 사람으로부터 마침내 응답전화를 받은 것일까? 아니면 산장의 숙박료를 떼먹고 몰래 줄행랑을 치려는 것일까?

루크는 반사적으로 시계를 보고 시간을 확인해 두었다. 10시 25분이었다.

초봄의 던즐리에서 평일 밤의 이 시각에 별다른 일이 있을 리가 없었다. 특히 세련된 취향을 가진 도시의 방문객의 관심을 끌만한 일은 절대 없었다. 벤타나 뷰 카페는 9시면 정확하게 문을 닫았다. 이곳의 유일한 술집인 해리즈 행아웃은 손님들이 많을 때는 자정까지도 영업을 했다. 하지만 그곳의 촌스러운 분위기가 아이린의 관심을 끌리라고는 상상할 수 없었다.

루크는 창가로 다가가서 멋진 노란색 소형차의 헤드라이트 불빛이 큰길을 향해 스치듯 지나가는 것을 지켜보았다. 그녀는 우회전해서 고속도로로 가지 않고 좌회전해서 마을을 향해 가고 있었다.

그렇다면 그녀가 산장의 숙박료를 떼먹고 달아나는 것은 분명히 아니었다. 마을로 누군가를 만나러 가는 중이었던 것이다.

하지만 어둠을 두려워하는 여자가 정말 급한 일이 아니라면 이 시간에 혼자 밖으로 나가는 일은 흔치 않은 일일 것이다. 그렇다면 이곳의 누군가 혹은 어떤 것이 아이린 스텐슨에게 아주 중요한 의미를 지니고 있다는 뜻일 게다. 루크가 이곳 던즐리로 이사온지는 몇 개월 되지 않았다. 던즐리는 평범하고 아주 작은 시골 마을이었다. 루크는 그 이유 하나만으로 이곳으로 이사하기로 마음먹었었다. 아무리 생각해 봐도 이 마을에서 아이린 같은 여자를 위협할 만한 사람은 떠오르지 않았다. 하지만 그녀는 분명히 그 무엇인가를 두려워하고 있었다.

그런데 도대체, 그는 왜 그런 일에 신경을 쓰는 것일까?

루크는 그녀가 불안감과 침울감, 결심 같은 감정이 뒤섞인 표정으로 저녁 내내 안절부절 못하던 그 모습이 생각났다.

순수한 용기와 투지가 배어있는 그녀의 얼굴이 떠올랐다. 이 시간에 여자가 질이 나쁜 남자들을 만나러 나가는 것이 어떤 것인지도 그는 잘 알고 있었다. 선택의 여지가 없이 정말로 긴박한 일이 아니라면 혼자 그렇게 나갈 수는 없을 것이다.

그러니까 아이린은 분명히 도움이 필요할 것이다.

그는 호주머니에서 열쇠를 뒤져 찾아내고 재킷을 움켜잡고는 밖으로 나가 SUV를 향해 걸어갔다.

03

웹 하우스로 가려면 던즐리의 조그마한 다운타운을 가로질러 가야 했다. 아이린은 그곳을 지나는 동안 마음이 몹시 착잡해졌다. 주변의 너무나 많은 것들이 눈에 익어 있었다.

이건 아니야… 그녀는 생각했다. 그동안 흐른 세월을 생각하면 마을의 모습은 지금보다는 훨씬 더 많이 변해 있었어야 했다. 그녀는 마을의 중심 교차로인 사거리에서 차를 잠시 멈추었다. 마치 17년 전에 던즐리 마을 전체가 블랙홀에 빨려 들어가서 시간이 정지되어 갇혀버린 것 같았다.

사실이었다. 대부분의 가게들이 그때보다 현대화되고 페인트칠도 새로 했고 몇몇 가게들은 이름도 바뀌었다. 그러나 그런 변화는 겉모습만 약간 바뀐 것일 뿐이었다. 약간의 변화를 제외하면 모든 것이 안타깝게도 옛 모습 그대로였다. 그래, 분명히 시간이 멈췄나봐… 아이린은 마음속으로 중얼거렸다.

그 시간에 도로에는 자동차들이 거의 없었다. 그녀는 목적지에 빨리 도착하고 싶어서 액셀 페달을 힘껏 밟았다.

해리즈 행아웃 바 바깥의 자갈로 된 주차장에는 가로등이 아직 켜져 있었다. 꺼질 듯 희미한 두 번째 H글자의 네온사인불이 17년 전과 마찬가지로 여전히 깜박거리고 있었다. 바 앞에 주차되어 있는 픽업트럭과 SUV들도 그녀의 어린 시절 그 바 앞에 주차되어 있던 차들과 너무나 흡사했다. 그녀의 아버지는 해리즈 바에서 일어나는 싸움을 진압하기 위해서 종종 한밤중에 자다말고 그곳으로 출동하고 했었다.

아이린은 공원을 지나 계속해서 조금 더 차를 몰고 갔다. 우드크레스트 트레일에 이르자 그녀는 좌회전해서 던즐리의 상류층 주거지로 진입했다.

우드크레스트 트레일에 있는 집들은 호숫가로 이어지는, 나무가 울창한 넓은 터에 자리 잡고 있었다. 몇몇 집들만이 그 마을 사람들의 소유이고 대부분의 저택들은 외지사람들의 여름별장이어서 이맘때쯤이면 거의 불이 꺼진 채 비어 있었다.

아이린은 자동차의 속력을 줄여서, 웹하우스로 이어지는 좁은 길로 들어갔다. 2층으로 된 저택의 창문들은 모두 불이 꺼져 있었고 현관문 앞에만 불이 켜져 있었다. 커브형의 차도에는 한 대의 차도 주차되어 있지 않았다. 그렇다면 집에 아무도 없다는 뜻인데… 아이린은 생각했다. 하지만 파멜라의 이메일에는 분명히 오늘 날짜가 적혀 있었다.

그녀는 자동차를 멈추고 엔진을 껐다. 그리고는 팔짱을 끼고 운전대에 기댄 채, 이제 어떻게 할 것인가를 생각해 보았다. 우드크레스트 트레일로 와보기로 마음먹은 것은 파멜라가 하루 종일 전화를 받지 않자 불안과 초조가 밀려오면서 충동적으로 한 결정이었다.

파멜라는 오늘 밤 그녀를 만나자고 했다. 그러니까 그녀는 지금쯤 여기서 기다리고 있어야 했다. 아이린은 그녀에게 무슨 일이 일어난 것임에 틀림없다는 생각이 들었다.

그녀는 자동차문을 열고 천천히 밖으로 나왔다. 서늘한 밤공기가 온 몸을 감쌌다. 그녀는 어둠이 가져다주는 공포가 서서히 다가오는 것을 느끼면서 마음을 가다듬은 뒤, 재빨리 불이 켜진 현관의 안전지대로 걸어갔다. 그리고 초인종의 벨을 눌렀다.

집안에서는 아무런 응답이 없었다.

그녀는 주변을 둘러보다가 닫힌 차고 문을 발견했다. 그녀의 기억이 맞다면 차고 한쪽 끝에 작은 창문이 나 있을 것이다.

그녀는 잠시 망설였다. 차고 저쪽 편은 몹시 어두웠다. 그녀는 작은 손전등을 찾으려고 호주머니를 뒤졌다. 아냐, 더 큰 손전등이 필요해…그녀는 생각했다. 자동차 앞좌석의 사물함에는 더 큰 손전등이 있지만 이런 칠흑 같은 어둠 속에서는 소용이 없을 것 같았다.

아이린은 자동차로 돌아가서 트렁크를 열고 그 속에 넣어둔 두 개의 산업용 회중전등 중에서 하나를 꺼내었다. 스위치를 켜자 밝고 강력한 광선이 어둠을 여지없이 무너뜨리기 시작했다.

그녀는 마음을 굳게 먹고 차도를 다시 가로질러서 차고의 모퉁이를 돌았다. 그리고는 먼지가 낀 유리창너머로 차고 안을 살펴보았다. 차고 안에서 BMW자동차가 흐릿하게 보였다.

오싹하는 한기가 그녀의 온 몸을 휘감았다. 누군가가, 아마도 파멜라가 이 집에 있다는 증거 아닌가. 그렇다면 왜 그녀는 전화도 받지 않고 초인종 소리에도 응답하지 않는 걸까?

그때, 어디선가 희미한 불빛이 아이린의 시선을 끌었다. 그 불빛은 집 뒤쪽에서 새어나오고 있었다.

그녀는 촛불에 맹목적으로 달려드는 나방처럼 몸을 돌려서 그 불빛을 향해 살금살금 걸어갔다.

가는 도중에 그녀는 저택 한쪽 구석에 있는 다용도실 문을 지나쳤다. 그녀는 그 다용도실로 들어가는 입구를 잘 알고 있었다. 파멜라는 아이린이 밤에 사람들 눈에 띄지 않게 드나들 수 있도록 계단 아래에 열쇠를 숨겨놓곤 했었다.

아이린이 드나드는 것을 파멜라의 아버지나 가정부의 눈에 띄지 않도록 하기 위해서였다. 아이린은 그때를 생각하며 아련한 슬픔을 느꼈다.

그녀가 15살 되던 그 무렵, 그녀뿐만 아니라, 그 마을의 다른 모든 10대 아이들은 원하는 것은 무엇이든지 할 수 있고 살 수 있는 파멜라를 몹시 부러워했었다. 그러나 성인의 입장에서 보면 또래들로부터 부러움을 받았던 파멜라의 물질적 풍족은 부모의 무관심을 의미할 뿐이었다. 파멜라가 겨우 다섯 살 때, 그녀의 어머니는 호수에서 보트사고로 죽었다. 해가 갈수록 그녀의 아버지 라일런드 웹은 정치적 경력을 쌓느라고 정신없이 바빴다. 결국, 파멜라는 여러 명의 보모와 가정부의 손에서 키워지면서 무관심하게 방치되었었다.

아이린은 샛길 끝에 있는 철문의 빗장을 열고 달빛이 비치는 정원으로 들어갔다. 바닥부터 천장까지 이어진 거실의 통 유리 창문에는 커튼이 열려 있었다. 그녀가 따라온 그 희미한 불빛은 그곳에서 아주 어둡게 켜놓은 테이블 램프의 불빛에서 새어 나온 것이었다.

아이린은 커다란 회중전등을 창문에 대고 비추어 보았다. 눈에 익은 가구들이 보이자 그녀는 또 다시 깜짝 놀랐다. 이곳에서도 시간의 정지가 일어났군… 그녀는 생각했다. 그 당시 샌프란시스코에서 초빙되어온 전문 디자이너가 이 저택의 실내를 개조했었다. 집안의 인테리어는 호사스러운 스위스식 스키 산장풍으로 장식되었다. 파멜라는 그것을 헛간 스타일 패션이라고 빈정거렸다.

아이린은 왼쪽 벽을 거의 다 차지하고 있는 육중한 돌로 만든 벽난로부터 시작해서 어두운 실내를 주의 깊게 찬찬히 살펴보았다. 반쯤 둘러보니까 거실바닥에 슬리퍼가 뒤집혀진 채 놓여 있는 것이 보였다. 그것은 갈색 가죽 소파의 끄트머리에 깔린 양탄자 위에 놓여있었다. 그 위로 누군가의 맨발의 일부분이 소파 끝으로 살짝 삐져나와 있었다.

아이린은 순간적으로 동작을 멈추었다. 잔뜩 긴장한 채, 그녀는 창문의 벽을 지나쳐서 소파전면에 회중전등을 똑바로 비추어 보았다.

어떤 여자가 소파 위에 누워 있었다. 그 여자는 담황갈색 바지와 푸른 실크 블라우스를 입고 있었다. 그 여자의 얼굴은 창문 반대편을 향하고 있었고 금발 머리칼이 갈색 소파 위에 흐트러져 있었다. 그리고 팔 하나가 소파 아래로 축 늘어져 있었다.

칵테일 용기와 빈 마티니 잔이 낮은 목재 커피테이블 위에 놓여져 있었다.

"*파멜라.*", 아이린은 창문을 두드렸다. "파멜라, 일어나."

그러나 소파 위의 여자는 꼼짝도 하지 않았다.

아이린은 유리문의 손잡이를 꽉 잡고 있는 힘을 다해 당겨보았다. 유리문은 굳게 잠겨 있었다.

그녀는 재빨리 몸을 돌려서 정원을 가로질러 황급히 뛰어갔다. 회중전등의 불빛이 미친 듯이 이리저리 날뛰었다.

그녀는 다용도실로 다시 되돌아가서 열쇠를 찾으려고 몸을 웅크리고 계단 바닥아래를 더듬었다. 계단 바닥의 디딤판에 테이프로 붙여진 작은 봉투가 손끝에 걸렸다.

아이린은 오랜 세월동안 공업용 테이프로 부착된 봉투를

떼내느라 한참동안 애를 먹었다. 마침내 봉투는 그녀의 손
에 떨어졌다. 그녀는 열쇠가 봉투 속에 있는 것을 감지할 수
있었다. 몸을 일으키면서 봉투를 뜯어서 열쇠를 꺼내어 열
쇠구멍에 끼워 넣었다.

아이린은 다용도실 문을 열고, 전기스위치를 더듬어 찾
았다. 머리 위의 희미한 전등불빛이 수십 년 동안 사용했을
보트용 장비, 낚시도구, 수상 스키장비들을 깜박이며 비추
었다.

아이린은 거실로 이어지는 어두운 복도를 따라 황급히 뛰
어갔다.

"파멜라, 나야, 아이린. 일어나."

그녀는 소파 옆에서 걸음을 멈추고 파멜라의 어깨를 잡으
려고 손을 뻗었다.

얇은 실크 블라우스속의 여자의 몸은 싸늘하게 식어 있었
다. 그 여자가 파멜라라는 것은 의심할 여지가 없었다. 17년
이 지났지만, 파멜라의 뛰어난 미모는 별로 변하지 않았다.
죽어서도 그녀는 고전적이고 귀족적인 금발의 아름다움을
그대로 간직하고 있었다.

"어머나, 세상에…"

아이린은 토할 것 같은 메스꺼움을 참으며 뒷걸음질을 쳤

다. 그녀는 반사적으로 휴대폰을 꺼내려고 핸드백으로 손을 가져갔다.

그때, 어떤 그림자 하나가 다용도실에서 어두운 복도를 향해 움직이고 있었다.

아이린은 무거운 회중전등을 꽉 움켜잡고 불빛을 황급히 그림자에게로 돌렸다. 밝은 불빛이 루크의 모습을 비추었다. 그녀는 비명을 지르려는 것을 꾹 참느라 목이 질식할 것만 같았다.

"죽었나요?" 루크가 소파를 향해 몸을 돌리면서 물었다.

"여기 어떻게 오셨어요? 아, 아니에요…" 대답을 기다릴 새도 없이, 아이린은 떨리는 손으로 911 다이얼을 눌렀다.

"사람이 죽었어요, 빨리요…"

루크는 소파로 다가가서, 익숙한 자세로 시체의 목에 손가락을 짚어 보았다. 맥박이 뛰나 살펴보는 것이겠지… 아이린은 생각했다. 그녀는 루크의 익숙한 행동에서 그가 예전에 시체를 다루어 본 경험이 많다는 것을 눈치 챘었다.

"확실히, 죽었군." 그는 조용히 말했다. "죽은 지 한참 된 것 같아요."

그들은 테이블 위의 빈 칵테일 용기를 동시에 바라보았다. 그 옆에는 의사에게서 처방된 작은 약병이 있었다. 그것

역시 비어 있었다.

아이린은 고통스러운 죄의식을 느끼며 말했다. "여길 좀 더 빨리 왔었어야 했는데…"

"왜요?" 루크가 물었다. 그는 웅크리고 앉아서 작은 약병의 상표를 읽어보았다. "이런 일이 생길지 어떻게 알 수 있었겠어요?"

"알 수 없었죠. 전혀 몰랐어요." 그녀가 속삭였다. "하지만 그녀가 전화를 받지 않았을 때, 무슨 일이 생겼을 거라고 짐작은 했어요."

루크는 시체를 심사숙고하면서 자세히 살펴보았다. "이 여자는 스텐슨 양이 오늘 오후 산장에 도착하기 전에 이미 죽었어요."

그는 분명히 시체를 많이 다루어본 경험이 있는 것 같아… 아이린은 생각했다.

그녀는 심호흡을 한번 한 후 정신을 가다듬고서 전후 상황을 가능한 한 간단하고 빠르게 설명했다. 그렇게 하니까 지금 일어난 일에 대해 집중하기가 훨씬 수월해졌다.

조금 전에 경찰에 신고할 때, 아이린은 이상하게 온몸이 마비되는 듯한 느낌을 받았다. 그녀는 떨리는 손으로 전화를 끊은 뒤, 휴대폰을 거의 떨어뜨릴 뻔했다. 그러나 정신을 차리고 가까스로 휴대폰을 핸드백에 집어넣을 수 있었다. 그녀는 무서워서 시체를 똑바로 쳐다볼 수도 없었다.

"여기 있으면 안 돼요." 루크가 그녀의 팔을 잡으며 말했다.

"밖으로 나가죠."

아이린은 반대하지 않았다. 그는 그녀를 데리고 복도와 현관을 지나서 현관계단으로 나왔다.

"여기는 어떻게 오셨어요?" 아이린이 찻길을 둘러보며 물었다. "자동차는 어디 있어요?"

"길 저쪽에 세워 놓았어요."

아이린은 이제야 감이 왔다. "절 *미행하셨군요.*"

"그래요."

그의 어조에는 사과한다거나 어색하다든지 혹은 미안한 기색이 전혀 담겨져 있지 않았다. 그저 담담한 어조로 '*맞아요, 당신을 미행했어요. 왜요?*'라고 하는 것 같았다.

아이린은 화가 치밀어 올라 말했다. 덕분에 온 몸이 마비되는 듯한 느낌이 조금 덜해졌다.

"왜 그러셨어요? 어떤 이유에서라도 그럴 권리가 없어요…"

"저기 소파 위에 있는 여자가," 루크는 명령을 내리는데

익숙한 남자 특유의 냉정함과 거만함으로 그녀의 공격적인 질문을 끊으며 말했다. "스텐슨 양이 아까 오후부터 계속 연락을 하려고 애썼던 사람인가요?"

아이린은 이를 악물고 두 팔을 힘주어 팔짱을 꼈다. "제 질문에 대답하지 않으시면, 저도 대답하지 않겠어요."

"마음대로 하세요, 스텐슨 양." 루크는 멀리서 들려오는 사이렌소리가 나는 방향으로 고개를 약간 돌렸다. "그런데 피해자와 서로 잘 아는 사이인 것 같은데요."

아이린은 잠시 망설였다. "우리는 한때 친하게 지냈어요. 아주 오래 전 일이지만요. 하지만 그 후 17년 동안 서로 연락이 끊어졌어요."

"안됐군요." 그가 말했다. 그의 어조는 놀라울 정도로 부드러웠지만 그의 눈은 충격으로 싸늘해졌다. "자살은 언제나 뒤에 남겨진 사람들에게 큰 고통이죠."

"전 자살이라곤 생각 안 해요." 아이린이 말했다. 그리고는 곰곰이 생각해 보았다.

루크는 그녀의 말에 귀를 기울이며 다른 가능성에 대해서도 인정했다. "약물 과다복용으로 인한 사고일 수도 있겠네요."

아이린은 그 말 역시 동의할 수 없었지만 입을 다물었다.

"왜 오늘 밤 그 여자를 만나러 여기에 왔어요?" 루크가 물었다.

"제 일에 왜 그렇게 관심이 많으세요?" 그녀도 지지 않고 대꾸했다. "왜 여기까지 절 미행하셨냐구요?"

그가 대답하기도 전에 경찰순찰차 한대가 차도로 들어섰다. 대답을 들을 수도 있었는데… 아이린은 찌푸린 표정으로 마음속으로 중얼거렸다. 눈부신 헤드라이트 불빛이 밤하늘을 이리저리 찔러 대었다. 날카로운 사이렌소리가 너무나 시끄러워서 아이린은 반사적으로 두 손을 들어 귀를 막았다.

그때, 갑자기 사이렌소리가 멈추었다. 경찰복을 입은 경관이 차 밖으로 나왔다. 그는 먼저, 아이린을 흘낏 쳐다본 후, 바로 루크에게로 시선을 돌렸다.

"시체가 있다는 신고를 받았어요." 그가 말했다.

루크는 엄지손가락으로 뒤쪽의 현관을 가리키며 말했다. "거실에 있어요."

경관은 현관을 자세히 들여다보았다. 그러나 그는 집안으로 들어가려고는 하지 않았다. 아이린은 경관의 그런 모습에 그가 아직 어리고, 짧은 그의 경찰경력으로 봐서는 시체를 다뤄본 경험이 거의 없다는 것을 느낄 수 있었다.

"자살인 것 같아요?" 경관은 불안한 표정으로 물었다.

"그런 것 같아요. 아니면, 약물 과다복용이든지요." 루크가 대답했다. 그는 아이린을 흘낏 보면서 말했다. "현재로서는 그렇게 보이는데요."

경관은 고개를 끄덕였지만 조사하기 위해 집안으로 들어가는 것은 꺼리는 눈치였다.

멀리서 더 많은 사이렌 소리가 들려왔다. 곧이어 차도 입구에 차들이 그 모습을 드러내었다. 앰뷸런스 한 대와 경찰 순찰차 한 대가 저택을 향해 달려왔다.

"서장님이 오셨군요." 경관은 안심한 표정으로 말했다.

차들은 경관의 순찰차 뒤에 정지했다. 의사들이 앰뷸런스에서 나와서 비닐장갑을 손에 꼈다. 그들은 대답을 기대하는 듯이 루크를 바라보았다.

"거실에 있어요." 루크가 되풀이해서 말했다.

아이린은 한숨을 쉬었다. 남자 중의 남자, 알파 맨… 그녀는 다시금 생각했다. 위기에 처했을 때 모든 사람들이 본능적으로 나아갈 방향을 위해 자문을 구하는 그런 타입의 남자…

의사들은 현관 거실로 사라졌다. 젊은 경관은 앞장서려고 하지 않고 마지못해 그들을 뒤따라갔다.

두 번째 순찰차의 문이 열렸다. 40대의 덩치 크고 힘깨나

세어 보이는 경관이 차 밖으로 나왔다. 그의 밝은 갈색 머리
칼은 이마 위에서 벗겨져 있었다. 그의 우악스럽게 생긴 얼
굴에는 험악한 표정이 나타나 있었다.

파멜라와 달리 샘 맥퍼슨 씨는 세월의 흔적을 그대로 간
직하고 있구나… 아이린은 생각했다.

그는 아이린을 한번 훑어보았다. 그의 표정으로 봐서는
그녀를 알아보지 못하는 것 같았다. 그는 다른 사람들과 마
찬가지로 루크에게 시선을 돌렸다.

"대너 씨," 그가 말했다. "어떻게 된 일인가요?"

"안녕하세요, 서장님." 루크가 아이린을 향해 턱짓을 하
며 말했다. "스텐슨 양과 함께 있었어요. 우리 모텔의 투숙
객이지요."

"스텐슨?" 샘은 고개를 돌려 아이린을 더 자세하게 살펴
보았다. "아이린 스텐슨?"

그녀는 마음을 다잡고 말했다. "안녕하세요, 샘."

그는 눈살을 찌푸렸다. "몰라보겠는데요. 정말 많이 변했
군요. 이 마을에는 어쩐 일로 돌아왔나요?"

"파멜라를 만나러 왔어요. 이제 이곳의 서장님이세요?"

"밥 손힐이 죽은 후 인수받았죠." 그는 건성으로 대답했
다. 그는 현관을 향해 시선을 돌렸는데 긴장되고 불안한 표

정이 그의 얼굴에 나타났다. "집안에 있는 사람이 파멜라 맞나요?"

"예."

"그렇지 않아도 걱정했어요," 그는 길고 염세적인 한숨을 깊게 내쉬었다. "이번 주에 그녀가 마을에 와 있다는 소문을 들었죠. 오늘 밤 사고신고 전화를 받았을 때, 차라리 어떤 착오였길 바랬어요. 어쩌면 그녀의 친구에게 며칠 동안 집을 빌려주었을지도 모른다고 생각했죠."

"파멜라가 맞아요." 아이린이 말했다.

"젠장." 샘은 슬프지만 체념한 듯한 표정으로 고개를 흔들었다. "그녀를 발견한 사람이 스텐슨 양인가요?"

"예."

그는 의미심장한 시선으로 루크를 잠시 쳐다본 뒤 아이린에게 시선을 돌렸다. "어떻게 된 건지 경위를 말해주시겠어요?"

"저는 오늘 오후 늦게 던즐리에 도착했어요." 아이린은 대답했다. "저녁 내내 파멜라에게 전화를 여러 번 했지만 응답이 없었어요. 걱정이 돼서 그녀가 집에 있나 알아보려고 여기로 온 거예요."

"신고전화를 받은 캐시 토마스의 말로는, 사건 현장에 술과 알약이 있다고 신고했다면서요?”

“예.” 아이린은 대답했다. “하지만…,” 그녀는 파멜라가 자살했다고는 생각하지 않는다고 말하려고 했는데, 그때 루크가 굳은 눈초리로 그녀를 바라보았다. 그 때문에 그녀는 짜증스럽지만 약간 머뭇거리게 되었다. 그녀가 말을 다시 하려고 할 때, 샘이 말했다

“요즘은 그녀가 잘 지내는 줄 알았어요.” 샘은 조용히 말을 이었다. “그녀는 대학을 졸업한 후 한동안 요양소를 들락날락 했죠. 지난 몇 년 동안은 마약을 끊은 것 같았는데…”

“탁자 위에 있던 약병은 의사가 처방해 준 약이더군요.” 루크가 말했다.

샘이 눈을 가늘게 뜨며 말했다. “치료받으러 다시 병원에 다녔던 것 같군.” 그는 현관으로 들어가더니 입구에서 잠시 걸음을 멈추고 아이린을 돌아보았다. “한동안 이 마을에 머무를 건가요?”

“내일 떠날 생각이었어요.” 어떻게 할지 결정하지 못한 채, 그녀가 말했다.

“내일 아침에 몇 가지 물어볼게 있어요. 그저 형식적인 절차예요.” 그가 루크에게 고개를 돌리며 말했다. “대너 씨도 마찬가지예요.”

"알겠어요." 루크가 대답했다.

아이린은 말없이 고개를 끄덕였다.

"내일 아침 9시 30분에 두 분 모두 경찰서로 오세요." 샘이 말했다. 그리고는 집안으로 사라졌다.

루크는 아이린을 바라보았다. "던즐리에 처음 온건 아니죠, 그렇죠?"

"전 이 마을에서 자랐어요. 15살 때 이곳을 떠났죠."

"이곳을 떠난 후로 처음 온 거예요?"

"예."

그는 현관 불빛으로 그녀를 자세히 바라보았다. "이 마을에 대해서 어떤 안 좋은 기억이 있는 것 같은데요."

"그건 악몽이었어요, 대너 씨."

그녀는 차도를 가로질러서 자신의 자동차 안으로 들어갔다.

이제 정말 힘든 밤들이 시작되겠군… 아이린은 엔진의 시동을 켜면서 생각했다. 상식적인 일들이 통하지 않는, 영원히 계속될 것만 같은 힘든 밤들이 시작되고 있었던 것이다.

04

전등불이 환하게 켜진 방갈로로 돌아온 아이린은 가방에서 여행용 티백을 꺼낸 뒤, 물을 끓이러 구석에 있는 작은 주방으로 들어갔다.

선라이즈 호수 산장의 방갈로에는 편의시설이 많이 갖추어져 있지는 않았지만, 호숫가에서 2주 혹은 한 달 정도 머물기를 원하는 여름 관광객들을 위해서 장기간 숙박에 필요한 시설은 어느 정도 갖추어 놓았다. 최소한의 조리시설 뿐만 아니라, 4인용 식기세트, 찻주전자, 몇 개의 기본 냄비, 프라이팬 등이 주방에 놓여져 있었다.

아이린은 차가 우려지기를 기다리며, 파멜라에 대한 생각에 잠겼다. 그녀의 마음속의 어두운 지하 동굴 속에 숨겨져 있던 악몽의 환영이 요동을 치기 시작했다. 지난 몇 년 동안 많은 정신과 의사들과 심리치료사들이 그녀의 마음속의 유령들을 잠재우기 위해서 최선을 다해 그녀를 도왔지만 오직 진실만이 그렇게 할 수 있을 뿐이라고 그녀는 확신해 왔다. 그러나 불행하게도 진실은 그녀의 요구를 들어주지 않았다.

아이린은 이 빠진 머그잔에 차를 따라서 축 늘어진 낡은 소파로 가서 앉았다. 그때, 무거운 자동차 엔진소리가 밤하늘에 낮게 울려 퍼졌다. 루크가 돌아왔던 것이다. 그녀는 창가의 커튼을 통해 그가 SUV에서 나와서 1호 방갈로로 들어가는 것을 지켜보았다. 어찌되었건 간에 그가 가까이에 있다는 사실만으로 아이린은 다소 안심이 되었다.

그녀는 소파에 앉아서 열다섯 살 되던 해의 그 끔찍한 여름을 떠올리며 생각에 잠겼다. 절대로 기억에서 지워지지 않는 그 해 여름, 석 달이라는 짧은 기간 동안 그녀는 파멜라 웹과 단짝 친구였다. 그런데 그 해 여름에 그녀의 부모가 살해되었던 것이다.

새벽 3시 15분전에, 아이린은 전화를 걸기로 마음먹고 휴대폰을 들었다.

애들린 그래디는 전화벨이 예닐곱 번 울렸을 때, 전화를 받았다.

"그래디입니다." 애들린은 잠이 덜 깬 채, 매일 값비싼 위스키와 고급 시가를 상용한 덕분에 영구적으로 쉬어버린 목소리로 말했다. "아이린, 급한 용무가 아니라면 당장 해고야."

"특종기사거리를 잡았어요, 애디."

애들린은 이쪽에서도 다 들릴 정도로 크게 하품을 했다.

"무슨 일인진 몰라도 최소한 지난번 시의회 회의에서 제기된 개전용 공원에 대한 논란기사보다 훨씬 중요한 기사거리라야 해."

"맞아요, 그것보다 훨씬 중요한 사건이에요. 라일런드 웹의 딸, 파멜라가 벤타나 호수에 있는 가족 여름 별장에서 시체로 발견되었어요." 그녀는 시계를 힐끗 보았다. "오늘 저녁 10시 45분에요."

"계속해, 아이린." 애들린의 목소리는 신기하게도 졸음이 사라지고 조바심으로 안달이 나 있었다. "어떻게 된 일이지?"

"적어도 우리 비콘 신문사가 파멜라 웹의 돌발적이고 미스터리한 죽음에 대한 뉴스를 최초로 기사화한 신문이 될 거예요."

"돌발적이고 미스터리한 죽음이라구?"

"지방경찰당국은 자살 아니면 약물 과다복용으로 인한 사고사라고 추정하고 있는데요, 저는 그 이상의 무언가가 있다고 생각해요."

"파멜라 웹," 애들린은 생각에 잠긴 목소리로 말했다. "그 여자를 만나러 던즐리에 간 거야?"

"예."

"자네가 그 여자를 알고 있는 줄은 몰랐어."

"아주 오래 전의 일이었어요." 아이린이 말했다.

"그래?" 뭔가가 바스락거리는 소리가 전화선 너머로 들려오더니, 이어서 전등스위치를 켜는 듯한 소리가 들려왔다.

"그 여자가 한동안 요양소에서 치료받았다는 소문을 들은 기억이 나는군."

애들린은 은퇴하고 비콘 신문사를 인수하기 위해 글래스턴 코브시로 오기 전에 30년 동안 캘리포니아주의 주요일간지에서 기자로 일했다. 아이린은 상사의 거친 목소리에서 비상한 관심과 호기심이 배어 있음을 알아챘다. 이 사건에 어떤 비밀스런 사연이 숨겨져 있는 것 같아요. 아이린은 생각했다. 애들린 역시 그것을 감지한 듯 했다.

"잠시 후에 그동안 취재한 걸 이메일로 보내드릴게요, 알았죠?"

"정말 이 사건이 특종감이라고 생각하나?"

"그럼요, 현재로서는 우리 비콘 신문사가 파멜라 웹의 사망사건을 취재한 유일한 신문사라니까요."

"어떻게 그런 행운을 잡게 됐지?" 애들린이 물었다.

"시체를 발견한 사람이 바로 저예요."

애들린은 휘파람을 살짝 불었다. "좋아, 그렇다면 특종감이 틀림없군. 그 기사는 자네 이름으로 나가게 될 거야. 이제, 잘 나가는 유명기자가 되겠지. 대부분의 경우, 상원의원 딸의 죽음은 개인적인 비극에 지나지 않지만 웹이 대선에 출마하려고 준비하고 있다면 문제는 달라지지."

"한 가지 부탁할 일이 있는데 에디나 제니나 게일에게 제 아파트로 가서 옷가지들을 좀 싸서 내일 아침에 부쳐달라고 전해주시겠어요?"

"그건 왜?"

"여기 던즐리에 며칠 더 있으려고 해요."

"그 마을을 싫어하는 줄 알았는데," 애들린이 말했다.

"맞아요. 하지만 이 사건에 뭔가가 더 있다는 직감이 들어서 좀더 알아보려구요."

"이 늙은 기자에게도 굉장히 구미가 당기는 소리군. 도대체 어떤 일인데?"

"제 생각에는 파멜라 웹이 살해된 것 같아요."

"제 생각에는 파멜라 웹이 살해된 것 같아요."

05

ALL NIGHT LONG

맥신은 아침 9시쯤에 마치 작은 회오리바람이 불듯이 로비에 갑자기 나타났다. 그녀는 삼십대 중반의 푸른 눈을 가진 매력적이고 에너지가 넘치는 여성이었다. 금발로 염색한 그녀의 풍성한 머리칼은 언제나 헬리콥터의 회전날개에 휘감긴 듯이 산만해 보였다. 그녀는 그 정신없이 뻗쳐있는 머리칼을 머리끈으로 묶고 다녔다. 루크는 지난 몇 개월 동안 그녀를 지켜보면서 그녀가 다양한 색깔의 머리끈을 아주 많이 가지고 있다는 것을 알아챘다. 오늘 그녀가 머리에 묶은 것은 밝은 핑크색이었다.

루크는 산장 일에 대한 그녀의 열정이 아주 재미있으면서도, 다소 이해하기 힘들었고 때로는 약간 피곤하게 느껴지기도 했다.

맥신은 로비 문을 발로 차서 닫은 뒤 걸음을 멈추었다. 그녀는 던즐리 슈퍼마켓의 로고가 찍힌 종이 쇼핑백을 양팔에 안고 있었다. 그리고는 힐난하는 듯한 눈초리로 그를 바라보았다.

"방금 슈퍼마켓에 다녀왔는데요. 아이린 스텐슨 양이 마을에 와서 우리 산장에 묵고 있고, 간밤에 사장님이 그녀와 함께 파멜라 웹의 시체를 발견했다고 사람들이 그러더군요."

루크는 프런트 데스크에 몸을 기대었다. "이 마을에 소문이 퍼지는 모양새가 마치 일급 군사기밀 같군요."

"왜 제게 말씀하지 않으셨어요?" 맥신은 아침 커피와 도넛 서비스를 위해 사온 물건을 테이블 위에 내려놓으며 말했다. "명색이 저는 이 산장에서 일하는 직원이에요. 그러니까 그 누구보다 제일 먼저 그 일에 대해 알고 있었어야 했어요. 그런데 에디스 하퍼에게서 그 뉴스를 전해 들었다니까요. 제가 얼마나 황당했는지 아세요?"

"아이린 스텐슨 양은 어제 아침에 맥신 씨가 볼일 보러 자리를 비운 사이에 전화로 방갈로를 예약했어요. 그리고 맥신 씨가 퇴근한 뒤 오후 늦게 도착했어요. 우리는 지난 밤 11시 15분전쯤에 그 시체를 함께 발견했구요. 일이 정신없이 돌아가서 맥신 씨에게 급히 알릴 시간도 없었어요. 미안해요."

맥신은 휘파람을 살짝 불면서 코트를 옷걸이의 사슴뿔가지에 휙 던지듯이 내걸었다. "마을사람들이 모두 수군대고 있어요. 아이린이 이 마을을 떠난 이후로 이렇게 흥미진진한 일이 또 일어나리라곤 꿈에도 생각하지 못했어요." 그녀는 걱정스러운 표정으로 얼굴을 찡그리며 말했다. "그런데 아이린은 괜찮나요? 파멜라를 그렇게 보게 되어서 정말 충격이었을 거예요. 두 사람은 고등학교 시절 한해 여름 동안 아주 친하게 지냈거든요."

"한해 여름 동안만이요?"

"파멜라는 늘 여름방학 때면 이곳에서 지냈어요. 그 외에는 다른 도시의 비싼 기숙학교에 다니거나 아니면 알프스 산으로 스키여행을 간다든지 그랬어요. 사실 그 두 사람은 친구로는 별로 안 어울렸어요. 서로 성격이 완전히 달랐거든요."

"어쩌면 그 점 때문에 서로 좋아하게 됐는지도 모르죠."

맥신은 입술을 오므리며 그럴지도 모르겠다고 생각했다.

그러다가 어깨를 으쓱하며 말했다. "그럴 수도 있겠네요. 파멜라는 전형적인 날라리였어요. 그녀는 마약과 남자친구들에게 빠져들었고 그녀의 아버지인 상원의원은 그녀가 원하는 것은 무엇이든지 말만 하면 사주었어요. 그녀는 언제나 최신 유행의 값비싼 옷을 입었고 열여섯 살 되던 생일날에는 값비싼 스포츠카를 선물 받았죠."

"아이린 스텐슨 양은 어땠었나요?"

"아까 말했듯이 그녀는 정반대였어요. 조용하고 공부 잘하는 모범생이었죠. 그녀는 틈만 나면 도서관에서 책에 코를 파묻고 공부했어요. 어른들에게도 언제나 예의 발랐구요. 사고 한번 친 적도 없고 남자친구와 데이트도 한 적이 없었어요."

"그녀의 부모는 무슨 일을 했나요?"

"그녀의 엄마, 엘리자베스는 화가였는데 제가 알기론 그림으로 돈을 많이 번 것 같진 않더군요. 그녀의 아버지, 휴 스텐슨 씨는 이곳 던즐리 마을의 경찰서장이었어요."

"10대 자녀에게 새 옷과 새 차와 스키 여행을 무제한으로 제공해 줄 수 있는 직업은 아니었군요."

"바로 그거예요." 맥신은 커피테이블 위의 빈 접시를 보고 얼굴을 찌푸렸다. "손님에게 도넛을 제공하지 않았군요."

"어제 남은 것을 죄다 버렸어요. 게다가 손님도 한 사람뿐이었고, 그녀가 도넛을 좋아하지 않을 거라고 생각했어요. 더구나 던즐리 슈퍼마켓에서 파는 도넛은 더 더욱 말이죠."

"이건 이 산장의 기본 서비스예요. 제가 오늘 아침 신선한 도넛을 사왔으니까 마침 다행이네요." 맥신은 종이봉투에서 상자를 꺼내어 열고는 플라스틱 접시에 도넛을 가지런하게 놓기 시작했다. "아침에 빵 몇 조각과 신선한 커피를 마시는 것은 정말 기분 좋은 일이죠. 고급 호텔과 모텔에서는 다 그렇게 해요."

"선라이즈 호수 산장도 나름대로 격이 있다고 생각해요." 루크가 말했다. "스텐슨 양에 대한 이야기를 더 해봐요."

"글쎄, 아까 말씀드린 대로 어떤 이유에서인진 몰라도 파멜라 웹이 열여섯 살이 되던 그해 여름부터 그녀는 아이린과 친하게 지내고 싶어했어요." 맥신은 생각에 잠긴 표정으로 자신의 정수리를 손가락으로 살짝 쳤다. "어쩌면 사장님 말씀이 맞을 거예요. 파멜라는 자신과 아이린의 대조적인 모습이 맘에 들었나 봐요. 그녀는 아마 조용하고 촌스러운 아이린을 자신의 주변에 끌어들이면 스스로가 좀더 화려하고 멋있게 보일지도 모른다고 생각했겠죠. 어쨌든 거의 석 달 동안 그들은 언제나 함께 붙어 다녔어요. 아이린의 부모

가 왜 아이린이 파멜라와 어울리는 것을 내버려두었는지 다
들 의아해 했어요."

"파멜라가 아이린에게 나쁜 영향을 끼친다고 마을 사람
들이 생각한 모양이죠?"

맥신은 얼굴을 찡그렸다. "아주 최악의 영향을 끼칠 거라
고 생각했죠. 참견하기 좋아하는 사람들이 스텐슨 씨 부부
에게 아이린을 파멜라와 계속 어울리게 하면, 아이린 역시
나쁜 물이 들 거라고 경고하곤 했어요. 조만간에 아이린 스
텐슨도 섹스와 마약과 락 음악에 빠져서 악의 굴레에 희생
될 거라고 모든 사람들이 예상했어요."

"아, 그 젊음의 순수한 쾌락 말이군요."

"그래요, 하긴 그 시절이 좋았죠." 맥신도 동의했다. "하
지만 어떤 이유로 아무도 그 까닭을 알 순 없었지만, 스텐슨
씨 부부는 그 두 소녀들의 우정을 반대하는 것 같진 않았어
요. 어쩌면 그들은 아이린이 미국 상원의원의 딸과 어울리
는 것을 마음에 들어 했을지도 모르죠. 설마 스텐슨 씨 부부
가 그런 걸 좋아했으리라고는 생각하지 않지만요…"

루크는 나무들 사이로 5호 방갈로를 자세히 바라보았다.
모든 전등불들이 밤새도록 환하게 켜져 있었다. 새벽 4시가
지나서 그가 마지막으로 둘러보았을 때, 침실의 불빛이 희

미하게 약해져 있는 것을 보았다. 그는 아이린이 마침내 침실에 철야 등을 켜고 잠이 들었나보다 하고 생각했었다.

"그 이야기 계속해 봐요." 그가 말했다. 그렇진 않았을 거야… 그는 직감적으로 그렇게 느꼈다.

"어느 날, 휴 스텐슨 씨가 자신의 집 부엌에서 부인을 총으로 쏴 죽이고 자신도 총으로 자살했어요."

"젠장," 뭔가 잘못되었을 거라는 예감이 들었지… 그는 조금 전의 자신의 직감을 떠올렸다. "그때 아이린은 어떻게 되었나요?"

"그녀는 그날 밤, 파멜라 웹과 함께 외출했어요. 그녀가 집에 돌아와서 부모의 시신을 발견했죠." 맥신은 잠시 말을 멈추었다. "그때, 아이린은 겨우 열다섯 살이었는데 혼자 집 안으로 들어간 거죠. 지금도 그걸 생각하면 섬뜩해져요."

루크는 아무 말도 하지 않았다.

"정말 믿어지지 않는 비극이었죠. 온 마을이 발칵 뒤집혀졌어요. 후에 엘리자베스 스텐슨이 던즐리 마을의 누군가와 바람을 피웠는데 그걸 알게 된 휴 스텐슨이 미쳐서 그랬다는 소문이 돌더군요."

"미쳐서요?"

맥신이 침울하게 고개를 끄덕였다. "또, 스텐슨 씨가 해병대에서 복무할 때 엄청난 전투를 겪었는데 그 이후 그가 외상(外傷) 후의 정신질환을 앓고 있었다는 등 별별 소문이 다 나돌더라구요.”

“트라우마* 말이죠?”

“바로 그거예요.” 루크는 5호 방갈로를 다시 한 번 살펴보았다. 아이린이 로비를 향해 나무들 사이로 걸어오는 것이 보였다. 그녀는 어제보다 더 많이 옷을 껴입고 있었다. 몸에 꼭 맞는 날씬한 검정색 바지와 검정스웨터를 입고 긴 검정색 트렌치코트는 단추를 채우지 않은 채 열어 놓았다. 코트의 끝단이 희미하게 반짝이는 검정 가죽부츠를 살짝 살짝 스치며 나풀거렸다.

어젯밤에 보았던, 그녀의 그 아름다운 눈에 숨겨져 있던 어두움과 비밀스러움이 확실히 그 옛날의 가족사 때문이었던 거로군… 루크는 생각했다.

“어머나.” 맥신이 창문 너머로 아이린을 흘낏 보고는 말했다. “저 사람이 아이린 맞아요?”

“그래요.”

“정말 못 알아보겠어요. 마치…”

“마치 뭐요?”

---

* 심리적 외상(外傷) 후 스트레스 장애

"글쎄요, 잘 모르겠어요." 맥신은 시인했다. "너무 많이 변했어요. 장례식 때 본 그 불쌍하고 엄청난 슬픔에 잠긴 어린 소녀의 모습과는 너무 달라요."

"부모가 죽은 후에 아이린은 어디로 가서 살았나요?"

"확실히는 잘 몰라요. 살인-자살사건이 일어난 그날 밤, 밥 손힐이라는 경찰관이 아이린을 자신의 집으로 데려갔어요. 그 다음날, 늙은 숙모가 아이린을 데리러 이곳으로 왔어요. 그리고 장례식이 끝난 후론 그녀를 한 번도 보지 못했어요."

"지금까지요…"

맥신은 아이린에게서 눈을 떼지 못했다. "아이린이 어떻게 저렇게 변했는지 믿을 수가 없군요. 정말 세련되어 졌네요. 아까도 말씀드렸듯이 그녀는 고등학교 시절 남자친구와 데이트도 해 본적이 없었어요."

"지금은 데이트를 할 거예요." 루크가 말했다. "아주 많이요."

그는 멋지고 신비스럽고 여성의 매력이 넘쳐흐르는 그런 여인을 마다할 남자가 있으리라고는 상상할 수 없었다.

"아이린이 저렇게 세련되고 멋있게 변하리라곤 아무도 예상하지 못했을 거예요." 맥신은 커피테이블로 돌아가서 분주하게 움직이기 시작했다.

"그러니까, 지금 서른 두 살쯤 된 것 같군요. 아직도 자기의 성을 사용하는 것으로 봐선 결혼을 하지 않은 것 같은데… 아니면, 결혼했다가 이혼하고서 다시 원래의 성을 되찾았는지도 모르겠네요."

"남편에 대한 이야기는 하지 않던데요." 그는 그제서야 생각이 났다. "물론 결혼반지도 끼지 않았구요.."

"여긴 왜 왔대요?"

"파멜라 웹을 만나러 왔다더군요."

"그런데 파멜라의 집에서 그녀의 시체를 발견한 거로군요." 맥신은 사용하고 남은 커피 찌꺼기를 쓰레기통에 버렸다.

"직업이 경찰관이거나 뭐 그런 게 아니라면 마흔 살이 되기도 전인 젊은 나이에 *세 구*의 시체를 우연히 발견한다는 것은 정말 이상한 일이군요. 대부분의 사람들은 장례식에서만 시체를 볼 수 있을 뿐인데 말이죠. 더구나 그런 일과는 경우가 틀리잖아요. 끔찍하게…"

"맥신 씨는 어머니가 임종하실 때 그 곁에 있지 않았어요?"

"그래요, 하지만…" 맥신은 잠시 말을 멈추고서 어떻게 설명해야 될지 모르겠다는 듯이 얼굴을 찌푸렸다. "어머니는 오랫동안 투병중이셨고 말기환자 호스피스 병동에 계셨어요. 그러니까 어머니의 죽음은 예기치 못한 갑작스러운 죽음이나 사고사가 아니라는 얘기죠. 무슨 뜻인지 아시겠죠? 그건 어떻게 보면 평화스러운 임종이었어요. 마치 옷을 갈아입는 것처럼 자연스러웠다는 말이에요."

"무슨 뜻인지 알겠어요." 루크는 조용히 말했다.

맥신의 말이 맞아… 그는 생각에 잠겼다. 예상치 못한 돌발적인 사망을 한 시체는 확실히 달랐다. 사전 예고나 준비할 틈이 없이 불행하게 죽음을 맞이하게 된 사람들은 끔찍한 상황을 자연스럽고 평온하게 받아들일 시간적인 여유가 없는 것이다.

어떤 경우에는 너무나 끔찍하게 죽음을 당해 시체의 모습이 기괴해지기도 하지… 그는 생각했다. 그래서 보는 사람들이 얼른 시선을 돌리거나 기절할 정도로 모습이 끔찍한 경우도 있는 것이다.

"가엾은 아이린, 더구나 그녀가 발견한 세 구의 시체는 모두 그녀가 잘 아는 사람들이었단 말이에요." 맥신은 항아리에서 깨끗한 물을 퍼서 커피 끓이는 기구에 채웠다. "처음에는 그녀의 부모, 이젠 한때 친했던 친구…"

정말 이상한 일이군… 루크는 생각했다. 그는 그 생각 때문에 밤새 잠을 이루지 못했고 오늘 아침에도 여전히 의문을 떨쳐버리지 못했다. 그가 서둘러 발로 짓밟아 끄지 않으면 산불로 번질 수도 있는 작은 불씨하나 때문에…

사방에 흩어져 있는 점들, 그 점들은 그의 존재의 파멸의 원인이기도 했다. 어떤 형태와 결론을 찾기 위해서 그 점들을 이어보고자 하는 호기심과 충동은 그에게 있어서 마치 중독과 같았다.

신경 쓰지 마… 루크는 마음속으로 중얼거렸다. 이 문제에 개입할 필요가 없어. 너 자신의 문제만으로도 벅차잖아. 네 인생을 다시 정상적으로 되돌려야 하잖아. 그게 네가 지금 해야 할 가장 급한 일이라구…

맥신은 커피를 퍼서 종이 필터에 넣었다. "아이린이 숙모와 함께 떠난 후에 사람들은 그녀가 평생 그 크나큰 충격과 상처로부터 벗어나지 못할 것이라고 수군거렸어요. 부엌바닥에 쓰러져 있는 부모를 발견한 그날 밤 이후로 아이린이 절대로 예전의 모습으로 되돌아 갈 수 없을 것이라고 말이죠. 어떤 사람들은 그녀가 결코 정상으로 돌아갈 수 없을 거라고까지 말했어요. 무슨 뜻인지 아시겠죠?"

"그래요," 루크가 조용히 말했다. "무슨 말인지 알겠어요."

맥신은 걱정스러운 표정으로 아이린을 바라보았다. "가엾은 아이린… 과거에 겪은 일에 이어 또 다시 어젯밤 파멜라의 시체를 발견하게 된 것이 아이린에게는 정말 견디기 힘든 일 일거라고 홀튼 부인이 사람들에게 이야기하는 것을 들었어요. 아마도 그 일이 그녀를 벼랑 끝으로 몰고 갈지도 모른다고 하더군요."

루크는 아이린이 창문을 지나서 로비의 현관문을 향하여 걸어오는 것을 지켜보았다. 그녀의 표정에는 뭔가를 굳게 결심한 듯한 단호함이 배어 있었다. 벼랑 끝으로 떨어지려는 위기에 처해있는 여인의 극도로 불안한 그런 표정이 아니야… 루크는 생각했다. 오히려 어떤 임무를 부여받아서 막 할 일을 시작하려는 사람의 표정이었다.

그때, 현관문이 열렸다. 아이린은 실내로 들어오면서 아침의 상쾌한 공기를 몰고 왔다.

'잘 잤어요'란 인사는 이 상황에서 적절한 인사말이 아니라고 루크는 생각했다. 그는 좀더 적절한 인사말을 생각해내려고 애썼다.

"안녕하세요." 그가 사교적인 말솜씨에 젬병이라고 누가 말했던가?

아이린은 살짝 미소를 지었는데 어딘지 조심스럽고 경계

하는 듯한 표정이 두 눈에 담겨져 있었다.

"안녕하세요."

"간밤에 눈을 좀 붙이셨나요?" 루크가 물었다.

"별로요, 루크 씨는요?"

"약간요."

의미 없는 잡담이로군… 그는 생각했다.

"아이린." 맥신이 저쪽에서 아이린에게 미소를 지으며 말했다. "나 기억나요? 맥신 스팽글러. 이제는 맥신 보스웰이지만…"

"맥신." 아이린이 활짝 웃으며 말했다. "여기서 일하고 있다고 루크씩한테서 들었어요. 고등학교 졸업한 후에 이 마을을 떠난 걸로 알고 있었는데요…"

"그랬었죠. 이곳을 떠나 2년제 대학에서 경영학과 회계학을 공부했어요. 졸업 후, 첨단기업에서 직장을 얻었어요. 그 뒤 남편을 만나 결혼하고 아들을 낳았죠." 맥신은 두 눈을 굴리며 말했다. "하지만 일이 꼬였어요. 난 직장에서 해고되었고 남편은 요가선생과 함께 떠나 버렸고, 엄마는 병에 걸려 자리에 눕게 되었죠. 그래서 엄마 병간호를 위해서 아들 브래디와 함께 이곳으로 돌아왔죠."

"어머니는 좀 어떠세요?"

“6개월 전에 돌아가셨어요.”

“안됐군요.” 아이린이 조용히 말했다.

“고마워요.”

“맥신 씨의 어머니를 기억하고 있어요. 참 좋은 분이셨는데… 우리 어머니와 친구였잖아요.”

“맞아요.” 맥신이 말했다.

“어머니가 돌아가신 후, 이곳에 정착하기로 마음먹은 거군요?”

맥신은 잠시 주저하다가 말했다. “사실은 브래디가 대도시의 고등학교에 적응을 잘 못했어요. 그 애의 아빠가 집을 떠난 뒤, 아들은 방황하기 시작했어요. 성적도 형편없이 떨어졌고 말썽을 부리기 시작했죠.”

“그랬군요.”

“이런저런 일들을 겪고 나서, 아들이 어쩌면 던즐리 같은 작은 마을에서 더 잘해 나갈 수 있을 것 같다는 생각이 들었어요. 다행히 이곳으로 이사 오고 난 후, 그 애는 훨씬 안정되어 갔어요. 성적도 오르기 시작했고, 게다가 아빠 역할을 해주는 좋은 이웃들도 있어서 많이 좋아졌어요. 샘 맥퍼슨 씨는 가끔 경찰 순찰차에 그를 태우고 다니곤 하죠. 낚시도 함께 하구요. 루크 씨도 여름에 숙박객들을 데리고 호수로 낚시하러 갈 수 있도록 보트 다루는 법을 그에게 가르쳐주고 있어요. 브래디는 그 일을 정말 좋아해요.”

“알겠어요.” 아이린이 말했다. 그녀는 생각에 잠긴 시선으로 루크를 한참 쳐다보았다. 루크는 자신이 심사숙고와 고찰의 대상이 되고 있다는 것을 알아차렸다.

“저기, 파멜라 웹에 대한 이야기인데요.” 맥신은 말을 계속했다. “지난밤에 그녀를 그렇게 발견하게 되어서 정말 힘들었겠어요.” 그녀는 커피포트에 손을 뻗었다. “맛있는 뜨거운 커피와 도넛 드실래요?”

맥신이 쓸데없이 시간낭비를 하고 있다고 루크는 생각했다. 아이린은 잘 볶은 커피콩을 금방 갈아 만든 고급커피나 이국적인 향취의 차만을 마실 것처럼 보였기 때문이었다. 게다가 도넛을 좋아할 것 같지도 않아 보였다.

그러나 놀랍게도 아이린은 맥신에게 미소를 지으며 말했다.

“좋아요.” 그녀는 말했다. “고마워요.”

맥신은 환하게 웃었다. 그녀는 상자에서 도넛을 꺼내어 작은 냅킨에 싼 다음, 커피가 담긴 머그잔과 함께 아이린에게 건네주었다.

아이린은 커피를 한 모금씩 마시면서 싸구려 도넛을 우아하게 먹기 시작했다. 그녀의 표정에는 커피와 도넛의 맛을 음미하는 듯한 기색이 엿보였다.

이거 뜻밖인데… 루크는 생각했다.

"사실 파멜라를 그렇게 발견한 건 정말 충격적이었어요." 아이린이 말했다. "최근에 파멜라가 이곳 던즐리에서 오랫동안 머무르곤 했나요?" 아이린이 물었다.

어, 이건 또 무슨 소리야?…. 루크는 자신의 타고난 위험 감지 레이더가 적색경보지역으로 곤두박질치고 있음을 느꼈다.

"여느 때나 마찬가지였어요." 맥신이 무심히 말했다. "그동안 파멜라는 가끔씩 주말에 이곳에 와서 머무르곤 했어요. 항상 남자를 데리고 오거나 도시 친구들과 함께 왔죠. 하지만 그녀를 실지로는 자주 보지 못했어요."

"파멜라가 최근 이곳에 와 있다는 걸 알고 있었나요?"

"그럼요, 그녀가 이번 주 초에 자동차를 운전하며 카페를 지나치는 것을 사람들이 보았거든요." 맥신은 루크를 곁눈질하며 말했다. "웹 가문 사람들이 이 마을에 머무를 땐 소문이 빨리 퍼지죠. 아직 눈치 채지 못했을 것 같은데, 그 가문은 이 마을의 이른바 로얄 패밀리죠."

"시청이며 공원, 지역병원 심지어 던즐리의 주요도로에

까지 웹이라는 이름이 붙어있는 걸 보고 약간 짐작은 했어
요."

맥신이 웃었다. "웹 가문은 4대째 이 던즐리 마을과 밀접
하게 연결되어 있어요."

"빌딩의 간판이나 도로 이름은 모두 빅터 웹 씨에게 경의
를 표하기 위한 것이에요." 아이린이 설명했다. "파멜라의
할아버지죠. 그는 오래 전에 스포츠용품을 취급하는 거대기
업을 세웠어요. 사업이 잘되어 부유해진 그는 이 지역의 각
종 자선사업이나 개발 프로젝트에 많은 돈을 기부했어요."

맥신은 스스로 자신의 커피를 따랐다. "그러니까, 빅터 웹
씨가 이 마을의 대부격이라고도 할 수 있죠. 이곳의 많은 사
람들이 나름대로 그에게 신세를 지고 있어서 다들 고맙게
생각하고 있어요. 그렇지, 아이린?"

아이린이 고개를 끄덕였다. "제가 이곳에 살 때도 확실히
그랬어요."

"하지만 그는 여기서 거주하는 것 같진 않은데요." 루크
가 물었다.

"맞아요." 맥신이 말했다. "그가 체인스토어를 설립한 후
에 본사를 샌프란시스코로 옮겼어요. 그 후, 그 회사를 팔고
막대한 부를 챙긴 뒤 피닉스로 은퇴했어요. 요즘은 가을에

사냥하러 이곳에 올 때를 제외하곤 그를 보기가 힘들어요. 하지만 그는 이 던즐리를 잊지 않고 있죠." 맥신은 코를 찡긋거리며 말했다. "그런데 그의 아들인 그 상원의원은 달라요."

"무슨 뜻이죠?" 루크가 물었다.

"그 질문에는 제가 답할 수 있을 것 같네요." 아이린이 도넛을 한 입 가득 물고서 말했다. "그의 아들, 라일런드 웹 씨는 정치적 야심이 아주 큰 사람이었어요. 그는 이곳 던즐리에서 오래 머문 적이 없어요. 적어도 제가 살던 때에는 그랬어요." 그녀는 맥신에게 의견을 묻는 듯한 시선을 보냈다.

"요즘도 마찬가지에요." 맥신이 말하면서 어깨를 으쓱하였다. "그는 가을에 부친과 함께 사냥하러 가끔 이곳에 나타나죠. 그것뿐이에요."

아이린은 커피를 한 모금 마셨다. "라일런드 웹 씨가 좋아하는 일을 방해하는 것은 본전도 못 뽑는 일이라고 아빠가 말씀하시곤 했어요."

"동감이에요." 맥신이 말했다. "사람들이 빅터 웹 씨에 대한 존경심과 같은 경의를 상원의원인 그의 아들에게도 느끼지 못하는 진짜 이유는 그가 선거에 승승장구한 이후로 이 던즐리에 별다른 관심을 보내지 않았기 때문이에요."

"정부보조금을 이곳에 많이 투자하지 못했기 때문이겠군요, 그렇죠?" 루크가 물었다.

맥신은 손을 흔들어 로비 창문너머로 보이는 바깥 풍경을 가리키며 말했다. "한번 둘러보세요. 지금 이곳 던즐리에 정부보조금으로 시행되는 큰 개발계획이 시행되는지, 아닌지… 하나도 안 보이죠? 새 도로를 건설하는 보조금도 없고 지역경제에 도움이 될 만한 어떤 개발계획도 없어요."

"내 개인적으로는 그 점이 매력적으로 느껴졌는데요." 루크가 냉담하게 말했다.

맥신은 웃었다. "시의회에 가서 그렇게 말씀하세요. 문제는 라일런드 웹 씨의 정치 공약에 기부를 할 거물이나 부유한 기부자가 없다는 거예요. 그래서 그는 우리 마을을 등한시하는 것이죠."

"그동안 파멜라가 라일런드 씨의 선거 유세에 관여해 왔죠, 그렇죠?" 아이린이 맥신에게 물었다.

맥신은 고개를 끄덕였다. "파멜라는 대학을 졸업한 후에 아버지를 도와서 일했어요. 그녀는 아버지의 정치경력에서 안주인 노릇을 해왔죠. 파멜라의 엄마가 죽은 후로, 그녀의 아버지가 재혼을 하지 않았기 때문에 정치가들이 해야 하는 사교모임의 접대를 담당할 사람이 없었기 때문이에요."

아이린은 생각에 잠긴 시선으로 그녀를 바라보며 말했다. "하지만 그것도 이미 옛날이야기 아닌가요? 웹 상원의원이 몇 주 전에 그의 약혼을 발표했잖아요?"

"맞아요." 맥신이 잠시 말을 멈추고 커피 잔을 들어 한 모금 마셨다. "그건 잊어버리고 있었는데 그 말을 하니까 그런 생각이 드네요. 그렇다면 파멜라는 아버지의 정치행사에서 손을 떼야 했었군요. 그렇죠? 정말 대단한 지위였는데… 말하자면, 웹 상원의원의 공식적인 안주인으로서 그녀 자신이 VIP였는데 말이에요."

"그래요," 아이린이 대답했다. "그녀는 이 캘리포니아 주의 정계인사들 뿐만 아니라, 워싱턴시의 정계거물들과도 어울렸어요."

맥신은 눈을 크게 떴다. "그 때문에 파멜라가 자살한 건 아닐까요? 그러니까 그 중요한 지위를 잃어버리게 되었기 때문에 낙심한 나머지 우울증에 빠져서 말이에요?"

"파멜라가 자살했는지 아닌지 아직 몰라요." 아이린은 냉담하게 말했다.

이제, 그만할 때가 됐군… 루크는 생각했다. 상황을 정리할 때가 된 것 같았다. 그는 호주머니에서 자동차열쇠를 찾으면서, SUV를 향하여 몸을 움직였다. "맥퍼슨 서장과 면담

할 준비가 되었나요? 제 차를 타고 함께 가는 게 좋겠어요.”

아이린은 그와 함께 차를 타고 가는 것이 마치 인생의 중대사에 대해서 결정을 내리는 것이나 되는 것처럼 그 제의를 잠시 심사숙고한 후에 고개를 끄덕였다.

“좋아요.” 그녀가 대답했다.

루크는 사슴뿔 옷걸이에서 재킷을 낚아챘다.

“이곳에 얼마나 더 머물 생각이에요, 아이린?” 맥신이 물었다.

“아마 한동안요.” 아이린이 대답했다.

루크가 재킷을 급히 입으며 말했다. “하룻밤 더 예약했어요.”

아이린은 빈 커피 잔을 내려놓고 냅킨을 쓰레기통에 던져 넣었다. “아마, 계획했던 것보다 더 오래 머물 것 같아요.”

루크는 그녀를 바라보았다. “얼마나 더 오래 동안요?”

“그때 상황봐서요.” 그녀는 현관으로 걸어가서 문을 열었다. “빨리 가는 게 좋겠어요. 서장과의 조사에 늦으면 안 되잖아요.”

“금방 다녀올게요, 맥신.” 루크가 말했다. 그는 서둘러 문을 향해 걸어갔다.

“알겠어요.” 맥신이 프런트 데스크 뒤로 돌아 들어가면서 말했다. "천천히 다녀오세요."

루크는 아이린 뒤를 따라 SUV쪽으로 걸어가서 그녀에게 재빨리 자동차문을 열어주었다.

"고마워요." 그녀는 매우 공손하게 말했다.

아이린은 차안으로 올라가 좌석에 앉은 후, 안전벨트를 맸다.

루크는 차문을 닫은 뒤, 반대편으로 돌아서 운전석에 앉았다.

"실례가 안 된다면 말인데요, 아까 맥신에게 무슨 말을 한 거죠?" 그는 엔진의 시동을 켜면서 물었다.

"무슨 말씀이세요?"

"아니, 관두죠." 루크는 육중한 자동차의 기어를 움직였다. "그냥 해 본 소리에요. 답을 이미 알고 있으니까요."

"무슨 말씀을 하시는 거예요?"

"아까 맥신을 심문하고 있었잖아요."

"심문이라니요, 그게 무슨 뜻인지 잘 모르겠어요."

루크는 익살스럽게 웃었다. "듣고 있자니 교묘하게 의도적으로 질문을 하더군요. 나름대로 뭔가를 알아내려고 애쓰고 있더군요. 그렇지 않아요?"

아이린은 조심스럽게 곁눈질로 그를 흘깃 바라보았다.

"어쩌면 그럴지도 모르죠."

"맥신이 스텐슨 양과 파멜라의 관계에 대해 자세하게 얘기해 주었어요. 지난밤에 옛 친구를 그렇게 만나게 된 건 정말 끔찍한 일이에요. 그렇다고 그녀의 죽음에 현재까지 밝혀진 것 외에 다른 뭔가가 있다는 뜻은 아니죠."

아이린은 고개를 정면으로 한 채 시내로 이어지는 좁고 휘어진 포장도로를 똑바로 바라보았다.

"제가 무슨 일을 하든, 그건 저의 일이에요." 그녀는 조용하게 말했다.

"그런데 말이에요, 내가 이곳에 이사온지는 몇 개월밖에 안 되긴 했지만 내가 들은 바로는 샘 맥퍼슨 서장은 정직한 경찰관이에요. 의심할만한 증거가 있는데도 법적으로 수사를 회피할 사람은 아닌 것 같던데요."

"수사는 더 이상 없을 거예요. 웹 상원의원이 그것을 원하지 않는 이상 말이에요. 장담하지만 절대로 수사는 더 이상 하지 않을 거예요. 어쩌면 그 반대일 가능성이 더 커요."

"그 상원의원이 대통령 출마를 선언했기 때문에요?"

"맞아요, 그가 딸의 죽음에 대한 수사를 절대 허용하지 않을 거예요."

루크는 운전대를 잡은 손에 힘을 주었다. "이곳 던즐리에서 떠도는 소문으로 봐서는 그런 수사가 더욱 혼란만을 가져올 것 같군요."

"웹 가문 사람들은 오랫동안 파멜라의 마약중독이나 어린 시절의 무분별한 방종에 대해 쉬쉬하며 덮어두려고 애써 왔어요. 수사가 확대되면 옛날의 치부가 드러나게 되니까 라일런드 웹 씨의 후견인들이 그런 사실이 매스컴에 공개되는 것을 반기지 않겠죠. 헌신적인 아버지의 이미지에 손상을 주게 되니까요."

"그가 무슨 짓을 한다하더라도 매스컴을 피할 수는 없을 거예요." 루크가 지적했다. "약물 과다복용으로 인한 상원의원 딸의 죽음은 매스컴의 주목을 받게 되어 있죠."

"아니에요, 웹 씨와 그 주변 사람들은 그 사실을 어떻게든 통제할 수 있을 거예요. 하지만 파멜라가 살해됐다는 일말의 가능성이라도 제기된다면 아마도 엄청난 회오리바람을 불러일으킬 거예요."

루크는 천천히 한숨을 내쉬었다. "제길, 난 혹시 스텐슨 양이 그런 생각을 하고 있는 게 아닐까, 하고 걱정하고 있었던 거예요."

아이린은 아무 말도 하지 않았다. 루크가 그녀를 힐끗 쳐다보았을 때, 그녀의 허벅지에 놓인 손이 주먹을 꼭 쥐고 있었다.

"정말로 파멜라가 살해됐다고 생각해요?" 그는 목소리를 가라앉히면서 부드럽게 물었다.

"현재로서는 확실히는 몰라요. 하지만 꼭 밝혀내겠어요."

"누군가가 파멜라 웹을 살해했다는 것을 입증할만한 어떤 증거라도 가지고 있나요?"

"아직은 없어요." 아이린이 시인했다. "하지만 이것만은 분명하다고 말씀드릴 수 있어요. 파멜라가 살해된 것이 맞는다면 그녀의 죽음이 17년 전의 부모님의 죽음과 연관이 있을 가능성이 크다는 거죠."

"기분 나쁘게 할 뜻은 없지만 마치 음모론자의 논리처럼 들리는데요."

"알아요."

"낯선 사람에게서 이런 말을 듣는 게 별 의미가 없겠지만요." 루크는 조용히 말했다. "자세히는 모르지만 스텐슨 양이 부모님을 발견한 그날 밤, 그런 엄청난 일을 겪었다는 것이 정말 안타깝군요. 정말 상상하기도 싫은 악몽이었겠군요."

아이린은 그의 간결하면서도 때 아닌 조문의 인사말에 놀랐다는 듯이 실눈을 뜨고 호기심 어린 표정으로 그를 바라보았다.

"맞아요." 그녀는 잠시 주저하다가 말했다. "고마워요."

루크는 때로는 아무 말도 하지 않는 것이 나을 때가 있다는 것을 잘 알고 있었다. 그는 묵묵히 운전에만 집중했다.

아이린은 자동차 문의 한쪽 벽에 팔을 괴고서 손으로 턱을 감싸고 있었다. "파멜라가 살해되었다는 것을 입증할만한 명백한 증거가 없는 건 사실이에요. 하지만 어떤 단서가 될 만한 것을 가지고 있어요."

"그게 뭔데요?" 그가 신중한 표정으로 조심스럽게 물었다.

"파멜라와 친하게 지내던 그해 여름, 우리는 암호를 하나 정해서 급한 일이 생기거나 아무도 모르게 지켜야 할 비밀이 생기면 그 암호로 연락하기로 했어요."

"그래서요?"

"파멜라는 이메일에 그 암호를 사용하여 여기 던즐리에서 만나자고 했어요."

루크는 운전대를 힘주어 꽉 잡았다. "기분 나쁘게 들릴지는 모르지만 십대들의 암호가 그리 중요한 단서가 될 수는 없을 것 같은데요…"

"저에겐 아주 중요해요." 아이린이 말했다.

06

시내는 이곳 던즐리로 이사온 이래로 루크가 보았던 것보다 훨씬 많은 사람들로 붐볐다. 우체국 앞의 주차장에는 트럭, 밴, SUV들로 꽉 차 있었다. 루크는 벤타나 뷰 카페 창문 너머로 많은 사람들이 카페에 앉아 있는 것을 흘낏 바라보았다.

시장의 집무실과 시의회 회의장, 그리고 경찰서가 있는 시청건물의 전면 주차장에는 길고 번쩍이는 검은색 리무진 한 대가 세 개의 주차공간을 차지하고 주차되어 있었다. 루크는 그 대형차량 옆에 차를 주차시킨 뒤, 잠시 동안 주변을 살펴보면서 조용히 앉아 있었다.

"뭔가 빠진 것 같은데…" 그가 말했다.

아이린은 약간 빈정대는 듯한 어조로 조용히 말했다. "주요 매스컴의 취재 같은 거 말이에요?"

"파멜라 웹의 죽음이 아직은 이 마을 밖으로 알려지지 않은 것 같아요."

"글래스턴 코브 비콘사의 오늘 아침 신문기사를 제외하고는 그렇겠죠." 아이린은 자부심을 갖고 단호하게 말했다.

"맞아요. 그 기사를 제외하고 말이죠…" 루크도 동의했다. "하지만 비콘 신문을 글래스턴 코브 이외의 지역 사람들이 많이 읽지 않을 것이라는 점을 감안한다면 그 기사는 아직도 널리 알려지지 않았다는 뜻이 되죠."

아이린은 안전벨트를 풀었다. "던즐리 헤럴드지는 몇 년 전에 파산했어요. 커비빌 저널지가 그 신문사를 인수했다는 소문은 아직 듣지 못했어요. 그리고 비콘 신문의 한정된 독자층에 대해선 인정해요." 그녀는 냉소를 지으며 말했다. "이 모든 것을 종합해 보더라도 제가 여전히 특종감을 취재했다는 뜻이 되겠죠."

루크의 신경이 바짝 긴장이 되었다. 불길한 예감이 어렴풋이 나타나기 시작했다.

"그런데 말이에요." 그는 조심스럽게 말을 가려가면서 입을 뗐다. "맥퍼슨 서장과의 조사 때 어떻게 말을 맞추어 나갈지에 대해서 얘기해 보는 게 좋을 것 같은데요. 대비책을 강구해서 나쁠 건 없죠."

하지만 그는 혼자서 이야기하고 있었다. 아이린은 벌써 자동차 밖으로 나가서 차 문을 닫은 후, 시청건물의 입구를 향해 걸어 나가고 있었다. 그는 아이린이 어깨에 멘 커다란 숄더백에서 작은 기구를 꺼내는 것을 보았다.

녹음기로군… 루크는 짐작했다. 그가 지켜보는 동안 아이린은 녹음기를 트렌치코트의 호주머니에 밀어 넣었다.

"내가 조용히 지내려고 이 던즐리로 온 것을 생각해서라도…" 그는 빈 좌석에 대고 혼자 중얼거렸다.

루크는 SUV 밖으로 나와서 자동차 열쇠를 호주머니에 넣은 다음, 아이린을 뒤따라갔다. 그는 아이린이 시청건물의 현관 안으로 성큼성큼 걸어 들어가기 직전에 그녀를 겨우 따라잡았다. 현관 앞에는 키가 크고 눈에 띄는 용모를 가진 매우 낯익은 듯한 남자가 샘 맥퍼슨 서장과 낮은 소리로 대화를 나누며 서 있었다.

라일런드 웹은 공적인 직책에 어울리는, 흰머리가 섞인 숱 많은 머리칼을 가지고 있었다. 직업에 어울리는 얼굴을 갖추었구먼… 루크는 생각했다. 서부사람 특유의 강인한 모습과 고대의 귀족다운 풍모가 뒤섞여서 사진발이 잘 받는 그런 얼굴이었다.

삼십대 초반의 매력적이고 깔끔한 차림새의 여자가 사랑이 넘치는 듯한 표정으로 그의 손을 잡고 옆에 서 있었다. 약혼녀인 모양이군… 루크가 짐작했다.

로비 반대편에서는 초조한 듯 안절부절 못하는 한 남자가 다급하고 아주 낮은 목소리로 전화통화를 하고 있었다. 값비싸 보이는 가죽 서류가방이 그의 발아래에 놓여 있었다.

"이 마을 사람들이 잘 알듯이, 파멜라는 매우 문제가 많은 아이였어요." 웹 상원의원이 샘 서장에게 말했다. 그는 딸을 올바른 길로 인도하려고 애썼지만, 결국 비극적인 결말을 맞을지도 모른다고 두려워하며 노심초사 걱정해 온, 슬픔에 잠긴 아버지의 표정을 애써 지으며 침울하게 머리를 흔들었다. "그 아이가 10대 때부터 자신의 내면 속의 악마와 싸워왔다는 것은 서장도 잘 아시겠지요."

"그녀가 최근 몇 년간은 많이 나아졌다고 생각했어요." 샘 서장은 침착하게 말했다.

"그 아이는 얼마 전부터 정신과 치료를 다시 받기 시작했어요." 라일런드 상원의원이 말했다. "하지만 결국 그 아이의 병이 스스로를 앗아가고 말았군요."

"그녀가 거리에서 밀매되는 약물을 과다복용한 것 같지는 않아 보입니다." 샘 서장이 말했다. "테이블 위에서 발견된 약병은 의사의 합법적인 처방약이었어요. 그 처방을 해 준 의사에게 전화로 확인했죠."

라일런드 상원의원은 고개를 끄덕였다. "그 의사는 워런 박사일 거요. 오랫동안 파멜라를 치료해 주었어요. 그 의사에게는 잘못이 없어요. 그 아이가 자살을 기도하리라고는 생각 못했을 거요."

서류가방을 가진 불안한 표정의 그 남자는 전화를 끊고, 라일런드 상원의원에게 황급히 다가갔다.

"말씀 도중에 죄송합니다만, 장례식을 주관하는 사람들과 통화했는데요, 조금 전에 따님의 시신을 병원 영안실에서 찾아서 샌프란시스코로 이송중이랍니다. 의원님도 이제 곧 가셔야 합니다. 얼마 안 있어서 매스컴에서 이 소식을 알게 될 것입니다. 그에 대비해서 성명을 발표하실 준비를 하셔야 합니다."

"아, 알겠네, 호이트." 라일런드 상원의원이 말했다. "나중에 다시 이야기 나누도록 합시다, 샘 서장."

"알겠습니다." 샘 서장이 말했다.

아이린은 라일런드에게로 곧장 가서 길을 가로막으며 말

했다. "웹 상원의원님, 저는 아이린 스텐슨이에요. 기억나세요? 옛날에 이곳 던즐리에서 파멜라와 친하게 지냈던 친구였어요."

라일런드는 순간적으로 놀란 듯한 표정을 지었다. 그러나 그의 얼굴은 재빨리 따뜻하고 정중한 표정으로 바뀌었다. "오, 아이린, 기억하다마다. 아주 오래 전의 일이었지요. 정말 많이 변했군. 거의 못 알아볼 뻔했어요." 그의 표정이 차츰 어두워졌다.

"샘 서장이 말하기를, 지난밤에 파멜라를 발견한 사람이 아이린 양이라면서요?"

이제 내가 나설 차례군… 루크는 생각했다. "아이린 양 혼자 있었던 건 아닙니다." 그가 말했다. "저도 현장에 함께 있었죠, 루크 대너입니다."

"대너 씨," 라일런드의 눈이 굳은 표정으로 그를 노려보았다. "서장도 산장의 새 주인이 현장에 함께 있었다고 말하더군요."

그리고는 그는 옆에 서 있는 여자를 가리키며 말했다. "루크 씨, 아이린 양, 내 약혼자인 알렉사 더글러스를 소개하죠."

"안녕하세요?" 알렉사는 고개를 우아하게 숙이면서 인사했다. "이런 불행한 상황에서 만나게 되어 정말 안타까워요."

"죄송합니다, 의원님." 호이트가 중얼거리듯이 말했다. "이제 정말 출발하셔야 합니다."

"알았네, 호이트." 라일런드가 말했다. 그는 사과하는 듯한 표정으로 말했다. "아이린 양, 루크 씨, 이 사람은 내 보좌관 호이트 이건 씨요. 내 스케줄관리를 담당하고 있지요. 물론 다들 잘 아시겠지만 요즘은 내게 아주 바쁜 시기라오. 앞으로 두 달 동안 연속적으로 만나야 할 기금 후원자들이 줄을 서서 기다리고 있지요. 이제 또, 파멜라의 장례식을 신경 써야 하니…"

"어머나, 기금 후원자와의 미팅과 따님의 장례식이 동시에 일어난 셈이네요." 아이린이 중얼거렸다. "그러면 어느 것이 더 중요할까요? 선택을 하셔야겠군요."

그러자 사람들 사이에는 순간적으로 놀라움에 휩싸인 침묵이 흘렀다. 루크는 사람들이 일제히 놀라서 턱을 다물지 못하고 있는 모습을 바라보았다. 턱들이 바닥에 떨어져 부서지지 않은 것이 신기할 정도였다.

라일런드가 제일 먼저 평정을 되찾고서 표정을 바로잡았다. 그는 아이린을 무시한 채, 루크에게로 시선을 돌렸다.

"지난밤에 두 사람이 왜 파멜라의 집으로 갔는지 궁금하군요."

"그건 좀 복잡한 이야기인데요." 루크가 말했다.

아이린은 호주머니에서 녹음기를 꺼내어 숄더백의 가죽끈에 고정시켰다. 그녀는 다른 쪽 호주머니에서 펜과 메모수첩을 꺼내었다.

"웹 상원의원님, 저는 글래스턴 코브 비콘신문의 기자예요. 의원님께서 아시는지는 몰라도 따님의 죽음에 대한 기사를 오늘 아침 신문에 실었어요."

"말도 안돼요." 호이트가 투덜거렸다. "어떤 매스컴도 파멜라의 죽음을 아직 알지 못하는데요."

"방금 말씀 드렸죠, 제가 신문기자라구요." 아이린은 참을성 있게 말했다. "그 기사는 오늘 아침신문에 실렸어요. 비콘 신문의 온라인 홈페이지에서도 그 기사를 읽을 수 있어요." 그녀는 라일런드에게로 고개를 돌렸다. "따님의 죽음을 규명하기 위해서 부검을 하실 건가요?"

아주 짧은 순간, 라일런드의 얼굴에 분노의 표정이 스쳐지나갔다. 그러나 그는 재빨리 표정을 감추었다. "지난밤에 파멜라의 시신을 발견한 것은 큰 충격이었을 거요, 아이린. 하지만 딸의 죽음과 관련해서 아이린 양 뿐만 아니라, 어떤 기자와도 더 이상 자세하게 이야기하고 싶지 않소. 이 일은 내 개인문제일 뿐이오. 여러분 모두 이 점을 이해하실 거라고 믿어요."

아이린은 마치 뺨을 한 대 맞은 것처럼, 반사적으로 고개를 살짝 젖혔다. 그러나 그녀는 물러서지 않았다. 루크는 그녀가 수첩에 뭔가를 열심히 휘갈겨 쓰는 것을 보았다.

"제가 이곳 던즐리에 온 이유는 파멜라가 여기서 저를 만나고 싶다는 이메일을 보내왔기 때문이라는 사실을 맥퍼슨 서장님이 말씀하시던가요?" 아이린이 물었다.

라일런드는 그 말을 듣고 상당히 놀라는 눈치였다. "파멜라가 아이린 양에게 연락했소? 뭐라고 하던가요?"

"별 말은 없었어요. 그냥 여기서 좀 만났으면 좋겠다고 하더군요. 할 얘기가 있다면서요."

라일런드는 샘을 향해 몸을 돌렸다. "그런 말은 왜 하지 않았소?"

샘은 약간 얼굴을 붉혔다. "별로 중요한 이야기가 아니라는 생각이 들었어요."

"의원님," 호이트가 신경질적으로 끼어들었다. "이제 정말 출발하셔야 됩니다."

라일런드는 아이린에게로 다시 몸을 돌렸다. "파멜라와

아직까지 서로 연락하고 지내는 줄은 몰랐소.”

“17년 만에 처음으로 파멜라에게서 이메일을 받았어요.” 아이린이 매우 끈질기게 말했다. “그 이메일을 받고 당연히 저도 놀랬죠.”

“그 아이가 무슨 일로 아이린 양을 만나서 이야기하고 싶은지는 말하지 않던가요?” 라일런드가 물었다.

“아뇨.” 아이린이 말했다. “하지만 뭔가 과거에 일어났던 일과 관련이 있는 것 같았어요.”

“과거의 어떤 일인데요? 파멜라와의 우정을 말하는 거요?” 라일런드는 눈에 띄게 침착해져 갔다. “그래요, 그럴 수도 있지. 그 애가 옛 친구에게 마지막으로 작별인사를 하고 싶었던 거로군. 자살을 시도하려는 사람들이 가끔 그렇게 한다더군요.”

“그래요? 누가 그런 소리를 하던가요?” 아이린이 뭔가를 열심히 휘갈겨 쓰면서 물었다.

“어떤 책에서 읽었던 것 같아요.” 라일런드는 퉁명스럽게 내뱉었다. 그는 녹음기를 불안스럽게 곁눈질하며 흘낏 보았다. “파멜라는 심각한 우울증으로 오랫동안 치료를 받아왔소.” 그는 한마디, 한마디 또박또박 힘주어 말하며 덧붙였다.

“파멜라가 작별인사를 하기 위해 제게 연락했다고는 생

각하지 않아요, 상원의원님." 아이린이 말했다. "제 부모님, 휴 스텐슨 씨와 엘리자베스 스텐슨 씨의 죽음과 관련된 이야기를 하고 싶어한 것 같았어요. 물론 그 사건을 기억하시겠지요?"

라일런드는 아이린을 노려보았다. "대체 무슨 말을 하고 있는 거요?"

알렉사가 우아하게 매니큐어 칠을 한 손가락으로 그의 소매를 붙잡았다. "라일런드?"

"괜찮아." 그는 다시 표정을 가다듬었다. "몇 년 전에 던즐리시에서 끔찍하고 비극적인 사건이 일어났었지. 살인-자살사건이었소. 아이린의 부모가 모두 사망했소." 그는 약간 큰 목소리로 녹음기를 가까이 대고 말했다. "여기 있는 가엾은 아이린이 부모의 시신을 발견했지. 그 일을 겪은 이후로 그녀가 엄청난 충격을 받아서 다시는 정상적으로 돌아갈 수 없을 거라고 다들 말하더군. 걱정 말아요. 파멜라의 죽음과는 아무런 관련이 없어요."

알렉사는 아이린을 바라보았다. "정말 안타까운 일이었군요. 힘드셨겠어요, 스텐슨 양."

"고마워요." 아이린은 라일런드에게서 시선을 떼지 않은 채 말했다. "의원님, 파멜라의 죽음과 옛날의 그 사건과 연

110

관성이 있을 가능성이 있다는 것에 동의하시나요?"

"그렇지 않소." 라일런드는 아주 거친 목소리로 대답했다.

이때, 호이트가 불쑥 끼어들었다. 그는 점점 더 두려워하는 듯한 표정으로 아이린을 쳐다보았다. "그건 불가능한 이야기입니다. 스텐슨 양. 절대로 있을 수 없는 일이에요. 그리고 만약 앞으로 그런 내용의 기사를 신문에 실으면 의원님께서 변호사에게 그 일을 처리하도록 하실 거요."

라일런드는 아이린을 노려보며 말했다. "던즐리를 떠난 후로 파멜라와 전혀 연락을 하지 않았다고 했잖소. 그 애가 그동안 얼마나 정신적으로 불안정했는지 몰랐을 거요. 약물 과다복용 이외의 다른 원인을 암시하는 어떤 단서도 현장에서 발견할 수 없었다고 샘 서장이 말하더군요. 그러니까 남은 사람들을 위해서, 아니 무엇보다도 죽은 내 딸을 위해서라도 이 문제를 더 이상 거론하지 않았으면 좋겠소."

알렉사는 아이린에게 상냥한 미소를 지어 보였다. "스텐슨양, 라일런드 씨는 워싱턴으로 돌아온 후 정신건강 연구를 위한 기금을 확대하는 법안을 의회에 제출하시려고 했어요."

"그것 참 반가운 소식이군요." 아이린이 말했다.

루크는 주먹을 쥔 그녀의 손가락 관절이 하얗게 변해 있는 것을 바라보았다. 그녀의 손이 숄더백의 가죽 끈을 꽉 힘주어 잡고 있었던 것이다.

"의원님께서는 바쁘신 분이십니다." 호이트가 마침내 선언했다. "더 이상 출발을 지체할 수 없습니다."

그는 라일런드와 알렉사 앞을 가로막고 선 다음, 그들을 출입문 쪽으로 인도해 갔다.

라일런드는 입구에서 잠시 걸음을 멈춘 뒤, 아이린을 돌아보았다. "스텐슨 양이 우리 가족의 처음이자 영원한 친구라는 사실을 잊지 않길 바라오."

"파멜라가 한때 가장 친한 친구였다는 사실을 잊지 않겠어요." 아이린이 말했다.

라일런드의 얼굴에는 어리둥절한 표정이 스쳐 지나갔다. 그는 그 말을 어떻게 받아들일지 몰라 하는 것처럼 보였다. 호이트 이건은 다시 그의 상관을 인도하여 출입문을 빠져나갔다.

"글래스턴 코브 비콘이라는 신문사 이름은 들어본 적도 없는 것 같아요." 호이트가 라일런드에게 말했다. "그러니까 아주 작은 시골 신문사인가 봅니다. 너무 걱정하지 마십시오. 큰 문제될 게 없다고 생각합니다. 의원님."

세 사람은 계단을 내려가서 리무진에 올랐다.

루크는 아이린을 바라보았다. "축하해요, 미국 상원의원을 보기 좋게 한 방 먹였군요."

"제발 그랬다면 좋겠군요." 그녀는 코트 호주머니에 손을 찔러 넣으며 말했다. "더 이상의 수사는 없겠네요, 샘 서장님?"

샘은 그가 아직 그곳에 있다는 것을 사람들이 알아차린 것이 놀랍다는 듯이 약간 움찔거렸다.

"여기서 만나자고 하는 파멜라의 이메일 말고 다른 명백한 증거가 없는 이상, 수사를 확대할 이유를 발견하지 못했어요." 그가 조용히 말했다.

아이린은 쓴웃음을 지었다. "그러니까 더 이상 수사할 필요가 없다는 말씀이시군요, 그렇죠?"

샘의 입이 굳어졌다. "라일런드 씨의 비위를 거스르지 않기 위해서 내가 물러선다고 생각하나요?"

아이린은 주춤했다. "그런 뜻은 아니구요. 하지만 웹 씨가 권력가라고 해서 위축될 필요는 없다고 생각해요."

"웹 씨가 권력가일지는 모르지만, 딸이 고의든 아니면 사고이든 스스로 목숨을 끊은 비극적인 일을 겪은 아버지이죠. 모든 사람들은 가족의 자살사건에 대해 아주 조용히 덮어두기를 바란다고 스텐슨 양의 부친도 말씀하셨어요. 나도 지난 몇 년 동안 몇 건의 자살사건을 처리했는데, 부친의 말이 맞다는 것을 깨달았어요. 남은 가족들은 놀랍게도 그 일을 쉬쉬하며 감추기 위해 수단방법을 가리지 않죠.”

아이린은 한숨을 내쉬었다. “저도 알아요.”

“내가 아는 한은.” 샘은 말했다. “자살이 아니라는 것을 증명할 별다른 단서가 없는 한, 가족들은 그 사실을 비밀로 하려고 애쓰게 되죠.”

그는 거들어달라는 듯한 표정으로 루크를 바라보았다.

루크는 어깨를 으쓱하였다. “그건 어떤 비밀이냐에 따라 다르겠죠. 분명한 것은 모든 사람들이 가족의 비밀을 한가지씩은 다 가지고 있다는 거죠.”

07

사십 분 후에, 샘은 두 사람과 함께 시청건물 출입문 밖으로 나왔다. 아이린은 여전히 불만스러운 눈치였지만, 새로운 결의를 한 듯한 표정이 얼굴에 담겨 있었다. 그녀는 애초부터 맥퍼슨 서장이 이 사건에 대해서 전면수사를 할 가능성이 거의 없다는 것을 알고 있었다.

"시간을 두고 천천히 생각해봐요, 아이린." 샘이 말했다. "파멜라의 시체를 발견한 충격을 극복하는 것이 쉽지 않다는 건 잘 알아요. 그러나 어느 정도 충격이 가시고 나면, 그녀가 살해된 게 아니라 약물과용 사고사였다는 것을 깨닫게 될 거요."

“알겠어요.” 아이린이 말했다.

루크는 아무 말 없이 그녀의 팔을 붙잡고 계단을 내려가서 SUV를 향해 걸어갔다. 그는 자동차문을 열었다, 아이린은 재빨리 올라탔다.

루크는 운전석에 탄 후 주차장을 천천히 빠져나갔다. 아이린은 벤타나 뷰 카페안의 모든 시선들이 그의 SUV를 향해 있음을 알아차렸다.

“저 사람들, 피를 빨아먹는 유령들 같아요.” 그녀가 속삭였다.

“이해하세요.” 루크가 말했다. “여기는 작은 시골마을이에요. 상원의원의 딸이자, 과거의 행실이 나쁜 파멜라 웹 같은 여자의 죽음에 모든 사람들의 관심이 집중되게 되어 있어요.”

아이린은 무릎에 놓인 숄더백을 아주 단단히 움켜잡았다. “그 사람들은 옛날 부모님의 장례식에서 보인 것과 똑같은 시선으로 절 바라보고 있어요.”

루크는 잠시 그녀를 날카롭게 살펴보다가 도로 쪽으로 시선을 돌렸다.

“확실히는 모르지만,” 그가 이윽고 입을 열었다. “맥퍼슨 서장 말이 맞는 것 같아요. 파멜라의 죽음은 사고사이던가,

아니면 자살인 것 같아요."

"전 동의할 수 없어요."

"그래요, 그것도 이해가 되요. 하지만 맥퍼슨 서장도 나쁘게만 생각할 필요는 없는 것 같아요. 그가 사건의 은폐를 위해 협력하고 있는 것 같진 않아요. 사실을 있는 대로 모두 파헤쳐 보였잖아요. 더 이상의 수사가 필요한 부분이 없었어요."

"파멜라가 제게 보낸 이메일이 있어요. 서장이 그건 왜 무시하죠?"

"그는 그것을 무시하지 않았어요." 루크가 끈기 있게 설명했다. "웹 씨처럼 서장은 파멜라가 자살을 결심하고서 옛 친구들에게 작별인사를 하려고 했다고 생각하고 있어요."

"그러면 파멜라는 왜 제게 작별인사 하기 전에 자살했을까요?"

"자살하기로 마음먹은 사람들은 다른 사람들처럼 정상적인 논리로 생각하기가 쉽지 않아요. 그들은 오직 자신들의 고통과 절망에만 빠져 있죠. 그것이 그들이 생각할 수 있는 유일한 논리죠."

당연하다는 듯한 루크의 말에 아이린은 또 다시 싸늘한 한기가 온 몸을 감싸는 것을 느꼈다.

"꼭 자살과 관련된 개인적인 경험이 있는 것처럼 말씀하시네요."

"내가 여섯 살 때 우리 어머니께서 자살하셨어요."

아이린은 슬픔과 안타까움의 감정이 밀려오는 것을 느끼면서 눈을 잠시 감았다. "어머나 세상에, 루크 씨." 그녀는 눈을 뜨고 그를 바라보았다. "정말 안됐군요."

루크는 고개를 한번 끄덕인 뒤, 아무 말도 하지 않았다.

"지난밤의 일은 정말 루크 씨에게 힘들었겠어요." 아이린이 말했다.

"스텐슨 양을 따라간 건 내가 원해서였잖아요."

아이린은 그제서야 얼굴을 찌푸렸다. "왜 절 따라 오셨죠? 아직 그것에 대해 설명을 하지 않으셨잖아요."

루크의 입가가 약간 위로 올라갔다. "점들이 흩어져 있는 것을 보면, 꼭 연결해 보고 싶은 충동을 느끼거든요."

"그럼, 제가 점이에요?"

"글쎄요." 그는 재빠르게 아이린을 잠시 살펴보다가 고개를 흔들며 말했다. "여기서 절대로 포기하지 않을 거죠, 그렇죠?"

"파멜라의 죽음에 대해서요? 그래요. 절대 포기 안 해요."

"실례가 안 된다면 말인데요, 왜 그렇게 그녀의 죽음에 뭔가 미스터리가 있다고 확신하는 거죠? 그저 그녀가 보낸 그 이메일 때문인가요, 아니면 그 이상의 다른 것이 있나요?"

아이린은 잠시 생각에 잠겼다. "그냥 제 직감이에요."

"직감이라…"

"그래요."

"직감은 중요한 단서가 될 수 없어요." 루크는 무미건조하게 말했다.

"제가 다른 점들과 연결되기를 기다리는 점이라고 느꼈기 때문에 지난밤에 절 미행하셨다고 하신 분의 입에서 그런 말이 나오다니 우습군요."

"좋아요, 그럼. 그건 인정해요." 그가 시인했다. "오늘 아침 라일런드 웹 씨에게 다가가서 취재를 한 건 뭐죠? 그가 딸의 죽음에 약물복용 이외에 다른 뭔가가 있다고 생각해서 그 사실을 은폐하려 한다고 생각했나요?"

아이린은 잠시 주저했다. "확실히 그는 수사를 원치 않았어요, 그렇죠?"

"그의 의도가 마음에 안 들 수도 있겠지만 그의 입장에서는 일리가 있어요."

"알아요." 아이린은 팔짱을 꼈다. "전에도 말했지만 그는 자신의 정치경력에만 몰두하는 야심이 아주 강한 남자에요.

17년 전에도 너무 바빠서 파멜라에게 신경을 쓸 시간이 없었어요. 지금도 분명히 딸의 일 때문에 시간을 많이 뺏기지 않으려고 할 거예요.”

“잘 들어요, 아이린 스텐슨 양. 라일런드 웹 씨를 쓰러뜨리려면 엄청나게 큰 곤봉이 필요할 거예요. 그는 힘센 권력가이거든요.”

“그걸 제가 모른다고 생각하세요?”

루크는 잠시 동안 말없이 운전을 계속하였다.

“샘 맥퍼슨 서장이 파멜라를 꽤 잘 알고 있는 것 같던데요?”

아이린은 그 질문에 깜짝 놀랐다. “그 두 사람은 예전에 친구였어요. 그들의 관계가 그동안 어떻게 변화되었는지는 모르지만…”

“서장이 파멜라에게 연정을 느끼거나 하진 않았던 것 같아요?”

아이린은 곰곰 생각해 보았다. “확실히 그런 것 같진 않았어요. 파멜라도 마찬가지구요. 서장은 그녀보다 몇 살 나이가 많았는데 그녀는 겨우 열여섯 살이었고 그는 그때 이십대 초반이었어요.”

“별로 나이 차이가 많이 나는 것도 아니네요.”

"고등학교 시절에는 그렇게 느껴졌어요." 아이린은 손가락으로 시트를 톡톡 치며 말했다. "지금 생각해보니 파멜라가 그를 대하는 태도에서 두 사람 간에 로맨틱한 감정이 없었다는 것을 알 수 있어요."

"파멜라가 그를 어떻게 대했는데요?"

"그냥 평범한 친구로 대했어요. 또 한 사람의 잠재적인 정복의 대상이 아니라…"

루크는 눈썹을 치켜 올렸다. "그 당시에 파멜라에게 정복의 대상이 많았나요?"

"그녀는 남자들을 항상 정복의 대상으로 생각했죠." 아이린은 쓴웃음을 지었다. "게다가 그녀에게 정복되기를 원하는 남자들이 끊임없이 줄을 이었죠. 파멜라는 아름다운데다가 끼도 많았어요. 남자들은 하루살이처럼 그녀에게 무너졌어요. 하지만 그녀를 그렇게 인기 많은 애로 만든 건 그녀의 외모나 매력 때문만은 아니었어요."

"그녀가 웹 가문의 사람이었으니까요."

"오늘 아침에 맥신이 하는 말을 들으셨잖아요. 그 가문은 이 지역의 명문가거든요."

"어쩌면 샘 맥퍼슨 서장은 파멜라의 정복의 대상이 되고 싶어했는지도 모르죠. 그런데, 파멜라는 그를 무시했구요."

루크가 추리했다. "그래서 그가 파멜라에 대해 병적인 집착에 빠졌을지도 모르죠. '내가 가질 수 없다면, 아무도 그녀를 가질 수 없다'라는 식으로요."

아이린은 약간 몸을 떨었다. "만약 그렇다면, 왜 이제서야 그녀를 죽이죠?"

"내가 어떻게 알아요? 이 일은 스텐슨 양의 계획이지 내 일은 아니에요. 난 그저 스텐슨 양이 살인 용의자의 명단을 만들 거라면 아주 긴 리스트를 만들어야 한다는 것을 알려주려는 것뿐이에요."

"그건 잘 모르겠어요." 아이린이 조용히 말했다.

"파멜라가 제게 마지막 작별인사를 하려고 절 불렀다고 모든 사람들이 생각하지만 심각한 병적 우울 상태에서 그녀가 고등학교 시절에 잠깐 친했던 친구를 기억해냈다 라고는 믿기 어려워요. 그녀가 과거에 일어난 사건과 관련된 중요한 사실을 알려주려고, 제게 이메일을 보냈을 거라고 생각해요."

"스텐슨 양 부모님의 죽음과 관련된 내용 말이죠?"

"맞아요."

"좋아요. 그럼, 논리적으로 한번 따져 봅시다."

아이린은 그 말을 듣고 거의 웃음을 터뜨릴 뻔하였다. "그

말을 해석하자면, 저를 설득해서 제 생각을 바꾸려는 의도
이신 것 같은데요.”

“그래요. 하지만 스텐슨 양의 생각이 근거가 약하기 때문
에 그러는 거예요. 스텐슨 양의 부모에게 일어난 일을 파멜
라가 어떻게 알겠어요? 설령, 뭔가를 안다 쳐도 왜 17년이
지난 지금에야 말하려는 거죠?”

“그 질문에 대해선 저도 답을 모르겠어요. 하지만 분명한
것은 엄마, 아빠를… 그렇게 발견한 그날 밤, 제가 마지막으
로 본 사람이 파멜라 웹이었다는 거죠…”

루크는 아이린을 쳐다보았다. “마지막 본 사람이라…”

“그날 오후, 파멜라는 제게 전화를 걸어서 자기 집에서 좀
놀다가 카페에서 저녁을 먹고 영화 보러 가지 않겠냐고 물
었어요. 엄마는 제가 평소처럼 약속을 지킨다면 가도 된다
고 하셨어요.”

“그게 뭔데요?”

“그 해 여름, 제가 부모님과 한 약속은 파멜라가 저와 함
께 있는 동안 술을 마신다거나 마약을 하면, 즉시 집으로 돌
아와야 한다는 거였어요.”

“그 약속만 지킨다면, 그녀와 함께 어울리는 것을 부모님
이 반대하지 않으신 거로군요.”

"제 생각에는 라일런드 씨가 파멜라에게 너무 무관심한 채 방치하는 것을 보고, 엄마는 그녀를 가엾게 여기셨던 것 같아요. 아빠는 파멜라가 술을 마시거나 마약을 하면 제가 알아서 아빠에게 데리러 와달라는 전화를 할 거라고 절 믿으셨던 거구요. 하지만 파멜라는 저와 함께 있을 땐 그런 짓을 전혀 하지 않았어요."

"한 번도 하지 않았나요?"

아이린은 고개를 저었다. "한 번도 그런 적이 없었어요. 어찌 됐든 간에, 파멜라는 정말로 저와 친구가 되고 싶었나 봐요. 만약 어떤 불건전한 일이 생기면 제가 다시는 그녀와 어울릴 수 없다는 것을 그녀 자신도 잘 알고 있었던 것 같아요. 그 당시에 아빠는 경찰서장이셨거든요."

"그래서 어떻게 됐나요?"

"우린 벤타나 뷰 카페에서 저녁을 먹고 영화를 보러 갔어요. 그리고는 그녀의 자동차에 탔어요. 파멜라는 절 집으로 곧장 데려다 주기로 했어요. 아빠는 제게 또 다른 규칙을 지키도록 하셨어요. 파멜라와 이 마을 밖으로 자동차를 타고 나가면 안 된다고 하셨죠. 왜냐하면, 파멜라는 운전면허를 딴 지 얼마 되지 않아서 운전경험이 많지 않았거든요. 하지만 그날 밤 파멜라는 절 집으로 데려다 주다가 갑자기 레이크 프론트 도로로 방향을 바꿔서 커비빌 마을로 향했어요."

"그래서 어떻게 했어요?"

"처음엔 그녀가 절 놀리는 줄 알았어요. 제가 그 약속을 어기면 아빠가 다시는 그녀와 함께 놀러 나가는 것을 허락하지 않을 거라는 것을 그녀도 잘 알고 있었어요. 하지만 파멜라가 장난으로 그러는 것이 아니라는 걸 깨달았을 때, 제가 돌아가자고 애원했지만 그녀는 웃으면서 계속 자동차를 몰았어요. 저는 화가 나서 자동차에서 뛰어내리겠다고 위협했죠. 그러자 파멜라는 더 빨리 달렸어요. 저는 겁이 났어요."

"스텐슨 양 몰래 마약을 한 건 아닐까요?"

"저도 그렇게 다그쳤어요. 하지만 파멜라는 아니라고 하더군요. 저는 그녀가 너무 빨리 달려서 자동차에서 뛰어내리지도 못하고 그저 안전벨트를 꽉 매고서 그녀가 장난에 싫증을 내어서 빨리 돌아가기만을 마음속으로 빌었어요."

"그걸로 끝이었나요?"

"아뇨. 우리가 커비빌에 도착했을 때, 파멜라는 속력을 줄였어요. 저는 자동차에서 내려서 부모님께 데리러 와달라고 전화를 하겠다고 했어요. 그러자 파멜라는 울기 시작하면서 사과를 했어요. 그러면서 자기가 집으로 데려다 주겠다고 했어요. 그녀가 일을 망쳐놨기 때문에 저는 화가 났어요. 던 즐리로 돌아올 때까지 우린 한마디도 하지 않았어요. 파멜라는 물론 저 역시 이제 더 이상 함께 어울릴 수 없다는 것을 알고 있었죠."

"그때 있었던 일을 부모님께 말씀드리면 외출금지를 시킬 거니까요, 그렇죠?"

아이린은 슬픈 표정으로 미소 지었다. "부모님께 도저히 거짓말을 할 수가 없었어요. 파멜라도 그것을 잘 알고 있었죠. 어쨌든 그녀는 집까지 저를 데려다 주고 앞마당에 내려 놓은 후, 한마디 말도 없이 가 버렸어요. 제가 호주머니에서 열쇠를 찾기도 전에 그녀는 황급히 가버렸어요. 그 후론 그녀를 보지 못했어요."

아이린은 말을 멈추고서 그날 밤 일에 대해 이야기할 때마다 늘 그렇듯이 굳은 표정으로 앉아 있었다. 계속 그렇게 내버려두면 몸을 떨기 시작할 것 같았다.

루크는 산장으로 이어지는 도로로 접어들면서 말했다

"기분 나쁘게 하려는 뜻은 없지만요." 그가 잠시 후에 입을 열었다. "만약 파멜라가 그날 밤 일어났던 일에 대해서 어떤 중요한 사실을 알아냈다면 이렇게 오랜 세월이 지나서 스텐슨 양에게 연락하지는 않았을 것 같은데요."

"어쩌면 그녀가 최근에서야 그전에 몰랐던 어떤 사실이나 상세한 내막을 알게 된 건지도 모르죠."

"여기까지 스텐슨 양의 추리가 발전하였군요, 그 점은 인정하죠." 루크는 갑자기 입을 다물고서 표정이 굳어졌다. "제길…"

루크는 로비 앞에 주차되어 있는 자동차를 바라보고 있었다. 이십대 초반의 잘생긴 청년이 로비 입구의 돌기둥에 무심히 몸을 기대고 서 있었다.

"루크 씨는 정말 숙박객들과 문제가 있는 모양이에요, 그렇죠?" 그녀가 물었다.

"저 사람은 숙박객이 아니에요." 루크는 그 자동차 옆에 SUV를 주차시킨 다음, 엔진을 껐다. "그의 이름은 제이슨 대너이고, 내 막내 동생이에요."

어떤 이유에선지는 몰라도 루크에게 가족이 있다는 사실을 알게 된 것은 뜻밖의 일이었다. 아이린은 왜 그렇게 생각했을까? 물론 그에게도 가족과 친척이 있을 수 있지… 그녀는 생각했다. 대부분의 사람들에게 많은 가족과 친척이 있다. 아이린 자신은 예외였다. 늙으신 숙모가 몇 년 전에 돌아가시고 난 후, 그녀에게는 아무 친척도 없었다. 그렇다고 해서 그녀가 만나는 사람들 모두가 그녀의 처지와 비슷할 거라고 짐작하는 것은 무리였다.

그러나 루크에게는 어딘지 모르게 그가 혼자일거라는 느낌, 말하자면 고독감 같은 분위기가 풍겨서 아이린은 그렇게 생각했었다. 그 역시도 그녀가 그랬던 것처럼 이 세상을 남들과는 다른 차원의 눈으로 바라보고 있는 것 같았다.

아이린은 SUV창문을 통해 미묘한 호기심으로 제이슨을 관찰하였다. 두 사람 사이에는 닮은 점이 전혀 없어 보였다.

신체적으로도 서로 다른 체격이었다. 제이슨은 더 젊을 뿐만 아니라, 더 키가 크고 세심한 관찰자라면 더 잘생겼다고 할 수도 있는 그런 용모를 지녔다. 하지만 더 섹시한 건 아니야, 그냥 잘생겼을 뿐이야… 아이린은 생각했다. 어쨌든 두 사람 사이에는 아주 큰 차이점이 있었다.

아이린은 두 사람간의 나이 차이와 루크가 여섯 살 때 어머니가 죽었다고 했던 사실을 감안해서 제이슨이 아버지의 재혼으로 생긴 형제라고 짐작했다. 말하자면, 두 사람은 이복형제였던 것이다.

루크는 벌써 SUV 밖으로 나와 있었다. 그의 얼굴에는 굳은 표정이 나타나 있었다. 그는 동생이 온 것을 별로 달가워하지 않는 듯한 눈치였다.

"여긴 어쩐 일이야, 제이슨?" 루크가 물었다. "네가 올 거라곤 생각 못했어.”

제이슨은 두 손을 벌리며 말했다. “진정하슈, 큰 형님. 모텔사업과 더불어 어떻게 지내는지 보러 잠시 들른 것뿐이오.”

그는 웃고 있었지만, 두 사람 사이에 흐르는 긴장감 같은 것이 누그러지기에는 별로 도움이 안 되었다.

루크는 아이린을 위해서 자동차 문을 열어 주었다. “제이슨, 아이린 스텐슨 양이야 인사해. 이 산장의 손님이야.”

“안녕하세요, 제이슨.” 그녀는 미소를 지으며 자동차 밖으로 나왔다. 제이슨은 고개를 끄덕이며 인사했다. 그는 아이린을 머리끝에서 발끝까지 재빨리 쭉 훑어본 후 호기심이 가득 찬 눈으로 말했다. “만나서 반가워요, 스텐슨 양.”

그의 시선은 사적인 감정보다는 호기심과 사람에 대한 평가가 뒤섞인 그런 시선이었다. 그는 루크와 그녀의 사이가 어떤 관계인지 궁금해하는 표정이었다.

“약간 복잡한 관계죠.” 아이린이 무미건조하게 말했다.

제이슨은 놀라서 눈을 깜박거렸다. 그런 다음 싱긋 웃었다. “루크 형이 관련되면 늘 일이 그렇게 복잡해지죠.”

“둘이서 지금 무슨 소리를 하는 거야?” 루크가 투덜거렸다.

“별로 중요한 얘기는 아니에요.” 아이린이 재빨리 말했다
“이제 저는 가 볼게요. 무슨 일인지 모르지만 형제분끼리 말
씀 나누세요.”

그녀는 두 사람에게 밝은 미소를 지은 후, 작은 길을 따라
걸어갔다.

무슨 일이 있든지 간에 아이린은 상관할 필요가 없었다.
그들의 가족문제였으니까.

08

ALL NIGHT LONG

제이슨은 현관에 놓인 의자에 몸을 파묻고 앉아서 루크가 조금 전에 따라준 커피를 한 모금 마셨다. 그리고는 얼굴을 찌푸렸다.

"있잖아요." 그는 말했다. "첨단 이태리 에스프레소 커피 머신에 약간만 투자해도 그런 대로 마실만한 커피를 맛볼 수 있을 텐데요…"

루크는 의자에 앉아서 두 발을 들어 난간에 기대고 있었다. "난 맛으로 커피를 마시는 게 아냐. 단지 뜨겁기 때문에 또 뭔가에 집중할 수 있게 해 주기 때문에 마시는 거지."

"그럼, 지금 무엇에 그렇게 관심을 집중하고 있어요?"

루크는 5호 방갈로를 바라보았다. "아이린 스텐슨."

"그럴 것 같았어요. 내 생각이 틀리면 정정해 줘요. 그녀가 여느 숙박객들과는 다르다는 느낌을 받았는데, 어때요?"

"지난밤에 우리는 일종의 유대를 맺었다고 할 수 있지."

"우와, 형, 이 산 속에서 그런 유대를 맺었단 말이죠?"

"그런 유대는 아냐." 루크가 말했다. "아이린과 내가 맺은 유대감은 두 사람이 죽은 시체를 함께 발견했을 때의 그런 유대감이지."

"*뭐라구요?* " 제이슨은 커피를 한 모금 삼키려다 말고 갑자기 푸하고 내뿜었다.

"지난밤에 아이린은 옛 친구를 만나러 던즐리 시내로 갔어. 웹 상원의원의 딸이지. 그리고는 술과 약물로 둘러싸인 그녀의 시체를 발견한 거야."

"형, 잠깐만." 제이슨은 커피 머그잔을 천천히 내려놓았다. "대통령 출마를 준비하고 있는 라일런드 웹 상원의원 말이에요?"

"그래."

"그의 딸이 죽었어요? 그런 뉴스는 못 들었는데…"

"곧 뉴스로 방송 될 거야. 오늘 아침, *글래스턴 코브 비콘* 신문의 머릿기사로 실렸다고 그러더군."

"그런데 *글래스턴 코브 비콘*신문은 안보는데… 사실은 그 신문 이름은 처음 들어보는데요."

"나도 마찬가지야, 모르는 사람이 많아. 하지만 그 신문이 이번에 특종기사를 잡았어. 아이린이 그 신문사 기자니까. 파멜라 웹의 죽음에 관한 뉴스는 오늘 오후나 내일 아침에 주요 방송사에서 터지게 될 거야."

제이슨은 불안한 표정으로 얼굴을 찌푸렸다. "술과 약물이라구요?"

"현재까지 밝혀진 바로는 그래."

"자살인가요?"

루크는 호수를 유심히 바라보았다. "아니면 약물 과다복용으로 인한 사고사일지도 모르지, 확실히는 모르겠어."

"맙소사, 친구를 그렇게 발견하다니 정말 충격적이었겠군…"

루크는 턱이 굳어지는 것을 느꼈다. 그는 제이슨이 무엇을 생각하고 있는지 잘 알고 있었다. 심각한 사태가 벌어지고 난 후, 모든 가족들이 무엇을 생각했겠는가. 지난 6개월 동안 가족들은 모두 루크에 대해서 걱정을 많이 했었다. 파멜라 웹의 죽음은 그들에게 한층 더 경각심을 불러일으킬 것임이 분명했다.

"아이린에게는 정말 힘든 일이었지." 그는 조용히 말했다.
"난 파멜라 웹을 만나본 적이 없지만, 아이린은 고등학교 시절에 친한 친구였다더군."

"그런데 아이린이 옛 친구의 시체를 발견했을 때, 형이 우연히 함께 있었다는 거예요?"

"그래."

"어떻게 그렇게 됐어요?"

"지난 밤 늦게 아이린이 산장을 떠나는 것을 보았을 때, 호기심이 일어났지. 그래서 무작정 그녀 뒤를 따라 간 거야." 루크가 말했다.

"정말요?"

"응."

"자주 그렇게 하세요?" 제이슨이 조심스럽게 물었다.

"뭘 자주 하는데?"

"숙박객들을 뒤쫓아 가는 것 말이에요."

"아냐, 난 될 수 있으면 손님들과 마주치지 않으려고 해. 대부분의 숙박객들은 귀찮은 골칫덩어리거든."

"하지만 아이린은 그렇지 않죠?"

"그녀도 골칫덩어리야." 루크는 커피를 한 모금 마셨다.
"아니, 사실은 그녀는 달라." 이제 화제를 딴 곳으로 돌릴 때가 된 것 같았다. "그런데 여긴 어쩐 일로 왔니, 제이슨?"

"말했잖아요. 어떻게 지내나 보러 잠시 들렸어요."

"그래서?"

제이슨은 초조한 듯이 한숨을 쉬며 선라이즈 호수 산장의 로비와 방갈로들을 손으로 가리켰다. "저길 좀 봐요. 노친네 말이 맞아. 형은 이런 곳에 있을 사람이 아니에요. 나만큼이나 형도 싸구려 모텔을 경영하는 것이 적성에 맞지 않다구요."

"집안의 사업을 이어받는 것도 적성에 맞지 않아. 그래도 난 적어도 시도는 해봤지, 그렇잖아? 그런데 잘 안되더라구…"

"그건 그때, 형하고 캐티 사이에 문제가 생겨서 그랬던 거구요." 제이슨은 매우 진지하게 말했다. "고든 씨와 노친네는 형이 다시 한 번 시작해 보길 바라고 있어요."

"그건 별로 좋은 생각이 아닌 것 같아." 루크가 말했다.

"노친네는 정말 형을 많이 걱정하고 계셔요. 다른 가족들도 마찬가지구요."

"나도 알아. 난 정말 괜찮다는 말밖엔 더 이상 할 말이 없구나."

"엄마와 노친네는 형과 캐티 사이에 그런 일이 있고 나서

형이 병적인 우울증에 빠져 있을 거라면서 걱정이 대단하세
요.”

“난 우울증에 빠져 있지 않아.”

“형은 늘 그렇게 말하지만 아무도 안 믿어요.”

루크는 눈썹을 치켜세웠다. “그것 참, 수수께끼처럼 풀기
힘든 문제구나. 어떻게 해야 내가 괜찮다는 걸 증명할 수 있
겠니?”

“밴 다이크 박사와 상담예약을 먼저 해 보세요.”

“됐어. 밴 다이크 박사가 아주 친절한 사람이고 훌륭한 정
신과 의사인 건 분명하지만 난 그러고 싶지 않아.”

“그 의사는 우리 가족과 절친한 사이잖아요. 루크 형. 엄
마와 아빠는 형이 걱정이 돼서 박사에게 상담을 받아보라는
거예요. 박사가 그러던데 그냥 가벼운 대화를 나누는 거래
요. 그뿐이래요…”

“의사와의 상담이 필요하다고 생각되면 내가 박사에게
전화를 하지.”

제이슨은 의자에 깊숙이 몸을 파묻었다. “하긴 내가 쓸데
없는 시간낭비라고 노친네한테 말했었지…”

“너더러 한번 찾아가서 얘기해보라고 하셨지?”

“어쩌면 내가 형을 설득할 수도 있을 거라고 하셨어요.”

"그럴 것 같더라." 루크는 말했다. "네 말을 듣고 눈치 챘지."

"노친네 생신 때 집에 올 거죠, 형?"

"그럼, 갈 거야."

"좋아요. 그거 중요한 거예요."

"나도 알고 있어." 루크가 말했다.

"가족이 오랜만에 한 자리에 모인 자리에서 사업이야기도 당연히 나올 거예요. 마음의 준비를 해 두는 게 좋을 거예요."

"미리 귀띔해 주면 미리 대비할 수 있는 거지." 루크는 커피를 한 모금씩 마시기 시작했다. 그는 곧 귀에 익은 자동차 엔진소리에 커피 잔을 내려놓았다. "젠장…" 그는 두 발을 난간에서 내리고 일어섰다. "도대체 지금 어디 가는 거지?"

제이슨은 놀라서 그를 바라보았다. "누가요?"

"아이린 말이야." 루크는 급히 현관을 가로질러서 계단을 내려갔다.

"잠깐만요." 제이슨이 의자에서 벌떡 일어나서 루크를 뒤쫓아 갔다. "우리 어디 가는 거죠?"

루크는 대답하지 않았다. 그는 방갈로를 돌아서 좁은 길 한가운데로 뛰어갔다. 그리고는 노란 소형차 바로 앞에 버

티고 섰다.

아이린은 급히 자동차를 정지시켰다. 루크는 운전석 쪽의 차창으로 다가가서 한 손을 자동차 지붕 위에 올렸다. 그리고는 자동차에 몸을 기대고 서서 아이린을 내려다보았다.

아이린은 창문을 내리고 선글라스 너머로 루크를 바라보았다.

"무슨 일 있으세요?" 그녀는 정중한 어조로 물었다.

"지금 어디 가세요?"

아이린은 생각에 잠긴 표정으로 선글라스를 천천히 벗었다.

"그런데 말이에요, 여태까지 다양한 숙박시설에서 묵어봤지만, 제가 나가고 들어올 때마다 모텔주인에게 보고를 해야 하는 건 이곳이 처음이군요."

"이곳 선라이즈 호수 산장에서는 약간 특이한 방식으로 운영되고 있죠."

"그럴 줄 알았어요." 아이린은 선글라스 테를 운전대에 톡톡 두드렸다. "그거 혹시 군대방식 아닌가요?"

"아마 해병대 방식일 겁니다, 스텐슨 양." 제이슨이 거들었다.

"우리 형이 군에서 제대한지가 몇 달 안 됐거든요. 그 점을 참작해 주셔야 할 거예요. 형은 지금 민간인 생활방식에 적응 중이거든요."

아이린은 마치 그 정보가 자신이 이미 짐작했던 것을 확인시켜 주기라도 하는 듯이 아주 시원스럽게 고개를 한번 끄덕였다.

"아하, 그렇군요." 그녀는 제이슨에게 미소를 지어 보인 후, 생각에 잠긴 시선으로 루크를 바라보았다. "사실, 지난 밤과 오늘 아침에 제가 정말 폐를 많이 끼쳐 드린 것 같다는 생각이 드는군요."

"그래요?" 루크가 말했다.

"그래서 오늘 저녁에 제가 만든 음식으로 보답해 드려야 겠다고 생각했죠."

그것은 루크가 전혀 예상하지 못한 제안이었다.

"우와, 형." 제이슨이 신이 나서 말했다. "요리도 하시나 요, 스텐슨 양?"

"이래봬도 내가 글래스턴 코브 비콘 신문의 '요리 비법 대 공개'라는 칼럼을 담당하면서 신문에 공개되기를 희망하 는 요리 비법 중에서 적절한 것만을 단독으로 선정했던 경 력이 있다구요."

제이슨이 싱긋 웃었다. "아주 인상적이군요."

"인상적인 것 이상일걸요. 내가 신문에 게재하는데 제외한 요리비법들을 알게 되면 깜짝 놀라서 입을 다물지 못할 거예요. 정말이에요. 사람들이 라임향이 나는 젤라틴과 빨간 강낭콩으로 어떤 요리를 만드는지 차라리 모르고 살아가는 게 더 속 편할 거예요."

"그럼, 별로 알고 싶지 않은데요…" 제이슨이 말했다.

"물론 제이슨 씨도 초대하겠어요. 오늘 밤에 여기서 묵을 예정이라면요."

"그럴 생각이에요." 제이슨이 아이린에게 확인해 주었다.

"좋아요. 5시 30분에 두 분 다 제 방갈로로 오세요. 저녁 식사 전에 가볍게 한 잔 하죠." 그녀는 루크를 향해 시선을 돌리며 정중하게 말했다. "물론 찬성이시죠?"

"군대에서 가르치는 것 중에 하나가 전략적으로 중요한 기회가 주어지면 놓치지 말고 붙잡으라는 거죠."

루크가 말했다. "17시 30분에 방갈로 문 앞에 대기하고 있겠어요."

"그러니까 그게 5시 30분을 말하는 거겠죠?" 아이린이 말했다. "자, 이제 서로 합의를 봤으니까 저는 그럼 볼일 보러 가야겠어요."

그러나 루크는 자동차에서 손을 떼지 않았다. "내 질문에 아직 대답하지 않았어요. 지금 어디 가세요?"

아이린의 황갈색 눈에 재미있다는 듯한 표정이 언뜻 스쳐 지나갔다. "저기 있잖아요, 그런 방식이 군대에서는 잘 통할지 모르지만, 숙박객들을 상대할 때는 재고해 보시는 게 나을 것 같네요."

"오직 두 가지 길만이 있을 뿐이요, 스텐슨 양. 해병대 방식을 따를 것인가, 아니면 다른 방식인가…"

"공식적으로 저는 2번을 선택하겠어요. 다른 방식 말이에요." 아이린이 말했다. "하지만 대너 씨가 오늘 밤 저의 초대 손님임을 감안하여 질문에 기꺼이 대답해 드리죠. 던즐리 슈퍼마켓에 쇼핑하러 가요."

"쇼핑요?"

"초대 손님의 식사 준비를 위해서 장을 봐야 하니까요."

"아, 그렇지, 장을 봐야지…"

아이린은 약간 지나치다 싶을 정도로 상냥하게 웃었다. "쇼핑 목록을 보여 드릴까요?"

"쇼핑목록에 라임향 나는 젤라틴과 빨간 강낭콩도 들어 있어요?"

"아뇨."

"그럼 걱정 안 해도 되겠군요." 루크가 말했다.

“걱정할 기회는 많아요, 대너 씨.”

아이린은 액셀을 힘껏 밟았다. 루크는 황급히 손가락을 자동차 지붕 위에서 뗐다. 자동차는 쏜살같이 길을 따라 내려갔다.

잠시 짧은 침묵이 흘렀다.

“형.” 제이슨이 말했다. “그러다가 손가락이 날아가는 수가 있다구요…”

09

아이린은 주변 사람들의 호기심에 찬 은밀한 시선을 전혀 눈치 채지 못한 척하며 던즐리 슈퍼마켓의 야채 진열대에 서서 양상추와 오이, 토마토를 고르고 있었다. 이곳에서 가십거리가 된 것이 이번이 처음은 아니지… 그녀는 생각했다. 하지만 이제 그녀는 정서적으로 갈기갈기 찢긴 10대가 아니라 어엿한 성인이었다.

게다가 5년 동안 글래스턴 코브시의 시의회 회의를 취재하고, '요리 비법 대 공개' 칼럼을 담당하며 글래스턴 코브 해초 회사의 경영자 등 그 지역의 기업가들을 취재하면서 그녀는 진정한 취재기자가 된 것 같은 기분을 느껴왔다.

아이린은 방금 전에 애들린과 함께 나누었던 대화내용을
녹음기로 다시 들어보았다.

"젠장 아이린, 진행 중인 취재에 대한 막연한 힌트 외에는
아직 아무 것도 보고 받지 못했어. 그 취재도 앞으로 계속될
지 알 수 없다구…"

"무슨 소리예요? 지금 취재 중이에요."

"하지만 그 지방의 경찰이 수사에 착수하지 않는다면…"

"알아요." 애들린은 전화선 저쪽 편에서 무겁게 한숨을
내쉬었다. "이 늙은 기자의 뱃속도 울렁거리고 있어. 점심때
먹은 칠리 때문만은 아니지. 그 사건에 너무나 많은 우연의
일치가 있어. 하지만 조심해. 내 오랫동안의 경험상으로 볼
때, 정치와 섹스, 시체는 정말 위험한 조합이거든…"

"예, 조심할게요."

"그나저나 게일과 제니가 일주일 정도 입을 속옷과 바지,
셔츠를 어젯밤 소포로 부쳤다고 하더군. 오늘 아침쯤에 도
착할 거야. 색상을 서로 매치시키느라 신경 쓰지 않도록 모
두 기본색인 검정색으로 골라 보냈다더군. 그러니까 전부
다 서로 잘 어울리도록 말이야."

"고맙다고 전해주세요."

그때, 덜커덩거리는 쇼핑카트가 옆에서 멈추는 바람에 아

이린은 혼자만의 생각에서 깨어났다.

"어머나, 아이린 스텐슨 아니에요? 우리 마을로 돌아왔다는 얘길 들었어요."

언제나 주변의 소리보다 훨씬 시끄럽게 들리는 그 짜증스럽고 목쉰 음성이 아이린에게 아는 체를 했다. 베티 존슨의 유난히 귀에 거슬리는 목소리를 마지막으로 들었던 것이 17년 전이었지만 아이린은 그 목소리의 주인이 누군지 금방 알 수 있었다. 고통스러운 기억이 그녀의 심장을 뛰게 만들었다.

아이린은 드레이컨햄 장의사 건물의 어두컴컴한 현관 앞에 숙모 헬렌과 함께 서서, 주차장에 모여 있는 사람들을 바라보았다. 억수같이 퍼붓는 비에도 불구하고 던즐리시 주민들의 호기심은 수그러들지 않았다.

"저 사람들은 죽은 시체를 파먹는 독수리 같아요." 아이린이 속삭였다.

"이 마을사람들은 모두 네 가족들을 잘 알고 있잖니." 헬렌이 아이린의 손을 잡았다. "장례식에 마을 사람들이 모두 참석하는 것은 당연한 거야."

장의사 사장인 벤 드레이컨햄은 휴 스텐슨 부부를 화장하겠다는 헬렌의 결정을 그리 달가워하지 않았다. 아이린은 시신을 관에 넣어 매장하는 것보다 화장이 훨씬 비용이 싸기 때문에 그가 불만스럽게 생각한다는 것을 알고 있었다.

그러나 아이린의 늙은 숙모는 비용보다는 다른 이유로 시신들을 화장하기로 결정하였다.

"이곳 묘지의 비석을 볼 때마다 그 일이 생각나서 마음이 무거워 질게야. 아이린. 네 부모도 그걸 원치 않겠지. 모든 것을 잊고 자유롭게 네 인생을 살기를 바라실 거야."

아이린은 숙모님의 지혜를 받아들였지만 개인적으로는 헬렌 숙모가 옳은 선택을 했는지 의문스러웠다. 비석은 그녀로부터 떨어져 나간 과거를 연결해주는 실질적인 연결고리가 될 수도 있었던 것이다

그 춥고 비오는 날, 장례식장에 딸린 작은 예배실 안의 좌석은 마을 사람들로 꽉 차 있었다. 아이린은 대부분의 사람들이 그녀의 부모에게 정말 애도를 표하기 위해 온 것이 아니라, 그저 구경하면서 가십거리로 삼기 위해 온 것이라는 것을 잘 알고 있었다.

베티 존슨은 장례식 때, 맨 앞줄자리에 앉겠다고 우겼다. 그녀와 몇몇 마을 사람들이 위선적인 애도와 진부하고 상투적인 인사말을 하기 위해 현관문 너머에서 어슬렁거리며 기다리고 있었다.

차도에서 기다리고 있는 자동차는 마치 달처럼 멀게

만 느껴졌다.

"자, 아이린." 헬렌 숙모가 조용히 말했다. "함께 이 순간을 헤쳐나가자꾸나."

아이린은 심호흡을 한 번 한 뒤, 숙모님의 손을 꼭 쥐었다. 그들은 함께 계단을 내려갔다. 모여 있던 사람들은 두 사람을 위해 길을 터 주느라 양쪽으로 갈라섰다. 헬렌은 동정을 표시하는 사람들의 말에 당당하게 고개를 끄덕이며 답했다.

아이린은 고개를 꼿꼿하게 들고 앞에 서있는 자동차를 응시하였다.

두 사람이 자동차에 가까이 갔을 때, 소곤대는 사람들 사이에서 유난히 시끄러운 베티 존슨의 쉰 목소리가 들려왔다.

"가엾은 아이린, 앞으로 절대로 정상적인 사람이 되지 못할 거야…"

아이린은 조심스럽게 양상추를 골라든 뒤, 천천히 몸을 돌려서 뒤에 서 있는 부푼 헤어스타일의 날카롭게 생긴 여자를 마주보았다.

"안녕하세요, 존슨 부인." 그녀는 예의바르게 말했다.

베티는 가식적인 미소를 지었다. "어머나, 전혀 못 알아볼 뻔했어요. 너무 많이 *변했군요.*"

"말하자면 아주 정상이라는 뜻이겠죠?"

베티는 표정이 멍해졌다. "뭐라구요?"

"아무 것도 아니에요." 아이린은 양상추를 카트에 넣고 손잡이를 잡았다. "그럼, 이만 실례할게요. 할 일이 많아서…"

베티는 정신을 가다듬고 쇼핑 카트의 손잡이를 꽉 쥐었다. "가엾은 파멜라 웹을 그렇게 발견하다니 정말 충격이 컸겠어요."

아이린은 주변을 둘러보다가 근처에서 쇼핑하고 있는 두 사람을 발견하였다. 한 여자는 당근을 고르고 있는 척했다. 또 다른 여자는 마치 금으로 만든 감자를 찾는 것처럼, 감자 더미에서 아주 신중하게 감자를 고르고 있었다. 그들은 귀를 쫑긋 세우고 아이린과 베티의 대화에 귀를 기울이고 있었다.

"그래요, 정말 충격적이었어요." 아이린이 말했다. 그녀는 쇼핑 카트를 베티 존슨의 옆으로 돌렸다.

"파멜라의 시체를 발견할 때, 친절한 루크 대너 씨가 옆에 있었다고 그러더군요." 베티는 급히 카트를 돌려서 아이린을 쫓아오며 말했다. "그의 산장에서 묵고 있죠, 그렇죠?"

"맞아요." 아이린은 쇼핑 카트를 통로 끝 쪽으로 밀고 가서 여섯 개들이 맥주 박스와 와인병들이 진열되어 있는 선반 쪽에서 멈추었다.

그녀는 그리 비싸지 않은 화이트 와인을 고른 다음, 잠시 망설였다.

루크는 와인보다는 맥주를 더 좋아 할 것 같은 타입이었다.

"오늘 아침 맥퍼슨 서장과 웹 상원의원과 대화를 나눈 뒤에 아이린이 화가나 있더라고 사람들이 그러던데요."

베티가 아이린 뒤에서 소리쳤다.

아이린은 여섯 개들이 맥주를 고른 다음, 계속해서 걸어갔다. 베티의 카트가 속력을 내어 그녀를 뒤쫓아 오는 소리가 들렸다.

"알다시피, 파멜라 웹은 아주 문제가 많은 여자였잖아요." 베티가 말했다. "정말 날라리였죠. 옛 선착장에 있는 보트 창고에서 몇몇 마을 남자아이들과 마약을 하고 있는 것을 당신 아버지가 발견한 적이 있죠. 하지만 그녀가 라일런드 웹 상원의원의 딸이니 뭐니 해서 그의 부탁을 받고 그 사실을 비밀로 숨겨야 했었죠. 그렇지만 마을 사람들 중에서 그 사실을 모르는 사람이 아무도 없었죠."

그 말이 드디어 효과를 발휘하였다. 아이린은 갑자기 걸음을 멈추고서 카트의 손잡이를 놓은 뒤 옆으로 살짝 몸을 비켰다.

베티 존슨은 아이린을 너무 바짝 따라와서 곧바로 걸음을 멈출 수가 없었다. 그녀의 카트가 아이린의 카트를 들이받고 쿵하며 신경에 거슬리는 쇳소리를 내었다. 베티는 그 충격으로 비틀거렸다.

아이린은 공손하게 미소 지었다. "약간 잘못 알고 있었네요, 존슨 부인. 우리 아빠는 라일런드 웹 씨의 부탁을 들어주기 위해 그랬던 건 아니었어요."

베티는 쯧쯧 혀를 찼다. "아니에요, 아이린. 그 보트 창고에서 파멜라가 무슨 짓을 했는지 모르는 사람이 없다구요."

"아주머니 남편이 곤드레 만드레로 술에 취해서 타란트 철물점의 창문을 자동차로 들이받았던 그날 밤 일도 마찬가지로 모르는 사람이 없죠."

베티는 어안이 벙벙한 표정으로 아이린을 바라보았다. 이윽고 그녀의 얼굴이 분노로 뒤덮였다. "에드는 그날 밤 술에 취하지 않았어요. 그건 사고였어요."

"그러니까 아빠가 그 일도 비밀로 부쳤다고 말할 수 있겠네요. 그때 당신의 남편 에드는 체포되지 않았으니까요, 그렇죠? 아빠는 당신 남편이 그때 막 직장을 잃었다는 사실을

150

알고 있었어요. 그래서 음주운전으로 체포되면 새 직장을 구하기 어려울 것이라고 생각했죠."

"다시 말하지만 그건 우연한 사고였어요. 당신 아버지도 그걸 알고 있었어요."

"우연한 사고라…" 아이린은 주변을 둘러보다가 통로 끝에서 어렴풋이 기억나는 얼굴을 발견했다. "제프 윌킨스와 그의 두 명의 친구들이 *우연히* 해리 벤슨의 새 트럭을 훔쳐서 벨 로드에서 신나게 달렸던 사건처럼요?"

애니 윌킨스의 얼굴이 하얗게 질렸다. "다 지나간 옛날 일을 왜 들추고 그래요? 그건 그냥 애들 장난이었을 뿐이에요."

"그건 심각한 자동차 절도죄예요. 그때 벤슨 씨가 고소하려고 했었다는 걸 알고 있어요?" 아이린은 말했다. "하지만 아빠가 그를 진정시키고 고소를 포기하도록 했죠. 그런 다음 아빠가 당신 아들과 친구들을 불러놓고 이야기했어요. 그들에게 잔뜩 겁을 주었죠. 그 다음에 어떻게 된 줄 아세요? 제프와 그의 친구들은 전과기록이 남겨지는 것을 면할 수 있었죠."

"그건 다 옛날이야기예요." 애니는 사납게 말했다. "제프는 이제 변호사가 되었다는 점을 알려주고 싶네요."

"참 재미있는 인생의 아이러니로군요. 아빠도 그걸 재미있게 생각하실 거예요." 아이린은 천천히 몸을 돌리며 모인 사람들 중에서 새로운 공격목표를 고르고 있었다. "어디 보자… 또 누가 우리 아빠에게 그런 식으로 은혜를 입었더라?…"

통로 끝에 진을 치고 있던 사람들은 서서히 떨기 시작했다. 뒤에 있던 두 사람은 갑자기 방향을 바꾸어 황급히 도망치려고 했다.

아이린은 과일과 야채 통조림 코너 쪽으로 급히 방향을 바꾸는 염색한 빨간 머리의 여자를 급습했다.

"베키 터너 아주머니 맞죠? 기억나네요. 당신 딸이 그때 여름, 그렇게 말썽을 부리던 아이들과 어울려서 놀아났던 일이 아직도 생각나는군요."

베키는 자동차 헤드라이트 불빛에 얼어붙은 사슴 같은 표정으로 멍하니 굳어 있다가 계산대를 향해 비틀거리며 걸어갔다.

이제 주변에 있던 모든 사람들이 일제히 움직이기 시작하면서 가장 가까운 출구를 향해 황급히 카트를 몰고 갔다.

사방에서 덜커덩덜커덩, 달가닥달가닥 거리는 카트 소리가 들려왔다. 잠시 후에 슈퍼마켓은 순식간에 조용해졌다.

아이린은 자신이 맥주와 와인 코너에 혼자 서 있는 것을 깨달았다. 이윽고 그녀는 누군가가 등 뒤에 서 있는 것을 느꼈다.

그녀는 천천히 몸을 돌려서 재미있다는 표정으로 자신을 바라보고 있는 아름다운 중년부인을 발견했다.

"안녕, 아이린." 그녀가 말했다.

"카펜터 선생님이시죠?"

"그냥 테스라고 불러. 더 이상 내가 가르치는 학생이 아니잖아. 이제 예의를 차릴 필요 없어."

테스 카펜터는 통로 아래쪽으로 카트를 몰고 와서 아이린에게 다가갔다. 이 마을에 도착한 이래 처음으로 아이린은 행복한 추억과 함께 마음이 따뜻해지는 것을 느꼈다.

테스 선생님은 던즐리 고등학교에서 영어를 가르쳤다. 그녀는 아이린의 독서와 글쓰기에 대한 열정을 진심으로 격려해 주었다.

그녀의 벌꿀색 머리카락은 드문드문 흰머리가 섞여 있었고, 눈 주위에 주름살들이 자리 잡기 시작했다. 그 점을 제외하면 테스는 그다지 늙은 것 같지 않았다.

"아이린이 슈퍼마켓 안을 깨끗하게 정리한 것 같군." 테스는 웃으며 말했다.

"잘했어, 아이린. 파멜라가 알면 아이린에게 박수를 보내겠군. 그녀는 이렇게 한바탕 난리피우는 것을 좋아했으니까, 안그래?"

"예, 하지만 자기가 난리 피우는 걸 좋아했죠."

"맞아." 테스의 얼굴에는 온화한 미소가 피어 있었다. "그동안 어떻게 지냈어, 아이린? 신문기자가 됐다면서?"

"바닷가 작은 도시의 신문사에서 일하고 있어요. 선생님은요? 아직 던즐리 고등학교에서 가르치시나요?"

"그래. 남편 필은 자동차 정비공장을 경영하고 있어."

아이린이 미소 지었다. "필 씨가 자동차에 관한 한 최고라고 아빠가 말씀하시곤 하셨죠."

"아이린 부친의 말씀이 맞아." 테스는 걱정과 연민이 담긴 시선으로 아이린을 바라보았다. "지난밤에 일어났던 일에 대해 들었어. 모든 마을 사람들이 파멜라에 대한 일을 알고 있지. 아이린이 파멜라를 그런 식으로 발견하게 되어서 정말 안타깝군…"

"제가 이곳에 온 이유는 파멜라가 저를 만나고 싶어 했기 때문이에요. 17년 동안 연락이 끊겼다가 그녀가 절 만나야 한다면서 이메일을 보내왔어요. 하지만 결국 만나지 못하고 말았어요."

"정말 파멜라의 죽음에 어떤 미스터리가 있다고 생각해?"

아이린은 얼굴을 찡그리며 웃었다. "그 소문은 정말 빨리도 퍼지네요."

"여긴 던즐리야. 아이린도 알고 있지? 마을 신문조차 필요가 없어. 마을의 소문은 빛의 속도만큼 빨리 퍼지지."

선량한 얼굴에 머리를 뒤로 묶은 여자가 통로로 내려왔다.

"안녕, 아이린. 샌디 페이스예요. 저 기억나세요? 제 원래 이름은 샌디 워던이었죠. 던즐리 고등학교 1년 후배예요."

"안녕, 샌디." 아이린이 말했다. "다시 만나서 반가워요. 어떻게 지냈어요?"

"별 탈 없이 잘 지냈어요. 고마워요. 고등학교 졸업하자마자 칼 페이스와 결혼했어요. 아이들이 둘 있어요. 칼은 호수 주변의 건설현장에서 일하고 있어요. 늘 바쁘죠."

"잘됐군요." 아이린이 말했다. "귀여운 아이들이 있다니, 축하해요."

"고마워요. 애들이 얼마나 성가신지… 남편이 버는 돈이 아이들 옷값으로 다 나가는 것 같아요. 하지만 괜찮아요. 우린 곧 새 집도 지을 거예요."

"정말 잘 됐네요, 샌디."

샌디는 단호한 표정으로 어깨를 쭉 폈다. "그런데 말이죠,

베티 존슨과 다른 여자들에게 했던 말을 다 들었어요. 그 수다스러운 여자들을 혼내주길 정말 잘했어요.”

“그 여자들 말에 화가 났었어요.”

“아이린이 그 여자들에게 그렇게 쏘아붙이는 걸 보고 기뻤어요. 사실 이곳의 많은 사람들이 아이린의 아버님께 고마워해야 한다니까요. 그렇지 않나요? 테스 선생님?”

“물론 그렇지.” 테스가 동의하였다. “사람들이 그런 걸 얼마나 빨리 잊어버리는지 놀라울 정도예요.”

“휴 스텐슨 씨가 사건을 조용하게 처리하셔서 당사자들이 감옥에 가지 않아도 되거나 전과기록이 남는 것을 면하거나, 아니면 당황해서 쩔쩔매는 것을 잘 마무리 지으셨던 적이 얼마나 많았는데요.” 샌디가 덧붙였다.

“그리고 또, 그런 일이 다른 사람에게 알려지지 않도록 입도 무거우셨죠.”

아이린은 정말 고마운 마음이 들었다. “고마워요, 샌디.”

“우리 엄마와 나에 관한 비밀스런 일이 있었어요. 그 당시, 제 의붓 아빠 리치 해릴은 정말 비열한 인간이었어요. 그는 술에 취해서 엄마를 때리고, 나까지 때리기 시작했어요.”

“어머, 난 전혀 몰랐어요.” 아이린이 말했다. 그녀는 그 말을 듣고 깜짝 놀랐다. 어떻게 그 가정에서 그런 일이 일어나고 있었던 것을 몰랐을까? 아이린은 생각했다.

"물론 몰랐을 거예요," 샌디는 차분하게 말했다. "제가 아무에게도 말 안 했으니까요. 엄마도 마찬가지구요. 엄마는 해럴과 헤어지길 원했지만 그러면 그가 엄마와 나를 죽일까봐 두려워서 그러지도 못 했어요. 엄마는 아무에게도 말하지 않았지만, 스텐슨 서장님이 어떻게 그 사실을 알아냈어요. 어느 날 서장님이 저희 집에 찾아와서 해럴에게 경찰차에 타라고 했어요. 두 사람은 경찰차를 타고 어디론가 떠났는데 한참동안 돌아오지 않았어요. 두 사람이 돌아왔을 때, 해럴은 정말 불안해 보였어요. 그는 그날로 짐을 싸서 이 마을을 떠났어요. 우린 그날 이후로 그를 본 적이 없었죠."

테스가 얼굴을 찌푸렸다. "경찰관이 몇 마디 했다고 해서 가족을 학대하는 남자들이 그렇게 호락호락 물러나지는 않는데…"

"정말로 겁을 먹으면 그렇게 할 수도 있어요." 샌디가 말했다. "몇 년 뒤에 해럴이 술에 취해서 나무에 자동차를 들이받고 죽었다는 소식을 들었어요. 엄마와 나는 기뻐했죠. 그때 엄마가 휴 스텐슨 서장님께서 그를 데리고 나가서 은밀히 대화를 나누었던 그날 일에 대해 이야기해 주었어요."

“그날 어떤 일이 있었는데요?”

샌디의 눈이 그날을 회상하면서 만족스럽게 반짝였다. “서장님께서 어떻게 하셨는지는 잘 몰라요. 하지만 서장님은 해럴이 과거에 샌디에이고에서 남미의 마약상을 위해 돈 세탁을 하면서 아주 위험한 갱단 두목을 속인 사실이 있다는 정보를 어떻게 알아내었어요. 해럴은 그의 돈을 몰래 빼돌린 후, 자신이 죽은 것으로 가장했어요. 서장님은 해럴이 만약 던즐리로 다시 돌아오거나, 나와 엄마에게 어떤 일이 생기면 샌디에이고에 있는 그 두목에게 그의 돈을 가로챈 사람이 죽지 않고 살아 있다는 사실을 알려줄 것이라고 해럴에게 경고했대요.”

아이린은 가볍게 몸을 떨었다. “난 정말 전혀 몰랐던 이야기군요.”

“나도 처음 들어.” 테스가 말했다.

샌디는 당연하다는 듯이, 두 사람을 쳐다보았다. “아까 말했듯이 휴 스텐슨 서장님은 이 마을의 사소한 작은 비밀까지도 혼자서만 알고 계셨어요. 끝까지 아무에게도 발설하지 않고 무덤으로 가져 가셨죠.”

10

샘은 리모컨을 들어서, 저녁 뉴스를 방송하고 있는 지나치게 생기 넘치고, 지나치게 완벽해서 짜증나는 여자 아나운서의 음성이 들리지 않게 텔레비전의 소리를 줄였다. 그는 안락의자에 등을 기대고 앉아서 두 눈을 감았다.

참담한 죄책감이 그의 마음속에 서서히 밀려들기 시작했다. 압박해오는 죄책감의 무게 때문에 그는 차라리 삶을 포기하는 것이 낫겠다는 생각까지 들었다. 그는 그렇게라도 할 수 있다면 이런 고통보다는 덜하겠지, 하고 생각했다.

지난 몇 년 동안 그런대로 잘 견뎌 왔었지… 샘은 생각에 잠겼다. 그렇게 되기까지는 엄청난 노력이 필요했지만, 그는 마침내 그 죄책감을 마음속의 어두운 동굴로 밀어 넣고 덮어버릴 수 있었다. 물론 몇 가지 문제들도 있었다. 그는 단한 가지 이유로 결혼생활을 망쳐버렸다. 그러나 따지고 보면 샘만 그런 것도 아니었다. 많은 사람들이 그런 식으로 그럭저럭 살아가고 있지 않은가…

긍정적인 면에서 보면 샘은 휴 스텐슨 서장이 인정할 만큼 상당히 양심적인 경찰관이었다. 그동안 그는 이곳 던즐리 시의 법과 질서를 유지하려고 노력해왔다. 쥐꼬리만 한 봉급에 뇌물이 큰 유혹이 안 되어서가 아니라 나름대로의 철학으로 그는 결코 뇌물을 받은 적도 없었다. 또 스텐슨 서장이 그랬던 것처럼 마을 사람들의 사소한 비밀을 절대로 입 밖에 내지 않았다.

얼마 전부터 샘은 옛날에 있었던 사생활의 어떤 부분을 다시 한 번 부활시켜 볼까 하는 생각을 하고 있었다. 지난 몇 달 동안 그는 여러 번 수화기를 들고 그녀에게 전화를 걸려고 시도했었다. 그러나 그는 늘 망설였다. 그녀는 좋은 여자였으며, 아름답고 인정이 많은 여자였다. 문제는 그녀가 그를 단지 친구로만 생각한다는 것이었다. 그는 그녀와의 우정을 좀더 의미 있는 것으로 발전시켜 보려는 그의 시도에 그녀가 어떻게 반응할지 확신이 서지 않았다.

샘은 의자 옆 테이블 위에 놓인 전화기를 바라보았다. 한 가지만은 분명하였다. 이제 더 이상 그녀에게 전화를 걸 수가 없다는 것이다. 아이린 스텐슨이 이 마을로 돌아옴으로써 모든 것이 변해버렸다. 그 잊혀지지 않는 그녀의 눈을 들여다보던 그 순간의 느낌과 그동안 그렇게 조심스럽게 숨겨왔던 죄책감이 무덤 속에서 되살아나고 있었던 것이다.

샘은 경찰서장으로서 자신이 이룩해왔던 그 어떤 것도 17년 전에 그가 했던 일을 보상할 수는 없을 것이라는 점을 깨달았다.

아이린이 맥주병을 제이슨에게 건네줄 때, 6호 방갈로에서 쿵쿵 울리는 시끄러운 락 음악소리가 들려 왔다.

"안 되겠군." 루크는 벽에 비스듬히 몸을 기대고 있다가 테이블 위에 맥주병을 놓고 문 쪽으로 걸어갔다. "오늘 오후에 맥신이 저 사람들을 산장에 들였을 때, 말썽을 부릴 줄 알았지. 곧 돌아올게요."

그는 방갈로 뒷문을 열고 밖으로 나갔다.

아이린은 그가 계단을 내려가 나무들 사이로 옆 방갈로를 향해 걸어가는 것을 보았다.

"루크 형이 하는 일을 지켜보는 것은 언제나 재미있죠."

제이슨이 말했다. 무슨 신나는 일이라도 벌어지기를 기대하는 것처럼 싱긋 웃는 그의 미소 속에서 하얀 이빨이 반짝거렸다. 그는 말썽을 일으키는 방갈로를 더 자세히 보기 위해서 창가에 바짝 기대고 섰다.

"지금 형이 방갈로 문 앞에 서 있어요. 아무리 늦어도 5초 뒤에는 음악소리가 멈출 거예요. 1초, 2초, 3초…

그때, 갑자기 음악 소리가 멈추고 산장에 정적이 다시 찾아왔다.

"딱 3초 걸렸군." 제이슨이 말했다.

"제이슨 씨의 형님은 일을 처리하는 자신만의 독자적인 방식이 있나 봐요." 아이린이 말했다.

"해병대에서 오래 복무하다 보면 그렇게 되죠."

"알아요." 아이린은 냉장고를 열어서 신선한 양상추를 꺼냈다. "우리 아빠도 해병대에 계셨죠."

제이슨이 휘파람을 불었다. "아하, 그래서 그랬군요."

"뭐가 그래요?"

"루크 형을 다른 여자들보다도 더 잘 이해하는 것 같더라구요."

아이린은 약간 놀라서 제이슨을 쳐다보았다. "내가 대너 씨를 잘 이해한다고 생각하세요?"

"두 사람이 대화를 나누는 것을 보고 짐작했죠. 형은 늘 명령조로 말하고 아이린 씨는 그냥 무시해 버리죠. 두 사람이 아주 잘 맞는 것 같아요." 제이슨은 화제를 바꿨다. "식사 준비하는 것 좀 도와드릴까요?"

"고마워요. 거의 다 준비된 것 같아요. 얼마나 오래 여기 머물 거예요?"

"내일 아침에 산타 엘레나로 돌아갈 거예요. 회사에서 회의가 있거든요. 형이 어떻게 지내나 보러 잠시 들른 거예요. 또, 노친네 생신날 집에 올 건지도 물어보려고요."

아이린은 오븐의 문을 열었다. "노친네가 누구예요?"

"우리는 아버지를 노친네라고 부르죠." 제이슨은 아이린이 오븐에서 꺼낸 오븐용 접시를 유심히 바라보았다. "야, 그거 옥수수빵 아니에요?"

"맞아요, 옥수수빵 좋아해요?"

"그럼요. 하지만 형에 비하면 아무 것도 아니죠. 형은 옥수수빵을 정말 좋아해요. 사실, 형은 집에서 만든 음식은 뭐든지 좋아해요. 군대에서 지급되는 간이 휴대식량에 질려서 그런 것 같아요."

"군대에서 그런 인스턴트 음식만 먹나요?"

"예." 제이슨은 코를 킁킁거리며 빵 냄새를 맡았다. "이런

저런 이유로 해서 루크 형은 대학에 들어가느라 집을 떠난
이후 집에서 만든 음식을 자주 먹지 못했어요. 형은 짧은 기
간이었지만 결혼을 한 번 했었는데 전처가 요리하는 것을
좋아하지 않았어요. 그 여자는 주로 음식을 가게에서 사가
지고 와서 먹곤 했어요."

"대너 씨에게 전처가 있었군요." 아이린은 마치 기자가
취재를 하듯이, 사적인 감정이 들어가지 않은 냉담한 어조
로 말했다. 일종의 배경조사인 셈이었다.

"걱정 말아요. 그 여자는 이미 형의 기억 속에서 지워진
사람이니까… 두 사람이 이혼한지 오륙 년 되었군요. 정말
회오리바람같이 정신없는 사건이었죠. 결혼생활이 한 5분
정도 유지되었나?…"

"그래요?"

"사실은 그보다는 더 오래 유지됐어요. 루크 형이 해외로
배치되기 전에 두 사람은 몇 달 동안 함께 살았어요. 형이
다시 돌아왔을 때, 형의 전처는 루크 형과의 결혼생활에는
멋있는 군복 이상의 그 어떤 것이 필요하다는 것을 깨닫게
되었죠. 결국 그녀는 해병대 장교부인이 되기를 포기하기로
결심했어요."

"그 뒤로 대너 씨는 재혼하지 않았나요?"

아이린은 자신이 그만 넘지 말아야할 선을 넘어섰다는 것을 곧 깨달았다. 제이슨의 쾌활하고 개방적이며 낙천적인 표정이 갑자기 경계를 하는 듯한 표정으로 바뀌었다.

"형은 6개월 전에 약혼한 적이 있어요. 하지만…" 제이슨은 생각보다 너무 깊이 들어갔다는 듯이 갑자기 입을 다물었다. "문제가 좀 있어서 약혼자와 헤어졌어요."

아이린은 마음속에서 특유의 호기심이 발동하는 것을 느꼈다. 뭔가 사연이 있나봐… 그녀는 짐작하였다. 대너 씨가 말했던 그 가족의 비밀이란 게 뭘까? *분명한 것은 모든 사람들이 가족의 비밀을 한가지씩은 다 가지고 있다는 거죠*, 라고 그가 말했었지…

아이린은 던즐리 슈퍼마켓에서 사온 연어살에 소금을 살짝 뿌렸다. 그녀는 던즐리 슈퍼마켓에서 생선을 살 때 주의할 점에 대해서 엄마가 충고하던 것을 떠올리면서, 냉동식품 코너에서 그 연어를 골랐다. '*냉동된 것만 사도록 해. 냉동되지 않은 것은 상하기 쉽거든.*'

"생신파티는 어디서 하죠?" 아이린은 약간 더듬거리다가 목소리를 가다듬고 물었다.

"산타 엘레나에서요." 제이슨은 그녀가 화제를 돌려서 마음이 놓였다. "거기에 우리 집안의 사업체가 있죠."

"구체적으로 무슨 사업인데요?"

제이슨은 눈썹을 치켜 올렸다. "형이 자신에 대해서 별로 말을 많이 안 했나 봐요."

"별로요." 아이린은 아까 슈퍼마켓에서 사온 그리 비싸지 않은 화이트 와인병을 냉장고에서 꺼내어 카운터에 세웠다. "일이 정신없이 돌아가는 바람에 한가하게 대화를 나눌 틈이 없었어요."

"그래요, 그럴 것 같았어요." 제이슨은 아이린이 따려고 하는 화이트 와인병을 유심히 들여다보았다. "노친네와 그의 동업자가 사업에 참여하라고 형에게 심한 압박감을 주기 때문에 형이 최근에는 사업에 대해서 누군가에게 이야기하는 것을 꺼려하는 것 같더군요. 그래서 아마 그런 이야기를 안 했을 거예요. 엘레나 크릭 포도원에 대해서 들어본 적이 있나요?"

"그럼요, 와인 컨트리 주변에 살고 있는 사람이라면 누구나 다 엘레나 크릭 포도원에 대해 알고 있죠. 아주 정통의 최고급 와인만을 생산한다고 들었어요. 최우수 와인으로 선정되어 상도 여러 번 탔다죠."

"우리도 그렇게 자부하고 있어요." 제이슨이 말했다.

아이린은 화이트 와인병의 상표를 다시 살펴보았다.

"와인을 잘못 골라왔다는 느낌이 들기 시작하는데요."

"걱정 마세요. 형과 저는 상관 안 해요."

"혹시 제이슨 집안이 엘레나 크릭 포도원을 소유하고 있는 것 아니에요?"

"아빠와 그의 동업자, 고든 풋 씨는 40년 전에 그 포도원을 설립했어요. 노친네는 회사의 경영을 담당하셨고, 고든 씨는 와인제조를 맡았죠. 두 분은 젊은 시절의 큰 꿈을 마침내 실현시켰어요. 이제, 그 꿈을 다음 세대에게 물려주시려고 하시는 거예요."

"다음 세대는 그 꿈에 대해 어떻게 느끼고 있나요?"

제이슨은 얼굴을 찡그리며 웃었다. "형 해케트와 나는 그 사업에 참여하고 있어요. 고든 씨의 딸인 캐티도 마찬가지구요. 사실, 우리 세 사람은 와인 사업을 떠난 삶을 상상할 수도 없을 정도예요. 와인 사업은 우리의 피 속에 흐르고 있죠."

"하지만 대너 씨는 그렇지 않나 봐요?"

"형이 주장하는 게 바로 그거예요. 하지만 형이 스스로 뭘 원하는지를 확실히 모르고 있다고 가족들 모두 생각하죠. 보세요. 형은 한 가지 일에 오랫동안 관심을 기울이지 않는 경향이 있어요. 예를 들어서 대학도 그래요."

"대학을 도중에 중퇴했어요?"

"대학교에서는 잘했어요. 졸업해서 학위도 받고요. 대학원에 입학허가도 받았어요. 우린 모두 형이 정통의 아카데미 과정을 착실히 밟을 걸로 생각했죠."

"전공이 뭐였어요?"

"아마 믿어지지 않을 거예요." 제이슨이 껄껄 웃었다. "고전 철학이요."

아이린은 잠시 어안이 벙벙해졌다. 이윽고 그녀는 웃음을 터뜨렸다.

"혹시 농담 아니에요? 상상이 안 되네요."

"해병대 출신의 느긋한 일상의 모습에 속지 마세요. 형은 학교에서 성적이 최우등생이었어요. 그래서 형은 학문의 상아탑 속으로 착실하게 전진하고 있는 것 같아 보였죠. 그런데 어느 날 갑자기 형이 군대에 입대하겠다고 선언했어요. 정말 우리에겐 큰 충격이었죠. 그 후 형은 군의 새로운 전략과 전투 훈련 프로그램 쪽으로 발령을 받았어요. 그리곤 군사 분야에서 박사 학위를 땄어요. 그 뒤 여러 곳으로 배치를 받았죠."

"여러 번요?"

"지난 몇 년 동안 해병대에서 수행하는 일들이 아주 많았죠."

아이린은 침착하게 말했다. "그래요, 알아요."

"어쨌든 6개월 전에 형은 제대했어요. 그러자 노친네와 고든 씨가 형에게 집안의 와인 사업에 동참하라고 권유했어요."

"그건 성공적인 전직(轉職)이 아닌 것 같군요."

"참담한 실패라고 해도 좋겠네요. 형은 그 비슷한 시기에 약혼을 하고 이어 파혼을 했죠." 제이슨은 팔을 들어 허공을 한번 휘저었다. "이제 형은 금방이라도 무너질 것 같은 이 던즐리 마을의 초라한 산장 주인이 되었어요."

"짐작컨대, 가족들은 아주 걱정이 많겠어요?"

"가족들은 아주 대경실색했죠." 제이슨이 인정하였다. "제 개인적으로는 형은 자신의 삶에서 무엇이 가장 중요한 것인지를 잘 모르는 그런 사람들 중의 한 사람인 것 같아요. 무슨 말인지 아시죠? 또 가족들은 형이 정서적으로 병적인 악순환의 고리에 빠져 있는 건 아닌지 걱정하고 있어요."

아이린은 그 점에 대해 잠시 생각해 보다가 고개를 흔들었다. "그렇진 않다고 생각해요. 오히려 정반대라고 말하고 싶어요. 대너 씨가 보통 사람들과는 약간 다른 삶을 살아간다고 할 수도 있겠지만 인생에 있어서 자신의 목표가 무엇인지를 잘 알고 있는 것 같아요.”

“저도 그 말에 동의해요.” 제이슨은 잠시 망설였다. 그의 얼굴에 처음으로 어두운 표정이 나타났다. “가족들이 걱정하는 것은 당연한 일이에요. 형이 아마 이건 말하지 않았을지도 모르는데 지난 몇 년 동안 형은 군대에서 아주 견디기 힘든 임무를 수행해 왔어요.”

아이린은 루크의 눈에서 강철같이 차가운 자제심을 몇 번 엿보았던 기억이 떠올랐다. “저도 그렇게 느꼈던 적이 있어요.”

“형은 임무를 훌륭하게 완수했죠. 여기 서랍 어디엔가 몇 개의 훈장이 처박혀 있을 거예요. 하지만 그런 포상은 대가를 요구하게 되어 있죠.”

“알아요.” 아이린이 조용히 말했다.

제이슨의 얼굴에서 긴장된 표정이 사라졌다. “아이린 씨가 그 점을 어느 정도 눈치 챘을 거라는 느낌이 오더라고요. 아까 말했듯이, 그런 점에서 두 분이 잘 맞는 것 같아요. 형은 사람들하고 잘 어울린다고는 할 수 없는 스타일인데, 약간 의외죠.” 그는 잠시 말을 멈추고서 창문 너머로 바깥을 바라보았다. “형은 사람들에게 명령을 내리는 것에 아주 익숙한 편이죠. 그 방면으로는 따를 자가 없다니까요.”

　방갈로의 문이 갑자기 열렸다. 루크가 주방 안으로 들어왔다. 그는 걸음을 멈추고서 제이슨과 아이린을 번갈아 바라보았다.

　"무슨 일 있어요?" 그가 물었다.

　아이린은 조용히 미소 지었다. "전설적인 와인 제조업 가문에서 성장하신 두 분에게 형편없다고 느껴질 화이트 와인을 대접하려던 것이 이제야 생각이 나네요."

　"옥수수빵이 있는 한," 제이슨이 그를 안심시켰다. "그런 걱정은 안 해도 된다고 했어요."

　"아, 이런." 루크는 마치 놀라운 종교적 체험을 한 사람과 같은 표정을 지으며 말했다. "옥수수빵…"

　"형의 혀가 밖으로 튀어나올 것 같네요." 제이슨이 말했다. "제발, 사람 놀래키지 마슈."

　"락 음악을 시끄럽게 틀던 그 방갈로 사람들한텐 뭐라고 말했어요?" 아이린이 와인병에서 코르크 마개를 뽑아내면서 물었다.

　루크는 어깨를 으쓱하였다. "그냥 그들에게 '네 이웃을 방해하지 말라'라는 이 산장의 규칙을 상기시켜 줬을 뿐이에요."

　아이린은 연어를 살펴보기 위해서 몸을 숙였다. "그 뿐이에요? 그 사람들로 하여금 음악의 볼륨을 낮추게 만드는데, 그 말 밖에 안 하셨단 말이에요?”

“또, 어쩌다가 나도 그 이웃중의 한 사람이 되었으니 즉시 볼륨을 낮추고 조용히 하지 않으면 개인적으로 손을 좀 봐 주겠다고 했죠. 한 사람도 빠짐없이 선착장으로 끌고 가서 호수에 처박아 버리겠다고요.”

제이슨이 싱긋 웃었다. “내가 아까 그랬죠? 형은 사람들 에게 명령을 내려서 복종시키는 데에는 귀신이라고.”

“이제 막 리조트사업 경영을 시작한 분에게 충고를 할 생 각은 없지만,” 아이린이 말했다. “사업을 장기적인 안목에서 이끌어 나가고 싶으시다면, 고객들을 대할 때 좀더 부드러 운 외교적인 방법을 고려해 보시는 게 나을 것 같군요.”

“형은 해병대 출신이지, 외교관 출신이 아니거든요.” 제 이슨이 말했다. “완전히 다른 분야죠.”

아이린은 오븐에서 구워진 연어를 꺼냈다. “알고 있어요.”

12

ALL NIGHT LONG

　루크는 어둠 속에서 잠을 깼다. 멀리서 들려오는 희미한 헬리콥터 소리가 덧없는 꿈의 파편들과 함께 밤의 어둠속으로 사라져 갔다.

　그는 일어나서 침대 끝에 앉았다. 온 몸에 식은땀이 흘러서 셔츠를 흠뻑 적셨다. 그의 신경은 초자연적으로 활성화되어서 기민하게 작동하고 있었다. 모든 감각들에 에너지가 충전되면서 온 몸이 전투태세에 대비하고 있었다.

　루크는 그런 느낌을 누구보다도 더 잘 알고 있었다. 유일한 해결책은 몸을 움직이고 운동을 함으로써 과다한 아드레날린을 털어버리고 꿈이 아닌 다른 것에 정신을 집중시키는

174

것임도 또한 잘 알고 있었다.

이번에는 훨씬 더 나쁜 악몽이었다. 그는 미합중국이 발견되기 이전의 어떤 고대 도시의 좁고 어두운 길에 잠복해 있었다. 루크와 그의 부하들은 그곳의 어둠 속에서 적들이 어디서 나타날지 알 수 없는 절박한 3차원의 전투를 치러내고 있었다. 적들은 머리 위에서 옆에서 혹은 정면에서 심지어 발아래 지하의 미로 같은 터널 속에서도 튀어나오는 긴장된 순간이었다. 그곳에는 안전지대나 숨어서 한 두 시간 정도 쉬면서 과도하게 지친 신경을 진정시킬 만한 장소도 없었다. 살아남기 위한 유일한 방법은 끊임없이 신경을 곤두세우고 경계를 풀지 않는 것이었다.

그 일에 신경 쓰지 마. 다른 일에 집중해. 군사 훈련 지침을 잘 알고 있잖아. 다른 생각에 초점을 맞추란 말이야.

루크는 몇 시나 됐는지 보려고 시계 측면에 있는 단추를 눌렀다. 녹색 불이 켜지면서 시계의 숫자판을 잠깐 비추었는데, 새벽 1시 10분전이었다.

그는 자리에서 일어섰다. 그러나 침대 옆에 있는 전등은 켜지 않았다. 현관방의 소파에서 세상모르고 자고 있는 제이슨을 깨우고 싶지 않았다. 루크는 창가로 가서 커튼을 한 쪽으로 젖혔다.

차가운 달빛이 호수 위를 비추고 있었다. 맥신이 하드 락 음악의 열렬한 팬들에게 임대해 준 방갈로의 불빛도 꺼져 있었다. 그러나 아이린이 묵고 있는 방갈로의 창문이란 창문에는 온통 환하게 불이 켜져 있었다.

루크는 지금 자신의 온몸에 넘쳐나는 과다한 에너지를 누그러뜨릴 방법을 잘 알고 있었다. 하지만 그렇다고 해서 여성 투숙객의 방갈로로 무작정 뛰어 드는 것은 모텔주인이 해서는 안 되는 일이라는 것도 잘 알고 있었다.

제길, 그런 규칙을 지켜야 하다니 짜증나는 직업이군…

루크는 방을 가로질러서 벽 쪽에 있는 찌그러진 책상으로 다가가 노트북을 켰다. 어쩌면 그동안 해왔던 프로젝트에 잠시 몰두하면, 마음속에 남아 있는 꿈의 여파를 조금이나마 털어버리는데 도움이 될 수 있을 것 같았다. 그 프로젝트에 착수하기로 마음먹은 데에는 충분한 이유가 있었다. 간단하게 말하자면 하나의 망상을 또 다른 망상으로 대체시키려는 목적이었다. 다시 말해서, 어떤 다른 일에 몰두함으로써 그 고통스러운 꿈과 기억을 잊어버릴 심산이었던 것이다. 그것은 이론적으로도 타당했고 실제적으로도 밤에 상당한 효과를 발휘했다.

컴퓨터의 화면이 켜지면서 밝게 빛났다. 루크는 파일을 열어서 페이지를 넘기며 이번 주 내내 작업했던 부분을 찾았다.

작은 소형차가 느린 속도로 움직이는 희미한 소리가 루크의 생각을 방해했다. 그는 글을 쓰다가 멈추고서 귀를 기울였다. 만약 6호 방갈로의 젊은 아이들이 재미를 좀 볼 요량으로 시내로 가는 거라면, 그들은 틀림없이 실망하게 될 것이다. 해리즈 행아웃 술집은 그 시간이면 문을 닫았던 것이다.

루크는 잠시 지켜보았다. 그러나 자동차 헤드라이트 불빛은 어둠 속에서 보이지 않았다. 누군지는 모르지만 헤드라이트 불도 켜지 않은 채, 큰 길로 자동차를 몰고 가고 있는 것이 분명했다.

"젠장." 루크는 벌떡 일어나 의자 위에 걸쳐놓은 청바지를 움켜잡았다. "또 아이린이군."

루크는 청바지를 홱 잡아당겨서 황급히 입고 셔츠도 옷걸이에서 낚아채어 걸쳤다. 그리고 운동화를 꿰어 신은 뒤, 침실을 뛰쳐나갔다.

루크가 소파를 지나칠 때, 제이슨은 눈을 떴다.

"이 밤중에 어디 가요?" 그가 잠에서 덜 깬 채 중얼거렸다.

"밖에…"

"알겠어요." 제이슨은 다시 머리를 베개에 파묻었다. "옥수수빵을 보고서 형이 꼼짝없이 걸려들었다고 생각했지."

13

아이린은 특히 이 시간에 이 집으로 오는 것은 생각만 해도 끔찍하게 느껴졌다.

그녀는 어둠 속에 파묻힌 다용도실 근처에 자동차를 멈추고 트렌치코트 호주머니에서 열쇠를 더듬어 꺼냈다. 손전등을 갖고 있었지만 집안으로 들어가기 전까지는 불을 켜지 않았다. 그녀는 또 길 아래쪽 보이지 않는 곳에 자동차를 주차시켜 놓는 조심성도 발휘했다.

그날 밤, 그녀는 웹 씨의 여름별장 근처 어디에서라도 사람들의 눈에 띄는 위험을 감수하고 싶지 않았다. 내가 지금 이 집에 이렇게 들어가는 것은 불법이야. 그러니까 조심해야 돼… 아이린은 생각했다. 샘 맥퍼슨 서장은 이미 아이린의 행동을 못 마땅해 하고 있었다. 그녀는 서장이 자신을 마을 밖으로 쫓아내는 빌미를 제공해서는 안 된다고 생각했다.

음산한 밤바람이 나무사이로 불어왔다. 저택은 밤의 어둠으로 완전히 휩싸여 있었다. 어젯밤과는 달리 현관에도 불이 꺼져 있었다.

아이린은 다용도실의 출입문을 연 뒤, 열쇠를 호주머니에 집어넣었다. 그리고는 숨을 죽이고서 짙은 어둠에 파묻힌 집안으로 들어갔다. 다용도실 문을 얼른 닫은 후, 아이린은 연필같이 생긴 작은 손전등을 꺼내 스위치를 켰다.

가느다란 손전등의 불빛이 어둠을 비추자, 그녀는 비로소 숨을 돌렸다.

아이린은 조심스럽게 복도를 지나서 거실과 식당으로 연결되는 계단을 향해 걸어갔다. 아래층의 어둠은 특히 더 짙은 것 같았다. 그녀는 파멜라의 시체가 옮겨진 후, 누군가가 천장에서 바닥으로 이어지는 통 유리 창문에 커튼을 내려친 것을 알아챘다. 아마, 샘 서장이 그랬겠지… 아이린은 생각했다. 그의 목적은 의심할 바 없이 병적으로 호기심에 가득 찬 마을 사람들의 시선을 차단시키려는 것이었겠지만, 그 덕분에 아이린은 지나가는 사람들이 우연히 그녀의 손전등

불빛을 발견하게 될지도 모른다는 걱정은 할 필요가 없게
되었다.

그녀는 이 집안의 모든 것이 여느 집들과 다를 게 없이
평범하게 보인다는 점을 깨닫고 등골이 오싹할 만큼 무서워
졌다. 확실히 누군가가 최근에 *이 집*에서 죽었다는 것을 시
사하는 조그마한 흔적이라도 있었어야 했다. 그러나 파멜라
의 죽음에는 폭력이나 피의 흔적이 전혀 없었어… 아이린은
어젯밤의 일을 떠올렸다. 그저 술과 약물뿐이었지…

술과 약물, 가장 고전적인 자살 방법 중 하나였다. 만약
아이린의 추측이 틀리고 다른 사람들의 생각이 옳다면 어떻
게 될까? 파멜라가 정말로 우연한 혹은 의도적인 약물과용
으로 죽었다면?…

그래, 날 음모론자라고 불러도 좋아…

아이린은 아래층에서 시간을 끌고 싶지 않았다. 파멜라가
죽기 전에 어떤 비밀을 숨겨놓았다면 그것은 분명히 그녀의
침실에 있을 것이다.

아이린이 파멜라와 친하게 지내던 그 해 여름, 그녀는 친
구의 침실을 자신의 방처럼 속속들이 잘 알게 되었다. 그녀
는 파멜라와 함께 최신 음악을 듣거나 남자애들에 대해서
수다를 떨거나 수많은 패션잡지와 연예인 가십을 다룬 잡지

들을 읽으면서 이 저택의 이층에서 한참동안 놀곤 했었다.

아이린은 이층으로 이어지는 계단을 올라가서 십대 때 파멜라가 사용하던 침실을 향해 걸어갔다. 침실방문이 조금 열려져 있었다.

17년 전에는 그런 일은 절대로 없었다. 그 당시 파멜라는 언제나 침실 문을 굳게 잠그고 있었다. 그녀는 피임약, 콘돔, 그녀가 다니는 부유층 기숙학교 주변의 딜러에게서 구입한 합성마약 꾸러미 등, 그녀의 부친이나 가정부에게서 숨겨야 하는 물건들이 많았기 때문이었다.

파멜라는 그런 자신의 보물들을 숨길 은닉처를 찾아냈는데 그것을 아주 자랑스럽게 여기고 있었다. 어느 날, 그녀는 아이린에게 영원한 비밀을 지킬 것을 맹세시킨 후에 그 비밀스러운 은닉처를 보여 주었다.

아이린은 그 방으로 들어가면서 기대에 부풀어 마음이 조금씩 설레는 것을 느꼈다. 그날 밤 그녀가 이 저택에 잠입할 결심을 한 것은, 파멜라의 그 비밀은닉처에 대한 기억이 떠올랐기 때문이었다. 거기서 파멜라의 죽음에 대해 설명을 해주거나 힌트를 제공해 줄 수 있는 어떤 단서를 찾을 가능성은 희박해 보이지만 한번 시도해 볼만한 일이었다.

그 방의 커튼과 창 가리개는 모두 내려져 있었다. 다행히 손전등 불빛에 신경을 안 써도 되겠다는 생각에 안심이 된 아이린은 손전등을 사방으로 비춰보았다.

그 순간 충격적인 느낌이 그녀의 기대감을 달아나게 만들었다. 어둡고 초조한 기시감(既視感)의 오싹함이 그녀의 신경을 마구 휘저었다.

아무 것도 변하지 않았어…

아이린은 용기를 가다듬고 방안에 천천히 들어갔다. 확실히 아래층도 그때 이후 달라진 것이 별로 없었지만 적어도 성인 취향으로 가구가 배치되어 있었다. 그녀는 17년 전에도 핑크와 하얀색으로 장식된 파멜라의 침실이 세상에 닳고 닳은, 통속적인 파멜라에 비해서 너무 공상적이고 너무 어린애들 방처럼 유치하게 보인다고 생각했었다. 그런데 그날 밤, 침대에 덮인 주름장식의 얇은 실크침대보와 핑크색 공단베개는 솔직히 기괴하게 보였다.

또 다른 시간의 정지 현상이군… 아이린은 생각했다. 방은 믿기 힘들 정도로 17년 전과 별로 달라진 것이 없이 그대로였다. 파멜라가 친구들을 데리고 이곳으로 올 때, 그들이 묵을 장소로 이 방이 분명히 필요했을 것이다.

가엾은 파멜라. 어린 시절의 추억에 너무 애착을 느껴서 그때 쓰던 방의 내부를 변화시키지 않고 그대로 간직하고 싫었던 것일까? 하지만 그것은 파멜라답지 않은 일이었다. 그녀는 모험을 즐기고 늘 금지된 것에 흥분을 느꼈다. 또 그녀는 패션에 관심이 많았다.

하지만 파멜라는 다섯 살 때 엄마가 죽었지… 아이린은 그 시절의 일을 머리속에 떠올리며 생각에 잠겼다. 어쩌면 그녀는 그때 이후 잃어버린 엄마와의 추억을 간직하기 위해 이 방의 내부를 어린 시절 그대로 고스란히 보존했을지도 모른다.

가끔 파멜라를 이해하지 못할 때도 많았었지… 아이린은 생각했다. 그녀는 그해 여름, 파멜라가 친한 친구로 삼기 위해 왜 자신을 골랐는지 의문이 들기 시작했다. 그 당시에 아이린은 자신의 행운에 의문을 갖지 않았다. 파멜라의 위험스럽고 눈부신 빛 속에서 그녀의 후광을 입는 것으로 충분했다. 또, 그녀 역시 파멜라처럼 불량소녀가 된 척 하는 것도 재미있게 느껴졌다. 그러나 지나고 나서 생각해보니 파멜라가 자신의 어떤 점에 이끌렸는지 궁금했다.

아이린은 동화 속에서나 나올 것 같은 침대로 다가가서 핑크색 사틴 베개 하나를 집어 들고 침대 옆 탁자에 놓았다. 그녀는 벽에 있는 전기스위치를 비추도록 손전등을 베개에 기대 놓았다.

아이린은 코트 호주머니에서 미리 준비해 온 스크루 드라이버를 더듬어 꺼냈다. 그녀는 매우 조심스럽게 벽에 있는 전기스위치 판을 고정시키고 있는 나사 구멍에 드라이버의 끝을 대고 돌렸다.

파멜라가 그날 밤, 자신의 비밀 은닉장소를 가르쳐 주면서 하던 말을 떠올리며 아이린은 나사를 풀기 시작했다.

"벽의 전기스위치 안에 물건을 숨기는 것은 남자애들이 쓰는 수법이야, 여자애들이 그렇게 하리라고는 아무도 모를 거야."

확실히 파멜라는 이렇게 핑크와 하얀색으로 꾸며진 공주방 같은 곳에서 사는 여자아이 스타일은 아니야… 아이린은 이렇게 생각하면서 두 번째 나사를 풀었다.

이윽고 아이린은 전기스위치 판과 나사를 테이블에 내려놓고 전기스위치를 고정시키고 있는 두 개의 나사를 풀기 시작했다. 잠시 후에 그녀는 그것을 벽에서 떼어놓았다.

아이린의 맥박이 세게 뛰기 시작했다. 그녀는 손전등을 쥐고 전기 배선함 안을 비추었다.

손전등의 불빛은 구릿빛 물체를 비추었다. 그것이 열쇠라는 것을 깨닫자 아이린은 숨이 막히는 것 같았다.

그녀는 전기배선함 안으로 손을 집어넣어서 그 작은 열쇠를 끄집어내었다. 더 자세히 보기 위해 열쇠를 집어 올려서 손전등 불빛에 비추어 보았을 때, 그것이 여느 열쇠나 다름없이 평범한 열쇠라는 것을 깨닫고 아이린은 실망했다.

파멜라는 왜 이런 평범한 집 열쇠를 자신의 비밀스런 은닉장소에 숨겨놓았을까?

아이린은 열쇠를 호주머니에 집어넣고 전기스위치 판을 들었다.

그녀가 전기스위치 판을 벽에 다시 나사로 부착시켰을 때, 아래층의 문이 열리는 소리가 들려왔다.

아이린은 피가 거꾸로 흐르는 것처럼 느껴졌다.

이 집안에 그녀 이외에 또 다른 사람이 있었던 것이다.

14

스크루 드라이버가 바닥의 두꺼운 흰색 카펫에 소리 없이 떨어졌을 때, 아이린은 정신을 차렸다.

그녀는 마침내 숨을 쉴 수 있었다.

아래층의 어둠 속에서 마룻바닥이 삐걱거리는 소리가 들려왔다. 누군가가 집안에서 움직이고 있었던 것이다. 침입자는 집안의 전등불을 켜지 않았다.

강도인가 봐… 아이린이 생각했다. 그게 가장 그럴듯하게 여겨졌다. 이 마을에 사는 어떤 도둑이 죽은 여자의 집에서 훔쳐갈 것이 없나 살펴보러 온 것 일게다.

아이린은 현관의 거실에서 나는 발자국소리를 들었다. 누군지는 몰라도 그는 소리를 죽이려는 생각은 없는 듯 했다. 아이린은 그가 이 집안에 또 다른 사람이 있다는 것을 눈치 채지 않기를 마음속으로 기도하고 있었다. 그러나 그가 현금이나 귀중품을 찾고 있다면 틀림없이 이층으로 곧 올라올 것이다.

아이린은 그가 이층으로 올라와 자신을 발견하기 전에 이곳을 빠져나가야만 했다. 강도를 만난 사람들은 대부분 살해되었다. 아이린은 혹시 자신의 부모가 강도를 맞아서 그런 일을 당하지는 않았을까 가끔 생각하기도 했다.

그녀는 질식할 것만 같은 공포를 떨쳐버리고 정신을 차리려고 애썼다. 이층에서 밖으로 나가는 유일한 방법은 계단이었고 그 끝에서는 거실과 식당이 훤히 보였다. 지금 계단으로 내려가면 아래층에 있는 사람이 분명히 그녀를 발견하게 될 것이다.

아이린은 손전등이 아직 켜져 있는 것을 깨달았다. 그녀는 급히 손전등을 끄고 어둠과 함께 밀려오는 피할 수 없는 공포에 맞서 싸우기 위해 마음을 다잡았다.

그녀는 허리를 굽혀서 무릎을 꿇고 바닥에 떨어진 스크루드라이버를 더듬어 찾았다. 떨리는 손으로 드라이버의 딱딱한 플라스틱 손잡이를 움켜잡았을 때, 아이린은 불가사의하게도 자신의 온 몸에서 아드레날린이 솟구치는 것을 느꼈다. 스크루 드라이버는 대단한 물건은 아니었지만, 무기로 사용할 수 있는 것은 그것밖에 없었다.

아냐, 여기서 저 사람과 싸우게 되지는 않을 거야. 좀더 현명하게 생각해봐. 무슨 일인지 몰라도 그가 아래층에서 일을 끝내기 전에 숨어야 돼.

난 유리한 편이야… 아이린은 생각했다. 그녀는 다행스럽게도 이 집안의 내부를 잘 알고 있었다. 파멜라의 침실은 함정과 같았다. 그곳에는 몸을 숨길만한 데가 없었다.

천만다행으로 이층 전체에는 모두 카펫이 깔려 있었고, 아래층에 있는 사람은 움직일 때마다 소리를 내고 있었다.

그러니까 조심한다면 그녀는 그에게 들키지 않고 움직일 수 있을 것이다.

아이린은 운동화를 벗어서 한 손에 들고 발끝으로 침실 문으로 다가갔다.

아래층의 발자국소리가 다시 나는 틈을 타서 그녀는 손님방과 욕실을 지나갔다. 아이린은 이층계단 꼭대기에 다다랐을 때, 잠시 걸음을 멈추었다. 그리고는 벽에 등을 바짝 붙인 채, 아래층을 살펴보았다.

손전등의 희미한 불빛이 계단 아래의 어둠을 비추고 있었다. 그러나 손전등의 주인 모습은 볼 수 없었다. 공포의 마수가 그녀의 내면을 움켜잡았다.

아이린은 신발의 쇠붙이가 주방바닥의 타일에 긁히는 소리가 들려올 때, 황급히 주인 침실로 들어갔다.

그 방의 커튼은 반쯤 열려져 있었다. 슬라이딩 통 유리문을 통해서 달빛이 바닥의 카펫을 비스듬하게 비추고 있었다. 호수를 내려다 볼 수 있는 테라스의 난간이 눈에 띄었다.

그 테라스가 아이린이 찾던 것이었다. 그것은 또 간단하게 아침을 먹을 수 있는 아래층 베란다의 지붕 역할을 하고 있었다. 그곳에서 땅으로 내려가는 계단은 없었지만, 침입자에게 들키지 않고 그가 떠날 때까지 어두운 처마 밑에서 숨어 있을 수 있을 것이다.

아이린은 아래층에서 나는 소리에 맞추어서 한 발자국 한 발자국 걸음을 내딛으며 카펫을 가로질러 소리 없이 걸어갔다.

그녀는 통 유리문에 이르러서 조용히 문을 열다가 잠시 망설였다.

금속이 부딪히는 소리가 주방 근처에서 제법 크게 들려왔다.

이보다 더 좋은 기회는 없어… 아이린은 결심했다. 그녀는 문을 열고 테라스로 들어갔다.

슬라이딩 문을 아주 조심스럽게 닫은 뒤, 아이린은 겨울 동안 테라스의 가구들을 보호하기 위해 보관해 놓는 벽장의 어둠 속으로 살며시 들어갔다.

잠시 후에, 손전등 불빛이 주인 침실 내부를 비추었다. 그 침입자는 이미 이층에 와 있었던 것이다.

손전등 불빛은 곧 사라졌다. 침입자는 주인 침실을 지나서 파멜라의 어린 시절 사용하던 침실을 향해서 가고 있었다.

아이린은 한 남자의 손이 그녀의 입을 막을 때까지 테라스에 또 다른 사람이 있다는 것을 깨닫지 못했다. 억센 손이 스크루 드라이버를 쥐고 있는 그녀의 손으로 다가와서 손목을 강하게 비틀어 그녀의 무기를 버리게 하였다.

"나요." 루크가 아이린의 귀에 대고 속삭였다. "무서워하지 말아요."

15

아이린은 너무 안심이 된 나머지, 온 몸의 힘이 쫙 빠지려는 것을 애써 가다듬었다. 정말 힘들어… 그녀는 생각했다. 그날 밤 한번만 더 그런 충격을 받는다면 그녀는 여지없이 쓰러졌을 것이다. 사람의 신체는 정말 많은 아드레날린을 견뎌낼 수 있었다.

루크는 그녀 앞으로 다가갔다. 그리고는 출입문의 손잡이를 움켜잡았다.

그가 집안으로 들어가서 그 침입자와 맞붙으려는 생각이라는 것을 아이린은 이내 깨달았다. 또 다시 공포가 그녀의 지쳐버린 신경계에 엄습해 왔다.

아이린은 루크의 팔을 양손으로 붙잡았다.

루크는 잠시 주춤했다. 달빛아래에서 그녀는 루크가 고개를 그녀에게 약간 돌리고서 왜 자신을 말리는지 묻는 표정으로 쳐다보는 것을 바라보았다.

"미쳤어요?" 아이린은 작은 소리로 속삭이며 그의 손을 더 세게 잡아 당겼다.

루크는 아이린의 귀에 바짝 대고 말했다. "여기서 기다려요."

싫어요. 그녀는 큰 소리로 외치고 싶었다. 그러나 루크 같은 남자들에게는 그런 감정적인 말이 통하지 않을 것 같았다.

"총이요." 아이린은 대신에 논리적으로 접근해야겠다고 생각하면서 조용히 속삭였다. "*저기 있는 사람이 총을 갖고 있을지도 몰라요.*" 그녀는 작은 소리로 덧붙였다.

루크는 아이린을 안심시키려고 그녀의 어깨를 토닥여주었다. 그녀가 볼 때, 그것은 그녀를 보호하려는 것에 지나지 않았다. 루크를 말리려던 그녀의 의도와는 정반대의 것이 되고 말았다.

아이린이 계속 팔을 붙잡고 놓아주지 않자, 루크는 약간 짜증이 난 것 같았다. 그는 아이린의 손가락을 떼어내고 출입문을 아주 조용히 열었다.

문을 열자, 방안에서 석유냄새가 풍겨 나왔다.

아이린은 루크가 '쉿'처럼 들리는 어떤 말을 속삭이는 것을 들었다. 그러나 그가 너무 빨리 움직이는 바람에 확실하게 듣진 못했다.

루크는 얼른 문을 닫고, 아이린의 팔을 붙잡은 뒤 테라스 난간으로 끌어 당겼다.

뒤늦게야 그녀는 루크의 의도를 알아차렸다.

아이린은 그의 계획에 대해서 냉정하게 생각해 보기로 했다. 뼈가 몇 개 부러지면 골치는 아프겠지만 그것이 최선의 방법인 것 같았다.

"걱정 말아요. 좋은 수가 있어요." 루크가 속삭였다. "테라스 옆으로 가서 내 손목을 꽉 잡고 아래로 내려가세요. 할 수 있을 때까지 내려 줄게요. 땅바닥에는 잔디와 관목들 뿐이니까 다치지 않고 땅에 닿을 수 있을 거예요."

"알았어요." 아이린은 테라스의 측면으로 갔다. 아래를 내려다보니 그녀가 어린 시절에 수영장에서 용기를 내어 높은 다이빙대 위로 올라갔던 때가 생각났다. 그녀는 다이빙대 위에서 아래의 물깊이를 한번 눈짐작해 본 후, 바로 다이빙대를 내려왔었다. "대너 씨는요?"

“괜찮아요. 바로 따라 내려갈게요. 저 놈이 석유를 이 집 전체에 뿌리고 있어요. 불을 붙이면 이 집은 폭탄처럼 터지면서 화염에 휩싸일 거예요. *서둘러요.*”

루크의 억센 손이 아이린의 손목을 꽉 붙잡자, 그녀는 용기를 내었다. 그의 손가락은 마치 강철로 만든 수갑처럼 느껴졌다. 그는 결코 그녀를 놓치지 않을 것이다.

아이린은 테라스 측면을 타고 서투르게 내려갔다. 이윽고 그녀는 땅에서 얼마 떨어지지 않은 지점에서 공중에 매달려 있었다. 루크는 그녀의 손을 풀어 주었다. 아이린은 잔디밭 위에 가볍게 떨어져서 비틀거리다가 땅바닥에 쿵하고 주저앉았다.

이 정도면 괜찮아… 아이린은 이렇게 생각하면서 겨우 일어서서 손을 털었다.

그녀는 루크가 테라스 측면에서 몸을 돌리는 것을 올려다보았다. 그는 잠시 그대로 매달려 있다가 한 발을 아침식사용 베란다의 창문틀에 디뎠다. 그리고는 가볍게 땅으로 뛰어내렸다. 아이린은 루크가 처음에 그 창문틀을 딛고 이층의 테라스로 올라갔음을 짐작할 수 있었다. 남자들의 상체 힘이 그걸 가능케 했던 것이다.

루크는 아이린의 손을 잡았다. “어서 가요.”

그들은 황급히 나무들 사이로 뛰어 갔다.

멀리서 어렴풋이 들리는 기차의 기적소리 같은 소리가 밤의 정적을 깨뜨렸다.

던즐리 부근에는 기찻길이 없었는데… 아이린이 생각했다.

그 순간 무슨 일이 일어났는지 알기 위해서 굳이 '쉭'하는 화염이 번지는 소리나 열기가 필요 없었다. 그 침입자가 저택에 불을 붙였던 것이다.

루크는 걸음을 멈추었다.

"여기서 기다려요." 그가 말했다. "휴대폰 갖고 있어요?"

"예, 그런데…"

"911로 전화해요." 그는 몸을 돌렸다.

"도대체 어디 가시는 거예요?" 아이린은 그를 뒤쫓아 갔다.

"그 놈이 어디 있는지 보러 갈려고요. 놈도 우리처럼 밖으로 뛰어 나왔을 거요. 아마 길 어딘가에 자동차를 주차시켜 놨겠죠. 어쩌면 붙잡을 수도 있을 거요."

"루크, 제발 그러지 말아요."

아이린은 허공에 대고 말을 하고 있었다. 루크는 이미 어둠 속으로 사라져 버렸다.

유리창이 파열되는 소리가 들려왔다. 아이린은 불꽃이 아

주 빠른 속도로 저택을 집어삼키는 것을 지켜보면서 놀라서
입을 다물지 못했다. 그녀는 호주머니에서 휴대폰을 황급히
꺼내서 비상번호를 눌렀다.

어딘가 멀리서, 모터보트의 엔진소리가 들려왔다. 아이린
은 루크가 방화범을 붙잡지 못했음을 이내 알 수 있었다. 침
입자는 자동차로 달아나지 않았다. 그는 보트를 타고 왔던
것이다.

16

"뭘 좀 마셔야겠어요." 루크는 방갈로의 현관문을 날카롭고 단호한 동작으로 닫고 말했다. 그는 빗장을 확실하게 잠근 뒤, 작은 주방으로 다가갔다. "맥주 남은 거 있어요?"

"냉장고 안에요." 아이린은 그의 눈치를 살피며 조심스럽게 말했다. 화재현장에서 샘 맥퍼슨 서장과 이야기를 끝낸 후 그가 입을 열기는 이번이 처음이었다. 그때의 대화는 그리 원만하게 끝나지 않았다. 그 뒤, SUV속에서의 루크의 침묵 역시 도움이 되지 못했다. "저기요, 이런 일에 또 말려들게 해서 정말 미안해요. 그럴 생각은 아니었……"

"한번만 더 그런 소리를 하면 내 행동에 책임 못 져요."

루크는 냉장고에서 맥주병을 꺼내 뚜껑을 땄다. "내가 살아
오면서 처음으로 나쁜 인연이 있다는 것을 깨닫게 되었어요.
그렇지 않고서야 여기 선라이즈 호수 산장의 투숙객인 아이
린 양과 왜 계속 나쁜 일에 휘말리는지 설명할 도리가 없어
요." 그는 맥주를 벌컥벌컥 마신 다음 맥주병을 내려놓았다.
그리고는 눈을 가늘게 뜨고서 아이린을 바라보았다. "도대
체 어떻게 된 일이요?"

아이린은 그가 화가 났다는 것을 깨달았다. 그는 차가운
표정으로 그녀를 응시했다. 불공평하다는 생각이 그녀를 짜
증스럽게 만들었다. 아이린은 방한가운데 서서 팔짱을 꼈다.

"오늘 밤에 웹 씨의 집으로 절 따라오라고 한 적 없는데
요." 아이린이 말했다.

"그래요, 분명히 그러지는 않았죠." 루크는 조리대에 등
을 기대고서 두 발을 꼰 채 맥주를 마셨다. "사실, 내 눈에
띄지 않으려고 헤드라이트 불도 끄고 운전했죠."

"이 일은 루크 씨와는 상관없는 일이에요."

"처음에는 그랬겠지만, 젠장 지금은 아니에요." 루크는
눈썹을 치켜 올렸다. "맥퍼슨 서장이 오늘 밤 화재에 우리가
관련됐을지도 모른다고 의심하고 있는 것 알아요?"

아이린은 힘들게 침을 꿀꺽 삼켰다. "그래요. 하지만 우린

경찰에 신고했잖아요.”

“방화범들이 불을 질러 놓고서, 소방서에 전화를 건 뒤 주변을 서성거리며 화재를 지켜보는 걸 즐긴다는 것을 몰라요?”

“알아요. 하지만 샘 서장은 우리에게 동기가 없다는 것을 알아야 해요. 우리 두 사람 중에 그 누구도 웹 씨 집안이 그 집을 위해 들어 놓은 보험과는 상관이 없는 사람들이잖아요.”

“방화범들이 꼭 보험금을 타기 위해 방화를 하는 건 아니에요. 그들은 화염 속의 스릴에 중독이 된 사람들이죠. 그건 이 경우와는 좀 다른 얘기고요. 동기에 대해서 말해 볼까요? 좋아요. 내 경우부터 시작하죠.”

아이린은 얼굴을 찌푸렸다. “루크 씨는 동기가 없어요.”

“맞아요.” 루크는 마치 머리가 둔한 학생에게 차근차근 설명하듯이 고개를 끄덕였다. “반면에 아이린 양에게는 동기가 있죠.”

아이린은 화가 나서 숨이 막힐 것 같았다. “도대체 무슨 소리를 하시는 거예요?”

“아이린 양이 일급 용의자로 지목되는 것은 시간문제예요. 파멜라 웹이 살해되었다는 생각에 집착하고 있다는 것을 모든 사람들이 다 알고 있어요. 그래서 맥퍼슨 서장에게 수사에 착수하라고 요구했죠, 그렇죠?”

“예, 하지만…”

“희생자의 집에 불을 지르는 것은 서장의 관심을 끌어서 수사에 착수하게 하는 한 방법이 되죠.”

아이린은 덜컥 겁이 났다. “그건 근거가 없는 말이에요. 전혀 근거가 없어요.”

“아이린 양이 그렇게 생각한다면 그건 범죄를 부인하는 꼴이 되죠.” 루크는 사냥꾼 같은 차갑고 빈틈없는 눈초리로 그녀를 찬찬히 뜯어보았다. “어떻게 생각하든 나는 오늘 밤 화재에 대한 아이린 양의 알리바이이고, 아이린 양은 나의 알리바이예요. 문제는 우리 두 사람이 모두 이 던즐리에서 신용도가 높지 않다는 거죠. 나는 이 마을에 이사온지 얼마 안됐어요. 아무도 나에 대해서 잘 알지 못해요. 그래서 자연스럽게 용의자가 될 수 있어요. 하지만 아이린 양은 더 불리한 입장이에요. 과거에 이곳에서 살았던 전력이 있으니까요. 우리 두 사람을 맥퍼슨 서장이 의심하지 않는다면 무능한 경찰이라고 낙인찍힐 거예요.”

아이린은 팔짱을 풀고서 두 팔을 축 늘어뜨렸다. “하지만 오늘 밤에 우리 말고 누군가가 현장에 있었어요. 우린 그 남자를 목격했잖아요." 그녀는 머뭇거렸다.

"여자일지도 모르죠."

"멕퍼슨 서장은 우리말을 믿을 거예요."

"좋아요. 그렇다고 칩시다. 하지만 이건 어때요?… 맥주를 좀더 마셔야 되겠어요." 아이린은 냉장고로 다가가서 마지막 남은 맥주를 꺼냈다. "아무튼 오늘 밤에 루크 씨가 제 목숨을 구해주셨다는 건 잘 알고 있어요." 그녀는 맥주병을 땄다. "정말 감사드려요."

"그래요?" 루크는 맥주를 마셨다.

"정말이에요. 느닷없이 그 집 테라스에 나타나서 저를 깜짝 놀라게 하셨지만, 그때 루크 씨가 없었다면 그 침입자가 무슨 짓을 하고 있는지 눈치 채지 못했을 거예요."

"놀랐어요? 한밤중에 아이린 양이 웹 씨 집에 들어가 있는데다가, 또 다른 사람이 아이린 양과 함께 있는 걸 발견했을 때의 내 심정은 어땠겠어요? 누구의 심장이 더 세게 두근거렸는지 비교해 볼래요?"

그냥 무시해 버려… 아이린은 생각했다.

"왜 절 따라왔는지 그 이유는 아직 말씀 안 하셨죠." 그녀는 잠시 후에 말했다.

"그건 당연한 거예요. 어떤 여성에게 모텔 방을 임대해 주었는데, 그녀가 한밤중에 자주 말썽을 일으키니까 그렇죠. 모텔주인은 아이린 양 같은 손님에게는 특별히 주의를 해야 하니까요.”

“정말 화가 나셨나 봐요. 그렇죠?”

“맞아요. 정말 화났어요.” 루크가 으르렁거렸다. “그 빌어먹을 집 가까이에는 가지 말았어야 했어요.”

“있잖아요. 루크 씨가 그렇게 부하를 호되게 꾸짖는 상관의 태도로 대할 때는 고맙다는 인사를 하기가 힘들어요.”

루크는 잠시 생각에 잠겼다.

“도대체 오늘 밤 왜 그 집에 갔어요?” 그가 물었다.

아이린은 싱크대 가장자리에 몸을 기대고 맥주병 위에 붙은 상표를 유심히 바라보았다. “맥퍼슨 서장에게 제가 했던 말 기억나시죠? 파멜라가 유서를 남기지 않았다는 것이 마음에 걸렸어요. 오늘 밤, 저녁 식사 후 루크 씨가 제이슨 씨와 함께 떠났을 때, 그 점에 대해서 곰곰 생각해 보았어요. 그 집 다용도실 열쇠는 아직 갖고 있었어요. 그래서 한번 살펴보려고 그 집으로 갔던 거예요. 제가 이층에서 뭔가를 찾고 있을 때, 그 침입자가 나타났죠.”

“아이린 양이 맥퍼슨 서장에게 했던 말 기억나요.” 루크의 입이 장난스럽게 일그러졌다. “또 아이린 양이 거짓말을 하고 있다는 것도 알고 있어요.”

아이린은 얼굴이 붉어지는 것을 느꼈다. “무슨 말씀이세요?”

“파멜라 웹이 자살했다고는 믿지 않죠. 그러니까, 그녀의 유서를 찾으러 간 건 아니겠죠. 뭔가 다른 것을 찾으러 간걸 거예요.” 루크는 잠시 말을 멈추었다가 목소리를 낮추고 물었다.

“게다가 난 아이린 양이 그걸 찾았다는 생각이 들어요.”

의심스러울 땐 발뺌하는 게 상책이야… 아이린이 생각했다.

“궁금해서 그러는데요, 어떻게 그렇게 생각하세요?” 그녀가 물었다.

“난 점쟁이예요.”

“전 지금 루크 씨와 농담할 기분 아니에요. 아이린이 단호하게 말했다.

“아이린 양과 나는 결혼한 부부들이 일 년 동안 겪을 일보다 더 심각한 일들을 지난 며칠 동안 함께 겪으면서 의미 있는 시간을 보냈어요. 그러면서 아이린 양에 대해 좀더 알게 되었다고 할 수 있죠. 아이린 양이 맥퍼슨 서장에게 하는 말을 들으면서 100퍼센트 사실을 말하고 있지는 않다고 직감적으로 느꼈어요.”

“우린 함께 여자의 시체를 발견했고, 방화범이 불을 지른 집에서 함께 탈출했고 이 지방 경찰관과 미국 상원의원들과 유쾌하지 않은 대화를 함께 나누었어요. 의미 있는 시간의 정의를 이상하게 알고 계시는군요.”

“그럴지도 모르죠.” 루크는 집요한 시선으로 아이린을 바라보았다.

“그 집에서 뭘 찾아냈는지 말해줄래요?”

그에게 말 못할 게 뭐가 있겠는가? 샘 맥퍼슨 서장과 라일런드 웹 상원의원과는 달리 그는 적어도 그녀를 완전히는 아니지만, 그래도 진지하게 대해 왔었다.

“옛날에 파멜라는 자기의 침실에 비밀스런 은닉장소를 만들었어요.” 아이린은 조용히 말했다. “전기스위치 안쪽의 작은 공간에요. 그녀는 거기에 아버지나 가정부의 눈에 띄면 안 되는 물건들을 숨겼어요. 실제로는 그들이 그녀의 비밀 물건들에 관심조차 가지지 않았지만, 어쨌든 그녀는 그 비밀 은닉장소를 제게 보여주면서 비밀을 지킬 것을 약속하게 했어요. 오늘 밤, 그 일이 생각나서 한번 가봐야겠다고 마음먹었죠.”

“전기스위치 판이라고요?” 루크는 그제야 고개를 끄덕였다. "그래서 스크루 드라이버를 갖고 있었군요. 어디서 그걸 찾았는지, 그걸로 뭘 하려는 건지 궁금했어요."

"침입자가 집안으로 들어오는 소리를 들었을 때, 무기로 사용할 수 있을 만한 것이 스크루 드라이버 뿐이라는 것을 알았죠." 맥주병이 아이린의 손안에서 떨렸다. 그녀는 그것을 손에 꽉 쥐었다. "그에게 들킬 경우에 말이에요, 달리 어떻게 해야 될지 모르겠더라구요."

루크는 아주 천천히 맥주병을 내려놓고, 아이린의 맥주병도 그녀의 떨리는 손에서 받아서 옆의 조리대에 놓았다.

루크의 강인한 손이 아이린의 어깨를 감싸 안았다.

"유사시에는 그게 아주 강한 무기가 될 수도 있었을 거예요." 루크의 음성은 낮고 거칠었지만, 이상하게도 위로하는 것처럼 들렸다.

아이린은 그가 자신을 안심시키려고 한다는 것을 느꼈다. 그 순간, 루크라는 안도와 이해의 든든한 벽에 자신을 기대고 싶은 유혹이 아이린의 마음속에서 일어났다.

그러나 한편에서는 상식적인 이성이 그녀를 일깨웠다. 이러면 안 돼… 아이린은 생각했다. 그녀는 스스로를 보호하기 위해서 오랫동안 자제심을 키워왔었다. 의미 있는 시간이고 뭐고 간에 지금 이 남자, 그녀가 잘 알지도 못하는 이 남자 앞에서 무너져서는 안될 것 같은 생각이 들었다.

"그 스크루 드라이버는 그 지옥 같은 화재의 현장에서 별 소용없는 물건이었어요." 아이린이 침착하게 말했다.

루크는 그녀의 어깨에서 손을 떼고 손바닥으로 그녀의 얼굴을 어루만졌다. "아까, 그 집에서 뭘 찾아냈어요?"

아이린은 천천히 숨을 내쉰 다음, 검정색 청바지 호주머니에서 뭔가를 찾았다. "결정적으로 쓸모 있는 단서가 될 것 같지 않은 물건이에요. 그래서 샘 맥퍼슨 서장에게도 말 안 했어요."

아이린은 열쇠를 꺼내어서 루크에게 보여 주었다.

루크는 손을 그녀의 얼굴에서 떼고, 그녀의 손바닥에 놓인 열쇠를 집어 들었다.

"이 열쇠가 어디 열쇠인지 알아요?" 그가 자세하게 들여다보면서 물었다.

아이린은 고개를 흔들었다. "아뇨, 어디서나 볼 수 있는 아주 평범한 열쇠죠. 그렇죠?"

"맞아요. 이런 열쇠는 뭐든지 열 수 있어요. 집, 창고, 공구 창고, 차고 등등…" 루크는 얼굴을 약간 찌푸렸다. "하지만 아주 정교한 열쇠네요. 몇 분 내에 열쇠를 복사해주는 그런 보통 열쇠 가게에서는 복사할 수도 없어요. 누군가가 꽤 많은 돈을 들여서 값비싼 금속으로 만든 물건이에요.”

“파멜라가 왜 이것을 전기스위치 판 뒤에 숨겨 놓았는지 알 수 없군요.” 아이린이 말했다. “그녀가 아마 몇 년 전에 그것을 숨겨놓고 잊어버리고 있었던 것 같아요.” 아이린은 잠시 머뭇거렸다.

“다만…”

“다만, 뭐요?”

“이 열쇠는 아직 새것처럼 보이죠. 그렇지 않아요? 아직 새 물건처럼 반짝이잖아요. 긁힌 자국이나, 사용하면서 닳은 흔적도 없어요. 또, 전기 배선함 안에 있으면서 표면에 먼지도 별로 없었어요. 만약 몇 년 동안 그 속에 있었다면, 먼지가 많이 쌓여 있었을 텐데요.”

“배선함에서 꺼낼 때, 먼지가 있는지 자세히 살펴봤나요? 어두운 밤이었는데다가 겨우 손전등으로 비추어 봤잖아요.”

아이린은 그 점은 확실하다고 말하고 싶었다. 하지만 그의 말 역시 일리가 있다는 것을 인정했다. 그녀는 아까 아주 작은 불빛으로 그 전기스위치 판을 떼어내고 열쇠를 끄집어 냈다. 게다가 그녀는 엄청난 아드레날린과 긴장감속에서 작업을 했던 것이다.

“그 말도 맞는 말이에요.” 아이린은 한 손으로 목덜미를 쓸어내리면서 아직도 느껴지는 긴장감을 털어 버리려고 애썼다. "열쇠 표면에 먼지가 없었다고는 확실하게 말하지 못하겠어요. 만약 먼지가 많았다면 호주머니에 넣기 전에 털어냈을 거예요."

"샘 맥퍼슨 서장에게 왜 그 열쇠를 안 보여줬는지 다시 말해 봐요." 루크가 아주 무미건조한 어조로 말했다.

아이린의 입이 굳어졌다. "샘 서장은 오늘 밤 절 이해해 주었어요. 과거의 일 때문에도 그렇고 또 이곳 던즐리 마을 사람들 중에서 절반 이상이 절 걸어 다니는 트라우마 환자로 생각하기 때문이죠. 그 단어의 철자도 제대로 모르는 사람들이 말예요…" 아이린은 루크의 표정에서 깜짝 놀라는 듯한 표정이 스쳐 지나가는 것을 보고 말을 멈추었다. "뭐라구요?"

"트라우마요?" 루크는 여전히 냉담한 어조로 되물었다.

"그건 듣기 좋으라고 하는 소리죠. 중요한 것은 부모님의 죽음 때문에 제가 소위 정상이 아니라고 생각하는 사람들이 이곳에 꽤 있다는 거죠."

"허 참, 정상이 아니라…"

"형식적인 용어죠." 아이린이 말했다.

"맞아요. 무슨 뜻인지 알겠어요. 그래서요?"

아이린은 몸을 돌려서 작은 주방에서 거실 쪽으로 걸어갔다. "문제는 제가 오늘 밤, 웹 씨 집으로 무단 침입했다고 샘 서장이 절 구속시키지는 않겠지만, 만약 이 열쇠를 파멜라의 비밀 은닉장소에서 가져왔다는 것을 알게 되면 어떻게 반응할지 확신할 수 없었어요."

"난 아직도 아이린 양이 말하는 걸 믿을 수가 없어요."

아이린은 걸음을 멈추고서 루크를 쳐다보았다. "그건 루크 씨 문제지 제 문제는 아니에요."

"그건 그래요. 아이린 양은 확실히 내게 큰 문제예요. 왜 맥퍼슨 서장에게 그 열쇠에 대해서 말 안 했어요?"

"알았어요, 알았어요." 아이린은 잠시 말을 멈추었다. "전 샘 서장이 파멜라의 죽음에 대해서 수사를 가능하면 하지 않으려고 온갖 핑계를 대고 있다는 것을 직감적으로 느꼈어요. 전 그가 이 열쇠를 무시하거나 아니면 버릴 거라고 생각했죠. 어쨌든 전 이 열쇠를 잃어버리고 싶지 않거든요."

놀랍게도 루크는 생각에 잠긴 표정으로 듣고 있었다. "미치겠네, 진짜. 맥퍼슨 서장이 사건의 은폐에 협력하고 있다고 생각해요? 그래요?"

"그럴 가능성이 있다고 생각하죠." 아이린은 어깨를 쭉 폈다. "웹 상원의원이 수사를 원하지 않는다는 사실을 알고

나서 그렇게 생각했어요. 또, 이 던즐리 마을 사람들 대부분
이 그저 웹 가문의 가족의 요청이라면 무엇이든지 기꺼이
들어주고 싶어한다는 것도 깨달았어요.”

“그 얘긴 많이 들었어요.” 루크는 맥주병을 들어서 단숨
에 비웠다. 그는 빈 병을 조리대에 놓고 잠시 생각에 잠겼다.

“사람들이 정말로 아이린 양에게 트라우마가 있다고 생
각해요?”

“부모님이 돌아가시고 난 후, 숙모님이 저를 한동안 의사
로부터 심리치료를 받게 하셨는데 그때 그런 진단을 받았어
요. 그 후로 다른 심리치료사들도 그런 진단을 내리더군요.”

“그 심리치료가 도움이 되었나요?”

“약간은요.” 아이린은 목소리를 가다듬었다. “하지만 제
가 이성적이고 성숙한 시각으로 사실을 받아들이지 않는다
면 그리 큰 진전은 없을 것이라고들 하더군요. 전 그걸 거부
했죠.”

“아이린 양에게 닥친 그 일을 사실대로 받아들일 수도 없
고, 또 받아들이고 싶지도 않기 때문이겠죠?” 루크가 말했
다. 그 말은 질문이라기보다는 자신의 생각을 확인하는 것
처럼 들렸다.

“전 절대로 아빠가 엄마를 살해하고 자살했다고는 믿지

않아요. 아빠가 어떤 분이신가를 생각해 볼 때, 그건 있을 수 없는 일이에요. 심리치료사들은 제가 현실을 받아들이지 않는다면 영원히 치료를 끝낼 수 없을 거라고 하더군요.”

“아이린 양이 그들에게 무슨 말을 했는데요?”

“치료를 끝낼 수 있는 유일한 방법은 진실을 알게 되는 거라고 했어요.” 그녀는 한숨을 내쉬었다. “루크 씨의 고집스럽고 비타협적인 성격과 비슷하게 들리죠, 그렇죠?”

“맞아요. 나하고 비슷한 것 같아요. 우리 가족들도 약 6개월 전부터 내게 그런 진단을 내려서 힘들게 했어요.”

아이린은 그 말을 이해해 보려고 눈을 몇 번 깜박거렸다. “그랬어요?”

루크는 어깨를 으쓱하였다. “가족들의 말이 틀렸다곤 할 수 없을 것 같아요. 인정할 건 인정해야죠. 요즘 약간 문제가 있는 건 사실이에요.”

그의 말에 담긴 확신의 느낌이 아이린의 마음을 흔들었다. 그녀는 트라우마를 겪은 사람들과 직접 대화를 나누어 본 적이 한 번도 없었다.

“혹시 이상한 습관 같은 거 있으세요?” 아이린이 주저하면서 물었다. “가령, 다른 사람들이 볼 때는 약간 이상하게 볼 수도 있지만 의도적으로 늘 지키는 습관이나 버릇 같은 거 말이에요."

"밤새도록 불을 켜놓는다든지 뭐 그런 거 말이죠?"

아이린은 주춤하였다. "예."

"그래요."

"때때로 우울해지나요?" 그녀는 계속해서 물었다.

"맞아요."

"이따금 악몽에 시달리죠?"

"그것도 맞아요."

"제가 생각하기에는," 아이린이 부드러운 어조로 말했다. "정상과 비정상의 경계가 때로는 애매모호한 것 같더군요."

"그 점에 대해서는 전적으로 동의해요." 루크는 아이린에게로 다가가서 그녀 앞에 섰다. "지금 아이린 양에게 키스하는 것은 지극히 정상적이고 자연스러운 일이라고 생각해요."

그의 말을 듣는 순간, 아이린은 온 몸에 뜨거운 열기가 퍼져나가는 것 같았다. 뜻밖에도 열정적인 감정이 밀려오는 것을 느끼고 그녀는 깜짝 놀랐다. 그녀는 입을 열고 이런 일에는 자신이 아주 정상적으로 행동할 수 없다라는 것을 설명하려 했다.

그러나 그녀는 흥분과 열정과 같은 분야에서의 자신의 부족한 능력에 대하여 더 이상 대화를 나누어 볼 기회를 갖지 못했다. 루크의 입술이 이미 그녀의 입술을 덮어버렸기 때문이었다. 아이린은 놀랍게도 깊고 강렬한 흥분을 느꼈다.

그날 밤, 너무나 많은 아드레날린과 긴장으로 이미 흥분될대로 흥분되어 있던 그녀의 신경을 타고 짜릿한 열정이 춤을 추듯 퍼져 나갔다. 이건 단순한 흥분이 아냐, 미친 듯한 갈망이야… 아이린은 생각했다. 그녀의 갈망은 그녀가 여태까지 느껴보지 못했던 아주 격렬하고 자극적이며 저항할 수 없는 유혹이었다.

루크는 뭐라고 조그만 소리로 중얼거리다가 마음먹은 대로 키스하기 좋도록 한 손으로 아이린의 머리 뒤를 감쌌다.

그의 다른 손은 아이린의 날씬한 허리에 대고 포근히 감싸 안았다. 아이린은 그의 청바지 속에서 불룩하게 솟아 오른, 힘차고 강렬하며 욕망에 끓어 넘치는 그를 느낄 수 있었다.

루크의 입은 아이린의 입을 벌리게 하려고 격렬하게 움직였다. 그러나 흥분에 도취되었음에도 불구하고 아이린은 저항했다. 그녀는 성급하게 깊은 육체관계를 맺는 것을 경계했다. 이건 늘 천천히, 지루할 정도로 시간을 갖고 조심스럽게 접근하는 내 방식이 아니야… 아이린은 생각했다.

그러나 루크는 마치 노련한 펜싱 선수가 재빠르게 도발적으로 펜싱 칼을 찌르듯이 혀를 능숙하게 움직였다. 아이린은 그의 어깨와 등을 손톱으로 꽉 눌렀다. 불안해지기는커녕 오히려 그 도전을 받아들이고 싶어졌다.

아이린은 짜릿한 모험감을 느끼면서 아주 섬세하게 그의 아랫입술을 조금씩 물어뜯었다. 곧 루크의 손가락이 그녀의 스웨터 속으로 미끄러져 들어갔다. 그의 손이 아이린의 속살 위에서 따뜻하고 힘차게 느껴졌다.

그 순간, 아이린은 마치 번갯불을 맞은 듯이 흥분되었다. 그녀는 양팔로 루크의 목을 끌어안고 매달렸다. 끓어오르는 에너지와 뜨거운 열기가 머리끝에서부터 발끝까지 넘쳐흘렀다.

루크의 숨소리가 거칠어졌다. 아이린이 발끝으로 서서 그의 귓불을 이빨로 깨물자, 그가 몸을 부르르 떠는 것을 느꼈다.

그녀는 지금 이 순간, 여태까지 그녀 자신이나 그녀와 함께 사랑을 나누었던 몇 명 안 되는 남자들이 인정했듯이 그렇게 스스로를 억제하지 않는 것 같았다.

그때, 루크가 아주 힘들게 애써서 뜨거운 포옹을 풀고 고개를 들었다.

"아직 정신이 있을 때, 이만 가봐야겠어요." 루크가 말했다. "좀더 있다간 오늘 밤, 여기서 나가지 못할 것 같군요."

아이린은 머뭇거리고 주저한 사람은 자신이 아니라 루크라는 것을 깨달았다. 조금만 더 그대로 있었더라면, 그녀는 루크를 쓰러뜨리고 바닥으로 끌어당겼을 것이다.

아이린은 얼굴에 뜨거운 열기를 느끼면서 목소리를 가다듬었다. "우리도 모르게 흥분했나 봐요, 그렇죠? 아마도 아까 지나치게 흘러나온 아드레날린의 여파 때문이었나 봐요. 그런 일에 속아 넘어갈 수 있다고 책에서 읽은 기억이 나요. 목숨이 위태로운 상황을 겪고 나면, 기본적인 생존본능 같은 것이 생긴다고요. 말하자면, 생명력을 갈망하는 원시적인 욕구 같은 거죠."

"그래요?" 루크는 천천히 미소 지었다. "그런 책을 읽어요?"

아이린은 아주 당황스러워졌다. "글쎄요, 사람들이 흔히 친밀한 연인관계라고 부르는 그런 관계에서 일어날 수 있는 일을 우리가 했다고는 생각하지 않아요. 우린 서로를 잘 알지도 못하잖아요."

"내가 아까 말했던 그 의미 있는 시간에 대해서 잊어버린 것 같군요."

아이린은 자제심을 지키려고 애를 썼지만, 역부족이었다.

그녀의 육체는 아직도 루크의 팔에 쓰러져서 기대기를 갈망했다. 아이린은 그런 충동을 막기 위해서 갑자기 소파의 팔걸이에 앉아서 두 다리를 꼬고 아무렇지도 않다는 듯이 태연한 표정을 지으려고 무진 애를 썼다. *그냥 키스일 뿐이었어, 제발 정신 차려.*

아이린은 침착하게 보이도록 턱을 약간 기울였다. "화제를 바꾸는 게 좋겠어요, 그렇지 않아요?"

"원하신다면…"

"그게 좋겠어요. 아침에 다시 생각해 보면, 우리 모두 약간 어색하게 느끼게 될 거예요."

루크는 시계를 보았다. "있잖아요. 벌써 새벽 5시예요. 난 조금도 어색하게 느껴지지 않는데…"

"눈 좀 붙이는 게 좋겠어요. 우리 둘 다요."

"잠이 올지 모르겠네요." 루크가 상관없다는 듯이 말했다. 그는 현관문 쪽으로 걸어갔다. "그런데 말이죠, 나중에 틀림없이 후회하게 될 것 같지만, 더 이상 한밤중에 충격적인 일을 겪지 않았으면 좋겠어요. 웹 씨의 집이 잿더미가 됐는데 이제 어떻게 할 거예요?"

그 질문이 아이린의 표정을 굳게 만들었다.

"잘 모르겠어요," 그녀는 인정했다. "이제 할 일은 파멜라

216

가 누구를 고용하여 그 집을 관리하게 했는지 알아보는 거예요. 그녀가 집 청소며, 세탁을 직접 하지는 않았을 거니까요. 그녀는 어릴 적부터 가정부가 있는 집에서 살았으니까요. 그러니까 가정부 없이 그 집을 관리할 수는 없었을 거예요. 게다가 그녀는 이 던즐리에서 오래 머물지도 않았죠. 아마 집을 알아서 돌봐줄 누군가가 있었을 거예요.”

루크는 이미 그 점을 알고 있었다는 듯이, 고개를 끄덕였다.

“포기하지 않을 줄 알았어요.” 그가 말했다.

“포기 안 해요. 절대로…”

“나도 알아요.”

이 사람이 이제야 이해하는구나… 아이린은 생각했다. 루크는 처음에는 그녀가 하고 있는 일에 대해서 아주 의심스러워했지만, 이제 서서히 이해하기 시작했다.

“그럼, 아침에 봐요.” 루크가 말했다. 그가 문을 열자 차가운 밤공기가 방안으로 들어왔다. 루크는 현관 밖으로 나가서 걸음을 멈추고 뒤돌아보았다. “그런데 말이죠, 우리가 넘쳐나는 아드레날린의 여파로 원시적인 생존본능이 일어나서 거의 뜨겁고 격렬한 섹스를 할 뻔했다는 그 심리학적 이론 있잖아요…”

아이린은 약간 어색해져서 조심스럽게 물었다. "예, 그래서요?"

"내가 알기론, 그건 모두 헛소리예요. 아이린 양을 처음 봤을 때, 그러니까 그 작은 은색 종을 두드리면서 산장 로비의 프런트 데스크에 서 있는 것을 본 순간부터 난 당신과 섹스를 하고 싶었어요."

루크는 아이린이 정신을 차리기도 전에 현관문을 닫고 밤의 어둠 속으로 사라졌다.

17

"형이 집을 불태웠다구?" 제이슨은 너무 놀라서 자기 접시로 옮기려던 버터 덩어리를 오렌지주스에 빠뜨리고 말았다. "난 옥수수빵을 좀더 먹으려고 아이린의 방갈로로 간 줄 알았어요. 아니면, 다른 용무가 있었거나… 그런데 두 사람이 함께 밖으로 나가서 그 집을 불태웠단 말이예요?"

"내 말이 그 뜻이 아니라는 걸 잘 알잖아, 제길." 루크는 금방 만든 프렌치토스트 세 조각을 접시에 담고, 테이블로 가져가서 앉았다. "어떤 놈이 웹 씨의 집에 방화를 했다구, 아이린과 나는 그때 우연히 그 집의 이층 테라스에 함께 있었어."

“우와, 형, 가족들이 이 이야기를 들으면 뭐라고 할지 두고 봐.” 제이슨은 포크로 버터를 오렌지주스 컵에서 건져내면서 말했다. “긍정적으로 보자면, 내가 여기 머물 때 형이 적어도 진짜 데이트를 하더라고 보고할 수는 있겠군.”

루크는 프렌치토스트를 크게 한 입 베어 물었다. “아이린은 날 그렇게 생각하지 않는 것 같아.”

하지만 그녀는 내게 잘 자라고 키스했지… 루크는 조금 전 일을 머릿속에 떠 올렸다. 그건 진지하고 최고로 멋지고 황홀한 최상의 키스였다. 밤새 힘든 일이 일어났음에도 불구하고 아침에 그때 일을 다시 생각해보면서 이토록 오랫동안 기분이 좋을 수가 없었다. 그러나 아쉽게도 단지 키스뿐이었다. 만약 아이린이 오늘 자신을 그녀의 침실로 초대한다면 기분이 어떨까 생각해보니 그는 머리가 어질어질해졌다.

“형?” 제이슨이 포크를 휘둘러서 루크의 손가락을 탁 쳤다. “여보세요? 거기 아무도 없어요? 정신차리슈, 형님. 내가 묻는 말에 대답해 봐요.”

“뭘 물었는데?”

“이 방화사건 말이에요. 혹시 법적인 문제가 되는 건 아니에요? 그렇다면 노친네와 고든 씨에게 이 사실을 알려야 하잖아요?”

"이건 가족들이나 사업하고는 무관한 일이야. 아무도 날 체포하려고 하지 않았어. 어쨌든 아직까지는 말야…"

"그렇다면 안심이 되네요." 제이슨의 표정이 갑자기 어두워졌다.

"그런데 그 집이 라일런드 웹 상원의원의 소유라고 했나요?"

"그가 딸의 약물과용 사망 사실을 조용히 덮어두려고 한 것처럼, 이번에도 이 방화사건을 덮어두려고 할 것 같아. 그의 기금 후원자들이나 기부자들을 혼란스럽게 만들고 싶지 않을 거야."

"이 사건을 은폐시키기는 좀 어려울 것 같은데, 안 그래요?"

"다음에 샘 맥퍼슨 서장을 만나게 되면 약물 과다복용으로 얼마 전에 죽은 여자의 집에서 일어난 방화사건을 간과한 것에 대해서 상세한 답변을 들어야겠다는 생각이 드는군."

루크는 프렌치토스트를 한 입 베어 물고 씹으면서 오렌지 주스 컵으로 손을 뻗었다. "확실히 맥퍼슨 서장과 웹 씨는 아이린의 말을 간과했어. 그녀는 아마 이 사건을 기사화할 거야."

"루크 형?"

"왜?"

"오해하지 말고 들으세요. 아이린 스텐슨 양과 이런 일에 계속 연루되는 걸 조심해야 된다고 생각하지 않으세요? 물론 나도 그녀를 좋아해요. 그녀는 여태까지 형이 만났던 여자들하고는 달라요. 하지만 그녀가 형에게 스트레스를 심하게 주고 있다는 사실은 무시 못 하죠."

루크는 험상궂은 표정으로 제이슨을 노려보다가 프렌치 토스트를 한 입 더 먹었다.

제이슨은 목소리를 가다듬었다. "밴 다이크 박사가 아빠한테 말했는데, 형의 과거 일을 고려해서 지나친 스트레스를 받지 않는 것이 좋겠다고 했어요."

"망할 밴 다이크 박사. 네가 손 좀 봐줘라."

제이슨은 얼굴을 찌푸렸다. "별로 그러고 싶지 않은데요. 그녀가 늘 입고 다니는 그 딱딱한 정장 슈트와 지극히 실용적인 구두에 대해서라면 모를까… 내가 상상력이 좀 부족한지도 모르겠지만 그 옷과 구두들은 정말 못 참겠더군요."

"산타 엘레나로 돌아가서 나 때문에 걱정하지 말라고 모두에게 말씀드려. 생신파티 때 보자."

"아이린은 어떻게 할 거예요?"

"그녀가 골치 아픈 건 사실이야. 하지만 그녀는 적어도 딱딱한 정장 슈트와 실용적인 구두는 신지 않아. 아이린이 입고 있는 검정색 트렌치코트와 굽 높은 부츠를 봤겠지?"

제이슨의 두 눈이 놀라서 머리속으로 쑥 들어갔다. 그는 그것을 다시 끌어당겼다. "아, 그래요. 그 부츠 봤어요. 검정색 트렌치코트도요. 채찍만 하나 있으면 아주 잘 어울리겠죠?"

"글쎄다, 어쩌면 그 질문의 해답을 찾는 것이 내 인생의 사명인 것 같아…"

〰

아이린이 현관문을 열고 성큼성큼—그 말이 꼭 들어맞는군, 성큼성큼… 루크가 생각했다.—*걸어들어 왔을 때*, 루크는 신혼부부의 숙박접수를 하고 있었다. 이제 은밀하게 한번만 쓱 훑어보아도 그녀가 어떤 기분인지 그는 알 수 있었다.

또 다른 검정색 스웨터, 검정색 바지, 검정색 가죽부츠와 검정색 트렌치코트. 그녀는 던즐리 시와 한판 맞붙기 위해서 또 다시 전투태세를 갖추고 있었다.

아이린은 프런트 데스크를 바라본 뒤, 아무 말도 하지 않고 로비를 가로질러서 조용히 커피테이블로 다가갔다. 루크는 그녀가 커피포트와 아침 일찍 그가 내놓은 하루 지난 도넛을 살펴보는 것을 곁눈질로 바라보았다.

지금 이런 숙박객들을 상대할 기분이 아닌데… 루크가 생각했다. 그는 아이린 스텐슨과 할 일이 있었던 것이다.

루크는 신청서와 펜을 멍청한 표정의 젊은 신랑에게 거칠게 내밀었다.

"이름, 주소, 운전면허번호를 여기 적어요, 애디슨 씨." 그가 말했다. "맨 아래에는 사인하도록, 출발 날짜도…"

이제 막 애디슨 부인이 된 여자의 두 눈이 놀라서 쟁반만큼 커졌다. 그녀는 루크가 금방이라도 자신의 목을 조르기 위해서 카운터 밖으로 뛰쳐나오기라도 하는 것처럼 겁먹은 표정으로 한 발자국 뒷걸음질 쳤다.

어, 이건 또 뭐지?…. 루크는 인내하려고 무진 애를 쓰면서 의아해 했다. 그는 그녀의 남편에게 신청서를 작성하라고 했을 뿐이었다.

애디슨은 하도 힘들게 침을 꿀꺽 삼켜서 그의 울대가 움직이는 모습이 다 보일 지경이었다.

"어, 어… 예, 알겠습니다." 애디슨이 말했다. 그는 펜을 거머쥐고서 황급히 신청서를 작성해 나갔다.

로비 건너편에서 아이린은 핸드백에서 티백을 꺼내다가 잠시 멈추었다. 그녀는 얼굴을 찌푸렸다. 루크는 무시하기로 마음먹었다.

"저, 다 끝났는데요…" 애디슨이 약간 안심이 된 표정으로 신청서를 다시 카운터 쪽으로 내밀었다.

루크는 신청서가 빠짐없이 모두 작성됐는지 힐끗 훑어 본 뒤에 말했다. "체크아웃 시간은 십이 공공시."

아이린은 로비 한쪽에서 약간 괴로운 표정으로 눈을 감았다.

애디슨은 순간 멍해졌다. "어… 십이 공공시가 뭔데요?"

"정오 열두시."

"어… 알겠습니다." 애디슨은 재빨리 대답했다. "걱정 마십시오. 우린 정오 전에 나갈 겁니다."

루크는 열쇠고리에서 열쇠를 낚아채어서 애디슨에게 건네주었다. "10호 방갈로, 현관문 뒤에 수칙이 적힌 목록이 붙여져 있을 거요. 꼭 읽어보도록…"

애디슨은 불안하게 눈을 깜박거렸다. "수칙이 뭔데요?"

"이곳에서 지켜야 하는 규칙이오." 루크는 인내하려고 애쓰면서 말했다. "소음금지, 불법적 행위금지, 정식으로 숙박

신청을 하지 않은 자는 누구도 방갈로에서 잘 수 없음 등 등…”

“어, 어, 잘 알겠습니다.” 애디슨은 초조하게 고개를 끄덕였다. “물론입니다. 우리 두 사람뿐이거든요…”

“침실용 탁자 옆에 이 산장의 에너지절약과 환경보호의 노력에 동참해 달라고 씌어 있는 작은 카드도 놓여져 있소. 그것도 이 산장에서 지켜야 하는 수칙이오. 알겠습니까?”

“예.” 애디슨은 긴장된 표정의 아내를 재빨리 흘낏 쳐다보면서 말했다. “재니스와 전 환경보호를 위해 항상 노력하고 있습니다. 그렇지, 재니스?”

“예.” 그녀는 겨우 들릴까 말까 한 소리로 말했다.

“그거 잘됐군.” 루크가 말했다. “그럼, 오늘 밤 허니문 스위트에서의 신혼의 밤을 즐기기를 바라겠소.”

애디슨 부인이 아주 놀란 표정으로 물었다. “우리가 허니문 스위트에서 묵게 되나요?”

“그렇소.” 루크가 말했다. “안될 것 없죠. 당신들 신혼부부들 맞죠? 그래서 허니문 스위트를 신청하지 않았소. 그렇지요?”

“맞아요.” 애디슨 부인이 말했다. “우린 오늘 아침에 막 결혼했어요. 커비빌의 법원에서요.”

애디슨은 조금 전보다 훨씬 더 긴장한 표정이었다. 그는 꼿꼿이 서 있으려고 무진 애를 썼다. "저, 저기요. 허니문 스위트는 추가비용이 얼마인가요?"

루크는 카운터에 몸을 기댔다. "더 이상의 추가요금은 없소. 물론, 이곳의 모든 수칙을 잘 지킨다면 말이오."

로비의 한쪽 끝에서 아이린은 눈을 뜨고 아치형 천장을 바라보았다.

"알겠습니다. 고맙습니다." 애디슨은 부인의 손을 잡고 현관문 쪽으로 끌어당겼다. "가자, 재니스. 우리 허니문 스위트에서 묵게 됐어."

"빨리 커비빌로 돌아가서 사람들에게 우리가 허니문 스위트에서 묵었다고 자랑하고 싶어." 재니스는 기대에 부풀어서 말했다.

신혼부부는 로비 밖으로 달려 나갔다.

루크는 카운터에서 팔짱을 끼고, 그 젊은 신혼부부를 창문 너머로 바라보았다. "신혼부부들은 정말 사랑스럽군."

"오히려 저 사람들에게 겁을 준 것 같은데요." 아이린이 말했다.

"내가 언제요? 저 사람들이 결혼이라는 것에 겁을 먹고 불안해하던데… 내가 그들에게 겁줄 이유가 없죠."

"선라이즈 호수 산장에 한 번 묵어 본 사람들이라면, 두 번 다시 찾아오기는 힘들 것 같군요. 그렇게 생각하지 않으세요?"

루크는 두 팔을 벌렸다. "내가 그 사람들한테 뭐라고 했는데요?"

"중요한 건 무슨 말을 했느냐가 아니라, 어떻게 말했냐는 거죠. 그 젊은 신랑을 마치 신병훈련소에 갓 입소한 신병 다루듯이 하셨잖아요. 그는 신혼여행중이라구요. 그리고 그 부부가 이곳에 신혼여행을 온 것을 보면, 신혼여행 경비가 빠듯해 보이는 것 같던데…"

"그만해요. 난 그들이 방갈로에서 숙박하도록 접수시켜준 것뿐이라구요."

"허니문 스위트에서 말이죠? 이 산장에 허니문 스위트가 있는지 몰랐어요."

"허니문 스위트의 정의를 내려보자면, 신혼 첫날밤을 이곳 산장의 방갈로에서 보낸다면 그게 바로 허니문 스위트잖아요."

"알겠어요. 아주 논리적인 답변이네요."

"확실히 난 그렇게 알고 있어요." 루크가 말했다.

"그렇지만 그 부부들에게 좀더 부드러운 태도로 대하셨

어야 했어요."

"난 숙박신청서를 쓰라고 했을 뿐이에요."

"루크, 당신은 그 사람들을 아주 긴장하게 만들었어요."

루크는 커피를 한 잔 더 마시기 위해서 카운터 끝을 돌아서 걸어갔다. "그런데 모텔을 경영하는데 있어서 아주 큰 문제점을 발견했어요."

"그게 뭔데요?"

"숙박객들 말이에요. 그들은 훈련도 안 되어 있고 규칙도 잘 모르고 어떻게 행동할지 예측할 수 없는 사람들이라니까요." 루크는 애디슨 부부가 낡은 포드산 소형 트럭에 올라타고, 10호 방갈로로 가는 것을 지켜보았다. "그래요. 그런 숙박객들만 없다면 이 사업은 정말 해볼 만한 사업인데…"

아이린은 고개를 절레절레 흔들었다. "그런데, 제이슨은 어디 있어요?"

"아침 먹고 일찌감치 떠났어요. 오늘 오전에 사업상 회의가 있대요. 아이린 양은 오늘 뭘 할 거예요?"

"예전에 이 마을에서 알고 지내던 산드라 페이스에게 전화를 걸어서, 누가 웹 씨의 집을 관리하고 있는지 혹시 아냐고 물어봤어요. 코니 왓슨이라는 여자라더군요. 그녀는 내가 이곳에서 살 때부터 파멜라와 웹 씨 집의 청소를 맡아서 해

왔어요."

"왓슨을 만나볼 생각이에요?"

"예," 아이린은 시계를 보았다. "이제, 그녀의 집으로 가봐야겠네요. 그녀가 일하러 나가기 전에 만나봐야겠어요."

루크는 천천히 한숨을 내쉬었다. "그 여자는 아이린 양이 찾아오는 걸 모르나보죠?"

"만약 그 여자에게 전화를 걸어서 만날 약속을 하자고 하면, 절 만나기를 거절할지도 몰라서요. 이 마을의 대부분의 사람들과 마찬가지로 그 여자도 웹 가문의 신세를 많이 지고 있으니까 그들에게 충실할 거예요."

"나도 함께 가겠소."

"그럴 필요 없어요, 루크."

"내가 함께 간다고 했잖소."

아이린은 난처한 표정을 지으며 말했다. "루크 씨가 더 이상 이런 일에 개입되지 않는 게 좋겠어요."

"제이슨도 그런 말을 하더군요."

아이린의 눈에 어두운 표정이 드리워졌다. "그래요? 제이슨의 말이 맞아요. 어쨌든 루크 씨는 이곳에 살고 계시잖아요. 나름대로의 경영방식을 가지고 사업을 하고 있구요. 어떻게 세금을 낼 수 있을 만큼 잘 되는지는 모르겠지만, 문제

230

는 그게 아니에요. 이런 복잡한 일에서 손 떼시는 게 좋을 거예요. 웹 씨 가문과 연관된 것은 무엇이든지 이곳 던즐리에서는 위험해요."

"던즐리에서 위험하다고요?" 루크는 약간 미소를 지었다. "이제, 감 잡았어요."

"정말이에요." 아이린은 끈질기게 말했다. "이런 일에 더이상 개입하지 않는 것이 좋겠어요. 루크 씨의 동생도 그래서 그런 말을 했을 거예요."

"아이린 양과 제이슨이 이해하지 못하고 있는 점은, 이제 그런 충고를 받아들이기에는 너무 늦었다는 것이죠. 난 이미… 어…" 루크는 말을 멈추고서 목소리를 가다듬었다. "이미 난 이 일에 깊이 개입되어 있거든요."

"아직도 늦지 않았어요." 아이린이 머그잔을 탁자 위에 하도 세게 내려놓는 바람에 여기 저기 찍힌 자국이 있는 나무 탁자 위에 차가 몇 방울 튀겨져서 흘러 내렸다. 그녀는 얼른 냅킨을 집어 들고, 차 방울을 닦아내었다. "정말 고집이 세군요."

그때, 다행스럽게도 현관문이 열리면서 맥신이 들어와 루크는 아이린의 잔소리를 피할 수 있었다.

"안녕하세요." 맥신은 코트를 벗었다. "10호 방갈로 앞에 소형 트럭이 서 있던데, 새 손님들이 들어 왔어요?”

“커비빌에서 온 신혼부부들이에요.” 루크가 대답했다.

“그래요?” 맥신은 호기심에 가득 찬 표정으로 말했다. “제가 이 산장에서 일해 온 이래로 신혼부부가 찾아온 것은 처음이에요. 이건 우리가 여태까지 생각하지 못하고 지나쳤던 새로운 틈새시장인 것 같군요.”

“루크 씨가 그들에게 허니문 스위트를 제공했어요.” 아이린이 말했다.

맥신이 얼굴을 찌푸렸다. “여기는 그런 것이 없는데……”

“이제 있어요.” 루크가 말했다. “10호 방갈로죠.”

맥신은 열정적으로 눈을 반짝였다. “그럼, 이제 제가 해야 할 일이 무엇인지 알겠어요. 신혼부부를 위해서 작은 선물 바구니를 마련해야 되겠어요.”

“나라면, 그 도넛은 사양하겠어요.” 루크가 말했다.

18

코니 왓슨은 망을 친 현관문을 통해서 아이린을 노려보았다. 그녀는 골격이 억세 보이고 사람을 경계하는 듯한 눈초리를 가진 몸집이 큰 여자였다. 그녀는 노동으로 단련된 튼튼한 한쪽 손에 행주를 쥐고 있었다. 그녀의 표정이나 몸짓에는 오래 전에 이미 인생의 즐거움을 찾는 것을 포기한 듯한 분위기가 배어 나왔다.

"아이린 양을 기억하고 있어요." 코니 왓슨이 말했다.

그녀는 불안한 시선으로 루크를 힐끗 쳐다보았다. "대너 씨에 대해서도 잘 알고 있죠. 그런데 무슨 일로 날 찾아왔어요?"

이거 쉽지 않겠는데… 아이린이 생각했다. 오늘 아침 그녀의 직감이 들어맞았던 것이다. 만약 코니에게 미리 전화를 걸어서 만나자고 했더라면 집에 없다고 핑계를 둘러댔을 것이다.

"파멜라에 대해서 몇 가지 여쭤보고 싶은 게 있어서요…" 아이린이 최대한 목소리를 부드럽게 해서 부탁하듯이 말했다. "제가 한동안 파멜라와 친하게 지낸 적이 있어요. 기억나시죠?"

"기억하다마다…" 코니는 행주에 손을 닦았다. 그녀는 망을 친 현관문을 열려고도 하지 않았다. "며칠 전 밤에 두 사람이 파멜라의 시체를 발견했다는 소문을 들었어요. 웹 씨의 집을 불태웠다는 소리도요."

"누군가가 그 집에 방화를 했어요." 루크가 말했다. "우린 그 시각에 우연히 그 근처에 있었을 뿐이에요."

"사람들이 말하는 건, 그게 아니던데요…" 코니가 중얼거렸다.

"사실이에요," 아이린이 말했다. "코니 아주머니, 정말 제가 그 집을 불태웠다고 생각하세요?"

"아이린 양이 파멜라의 죽음에 대해서 약간 이상하게 행동하고 있다고 사람들이 그러던데요. 어떤 사람이 말하던데,

234

당신이 병적으로 그것에 집착하고 있다던가 뭐 그런 소리를 하더라라구요."

루크는 망 너머로 그녀를 바라보았다. "누가 그런 소리를 해요?"

코니는 몸을 뒤틀면서, 뒤로 약간 물러섰다. 그리고는 손을 뻗어서 얼른 현관문을 잠갔다. "그건 상관없구요. 그런 소문이 돌고 있다는 거죠. 그뿐이에요."

아이린은 얼굴을 찌푸리고 조용히 하라는 신호를 보내면서 루크를 바라보았다. 그는 확실히 사람들에게 명령조로 말하고 겁을 주는 데에는 타고난 소질이 있었지만, 그 순간에 필요한 것은 코니의 협조였다.

루크는 눈썹을 치켜 올리고 알았다는 듯이 어깨를 으쓱하였다.

아이린은 코니에게로 시선을 돌렸다. "파멜라가 죽기 전에, 여기 던즐리에서 만나자고 제게 이메일을 보냈어요. 그녀가 제게 무슨 말을 하려고 했는지 혹시 짐작이 가는 일이라도 있으세요?"

"아뇨."

"파멜라가 뭔가를 걱정하거나 화가 난 것 같진 않았어요?"

“아뇨.”

“파멜라가 죽던 날, 그녀를 본 적이 있나요?”

“아뇨.”

이건 아니야… 아이린은 생각했다. 루크는 보다 덜 정중한 자신만의 독특한 스타일로 코니를 심문하는 것을 허락해주기를 기다리면서 아이린을 바라보고 있었다. 아이린은 자신의 기억을 되돌려서 새로운 각도로 접근하기로 마음먹었다.

“코니 아주머니, 아주머니가 웹 가문에 많은 신세를 졌기 때문에 충성심을 느끼고 있다는 것은 잘 알고 있어요. 그건 저도 이해해요. 하지만 우리 아빠에게도 신세를 진 적이 있죠, 그렇지 않아요?”

코니는 한 손으로 행주를 꽉 움켜쥐었다. 그녀는 또 다시 뒷걸음질쳤다. “아이린 양의 아버지께 신세를 진 적이 있는 건 사실이지만, 그는 죽었어요. 평안히 잠드시기를…”

“죽음이 모든 부채를 면제하는 것은 아니에요.” 아이린이 조용히 말했다. “아빠는 돌아가셨지만, 전 여기 아직 있어요. 제발 아빠를 봐서라도 이곳 던즐리에서 파멜라가 지내던 마지막 날에 대해서 생각나는 것이 있으시면 뭐라도 좋으니 말씀해주시겠어요?”

코니의 얼굴이 우거지상이 되었다. 그녀는 지쳤다는 듯이 깊은 한숨을 내쉬며 말했다. "내가 이런 말하더라고 그 사람에게 말하지 않겠다고 약속해요."

"맥퍼슨 서장을 얘기하는 거예요?" 루크가 물었다.

코니는 놀라서 몇 번 눈을 깜빡거렸다. "대너 씨도 그 사람에게 말하면 안돼요. 그러면 그는 곧장…" 그녀는 갑자기 입을 다물었다. "아무 것도 아니에요." 그녀는 아이린에게로 시선을 돌리면서 말했다. "이봐요. 난 정말 몰라요. 정말이에요."

"그냥 아는 것만이라도 말씀해 보세요." 아이린이 말했다.

"파멜라의 시체를 발견하기 나흘 전에, 그녀가 자기 집에 들를 테니 나더러 준비해 달라고 했어요. 평소와 다름없이요. 파멜라는 그 집에 자주 오지는 않지만 올 일이 있으면 나한테 전화를 해서 집 청소나 침대보 세탁이나 냉장고에 음식을 넣어 두는 일 따위를 미리 준비해달라고 부탁했어요."

"파멜라가 그 집에 도착한 뒤에 그녀를 봤나요?"

코니는 재빨리 고개를 흔들었다. "아뇨. 방금 말했듯이, 난 그냥 준비를 끝낸 뒤에 집으로 왔어요. 파멜라가 다음날 마을로 자동차를 몰고 오는 걸 봤다고 어떤 사람이 말하더군요. 이틀 뒤에 그녀는 죽었죠. 그게 내가 알고 있는 전부예요."

아이린은 뭔가 확신에 찬 표정으로 미소를 지었다. "그녀가 냉장고에 일인분 이상의 음식을 넣어두도록 부탁했나요?"

코니는 얼굴을 찌푸렸다. "아뇨."

"그러니까 다른 사람과 동행하거나 그러진 않았단 얘기네요?"

코니는 고개를 가로 저었다. "그렇진 않은 것 같았어요. 그녀의 멋쟁이 도시 친구들을 대접할 생각이었다면 칵테일 크래커나 치즈, 술 등을 준비하라고 부탁했을 거예요."

아이린은 잠시 생각에 잠겼다. "파멜라가 술을 사 놓으라고 말하지 않았어요?"

"이번에는 그러지 않았어요."

루크는 집의 담장에 한 손을 짚고 있었다. "우리가 파멜라를 발견했을 때, 탁자위에 빈 술병과 마티니 잔이 있었어요."

코니는 한 손으로 애매한 손짓을 했다. "그건, 나도 들었어요. 어디서 그걸 구했는지 모르죠. 늘 내게 술을 사놓도록 시켰는데… 물론 와인을 빼고는요."

"와인요?" 루크가 조심스럽게 되풀이해서 물었다.

"파멜라는 정말 와인에 대해서는 까다로웠죠. 그녀는 늘 와인을 갖고 왔어요. 하지만 독한 술 종류는 던즐리 슈퍼마켓의 조에게 예약을 하곤 했어요. 그는 파멜라가 뭘 좋아하는지 잘 알고서 늘 그녀를 위해서 술을 준비해 두곤 했죠.” 코니는 어깨를 으쓱하였다. “아마, 그녀가 이번에는 마티니 등을 갖고 왔나 봐요.”

“술은 오랫동안 보관할 수 있어요.” 아이린이 말했다. “파멜라가 지난번에 여기 올 때, 몇 병을 집에 남겨두었을지도 모르죠.”

“아니에요.” 코니가 확실하다는 듯이 말했다. “파멜라는 집에 술을 절대로 남겨두지 않아요. 마을 사람들도 그건 잘 알아요. 그녀는 늘 술을 집에 남겨 두면, 마을의 10대 애들이 집으로 몰래 들어와서 훔쳐가도록 유인하게 된다고 말했어요. 마을 아이들이 술에 취해서 레이크프론트 도로를 자동차를 몰고 달리다가 호수로 빠지는 사고를 일으키는데 원인 제공을 하고 싶지 않다고 했어요. 그러면 상원의원의 이미지에도 좋지 않다고도 했어요.”

“이번에는 아주머니가 그녀를 위해서 얼마만큼의 음식을 샀나요?” 아이린이 물었다.

“뭐라구요?” 코니는 양손으로 행주를 힘껏 비틀었다. “이삼일 먹을 정도의 분량이겠죠, 아마? 아니면, 한 일주일치?”

　“아, 음식이요…” 행주를 쥐어짜는 코니의 양손의 힘이 약해졌다. “이제 생각해보니까, 그건 좀 이상했어요. 파멜라가 내게 전화를 해서, 충분한 우유와 시리얼 그리고 샐러드 만들 야채 등을 준비하라고 했어요. 그것도 한 일주일치를요.”

　“그게 왜 이상해요?”

　“그녀는 늘 주말에 여기를 왔는데, 오래 있어봐야 사흘 정도 머물다가 갔거든요. 그녀가 언제 일주일 내내 이곳에 머물렀던 적이 있었는지 기억이 안 나네요. 그리고 또, 혼자서 온다는 것도요. 그녀는 늘 남자와 함께 마을로 왔거든요.”

　“항상 그랬어요?” 아이린이 조심스럽게 물었다.

　코니는 얼굴을 찡그렸다. “파멜라가 십대 때 어떻게 행동했는지 잘 알잖아요. 꿀단지에 벌이 모이듯이, 언제나 많은 남자애들과 함께 어울려 다녔잖아요.”

　“맞아요.”

　“글쎄요, 세상에는 절대로 변하지 않는 것이 있죠. 요즘도 그녀 주변엔 언제나 남자가 끊이지 않았어요.”

　아이린은 핑크와 하얀 색으로 장식된 파멜라의 침실에 대해 생각해 보았다. “그 사람들은 어디서 잤나요?”

　코니는 당황한 듯한 표정을 지었다. “물론, 그 집에서죠.

달리 어디서 자겠어요?”

“그러니까, 그 집의 어느 침실에서 잤냐는 거죠.”

“파멜라는 테라스가 있고 호수를 내려다 볼 수 있어서, 언제나 주인 침실에서 잠을 잤어요. 그녀의 손님들은 여분의 침실을 사용했구요. 이층에 하나 있고, 아래층에 하나 있죠.”

“파멜라가 자기의 옛날 침실에 손님을 묵게 하진 않았죠? 어릴 때 사용했던 그 침실 말이에요.”

“물론이죠.” 코니가 대답했다. “파멜라는 절대로 다른 사람이 그 방을 쓰게 하지 않았어요.”

“왜 그러는지 이유를 말해주던가요?” 아이린이 물었다.

“아뇨,” 코니는 잠시 주저했다. “사실, 파멜라는 그 방에 대해선 좀 이상했어요. 그 방을 그대로 유지해야 한다고 분명히 말했거든요. 가구를 옮기거나 뭐 그런 일도 하지 못하게 했어요. 그 방에 대해서 약간 감상적이었던가 뭐 그랬던 것 같아요.”

“고마워요, 코니 아주머니.” 아이린이 뒤로 물러섰다. “오랜 시간 제 질문에 친절하게 대답해 주셔서 정말 감사드려요.”

“이게 전부예요? 아이린 양이 알고 싶어했던 게?” 코니의 표정이 약간 밝아졌다.

“예.”

“그럼, 이제 아이린 양의 아버지께 진 빚은 다 갚은 셈인 가요?”

“예,” 아이린이 말했다. “충분히 보답하셨어요.”

“이렇게 해서 내가 진 신세를 다 갚게 되었다니 다행이네 요.” 코니가 중얼거렸다. 그녀는 현관문을 닫기 시작했다. 그러나 마지막 순간에 그녀는 동작을 멈추고서 문틈 새로 아이린을 쳐다보았다. 그녀는 목소리를 낮추고 말했다. “조 심해요, 알겠죠? 아이린 양이 마을 사람들에게 파멜라에 대 해서 이것저것 물어보고 다니는 것을 달가워하지 않는 사람 들이 있어요.”

“좀더 구체적으로 말씀해 주시지는 않으실 거죠?” 아이린 이 말했다.

“난 언제나 아이린 양을 좋아했어요. 마을 사람들이 아이 린 양이 그 스트레스 장앤가 뭔가를 앓고 있다고 말하는 것 을 듣고 정말 안타까웠어요. 또 아이린 양의 아버지가 내 아 들을 위해 해준 일에 대해서 진심으로 고맙게 생각해요. 웨 인은 그 이후 열심히 공부했어요. 얼마 전에 결혼도 하고 예 쁜 가정도 꾸렸어요.”

“정말 잘 됐군요, 코니 아주머니.”

"방금도 말했지만 아이린의 가족에게 정말 감사하게 생각해요. 하지만 부탁인데요, 더 이상 여기 찾아오지 말았으면 좋겠어요."

현관문은 우울한 작별을 고하며 굳게 닫혔다.

아이린은 루크와 나란히 SUV를 향해 걸어갔다. 자동차 안으로 들어갈 때까지 아무도 입을 열지 않았다.

아이린은 숄더백에서 수첩을 꺼냈다. "좋아요. 이제 우리가 알아낸 것을 정리해보죠. 파멜라는 일주일치의 음식을 주문했지만, 술은 주문하지 않았어요. 하지만 그녀는 마티니와 약물 과용으로 사망한 걸로 추정되고 있죠."

루크는 SUV의 기어를 작동시켜서, 코니 왓슨의 작은 집을 떠나 좁은 도로를 달렸다.

"그녀가 주문한 음식의 양으로 봐서는 자살할 생각이 전혀 없었다고 추정할 수 있어요," 그가 동의했다. "하지만 그렇다고 해서, 그녀가 우연히 약물과용으로 사고를 당했을 가능성도 배제할 수는 없어요."

"알아요." 아이린은 펜 끝으로 수첩을 톡톡 두드렸다. "가장 의심스러운 건 술이에요. 맞아요, 어쩌면 이번에는 그녀가 술을 갖고 왔을지도 모르죠. 하지만 코니에게 늘 술과 다른 물건들을 준비하도록 시켰다면 오랫동안 해오던 그 습관을 왜 바꿨을까요?”

“좋은 질문이에요.” 루크가 인정했다. “난 그 남자에 대해서 생각해 보았어요.”

“어떤 남자요?”

“파멜라에게는 주변에 언제나 남자가 있었다고 코니가 말했잖아요?”

“하지만 이번에는 혼자 왔다고 했죠.” 아이린이 천천히 말했다.

“그러니까, 적어도 코니가 모르는 사람이라는 거죠.”

아이린은 그런 시각으로 문제를 다시 생각해 보았다. “옛날에 파멜라는 남자들을 악세사리로 생각했어요. 그녀는 놀러 나가거나 파티를 하고 싶을 때면, 언제나 손쉽게 데리고 나갈 수 있는 남자들이 한두 사람 있었어요. 그런 점에서 코니가 아무 것도 변한 게 없다, 라고 말했다면 파멜라가 죽는 시점 어딘가에 남자가 그녀 가까이에 있었다는 말이 되겠죠.”

“그 남자를 찾을 수 있다면, 죽기 직전에 파멜라가 무슨 생각을 하고 있었는지를 알 수 있겠군요.”

아이린이 미소를 지었다. “당신의 추리가 마음에 들어요, 대너.”

"허, 참, 고마워요. 내 머리가 좋다는 것을 사람들한테 인정받기를 늘 원했죠." 루크가 아이린을 힐끗 쳐다보면서 물었다. "아이린 양의 아버님이 코니의 아들에게 어떤 은혜를 베풀었는데요?"

아이린은 햇살과 그림자가 호수 위를 춤추듯이 드리워지는 것을 바라보았다. "웨인 왓슨은 고등학교를 졸업한 직후 법을 어기는 말썽을 부렸어요. 결국 그 때문에 복역을 하게 되었고 그가 석방되자 아무도 그에게 일자리를 주려고 하지 않았어요. 아빠는 커비빌의 건축업자에게 그를 고용하도록 설득했어요. 말을 들으니 일이 잘 됐던 것 같군요."

19

ALL NIGHT LONG

정기적인 오일 교환과 윤활유 점검을 위해서 처음으로 카펜터 씨의 자동차 정비소에 SUV를 가져갔을 때, 루크는 그곳이 마음에 들었다. 박물관이나 미술전시장같이 아주 깨끗한 곳에서 일하는 것을 좋아하는 사람이 있다는 것도 그는 알게 되었다. 그는 자동차 정비소같이 효율적이고 기능적이며 잘 정리된 작업 시설을 좋아했다. 필 카펜터 씨는 청결과 질서와 정밀함의 중요성을 잘 알고 있는 사람이었다.

루크는 정비소 입구에서 걸음을 멈추고, 전등불이 사방에 켜져 있고 사방이 반짝반짝 윤이 나는 작업장을 잠시 둘러보았다. 콘크리트 바닥은 사람이 먹어치워도 될 정도로 청결했다. 사용하지 않는 공구와 기계들은 적당한 장소에 치워져 있었다. 스테인리스 스틸은 은처럼 빛이 났다. 위로 올려진 트럭 아래에서 정비소의 로고가 새겨진 깨끗한 유니폼을 입은 두 종업원이 일을 하고 있었다. 루크가 몇 번 가본 바로는 그 종업원들의 휴게실도 역시 깨끗하고 반짝거렸다. 그곳에는 언제나 비누와 종이타월이 비치되어 있었다.

루크는 정비소 끝에 있는 사무실을 향해서 걸어갔다.

마르고 눈이 움푹 들어간 수척한 모습의 한 남자가 대걸레로 청소를 하다가 루크가 지나가자 고개를 끄덕여 인사를 했다.

루크도 인사를 했다.

"요즘 어떻게 지내세요, 터커 씨?"

"그럭저럭 잘 지내요, 대너 씨."

터커 밀스의 매서운 눈초리와 지친 표정으로는 그의 나이를 짐작하기가 쉽지 않았다. 그는 아마 30살에서 60살 그 사이의 나이쯤 되어 보였다. 그의 가늘고 긴 머리카락은 숱이 적었고 흰머리가 섞여 있었다. 그는 임시직으로 때로는 시의 쓰레기하치장에서 골라낸 폐품을 팔아서 근근이 생계를 이어나가는, 말하자면 이 던즐리 시에서도 사회적으로 거의 밑바닥 계층이었다. 루크는 산장의 골치 아픈 유지관리와 주변의 초목을 베어내는 일 등에 관한 한 그의 역할이 매우 귀중하다는 것을 깨달았다.

터커는 대걸레를 작업대 밑에 집어넣으려고 애썼다. 그는 사람들과 친밀한 교제나 대화를 거의 하지 않았다. 그를 고용하고 싶으면 정중한 용어로 짤막하게 그에게 부탁을 한 다음, 수고비를 지불할 때까지는 그를 혼자 내버려두는 것이 관례처럼 마을사람들 사이에 알려져 있었다. 터커는 보수로 수표나 신용카드를 받지 않았다. 루크가 알고 있는 바로는 그는 은행이나 국세청과 어떤 공식적인 거래도 하지 않았다. 그는 오직 현금이나 물건만을 수고비로 받았다.

루크는 조금 더 걸어가서 사무실에 닿았다. 필 카펜터는 책상에 앉아서 두꺼운 카달로그를 꼼꼼하게 페이지를 넘겨가면서 읽고 있었다. 빡빡 깎은 그의 머리가 눈부신 형광등 불빛에 태양처럼 반짝거렸다.

필은 마치 벽돌같이 생겼지만, 의족을 단 사람치고는 놀라우리만치 아주 민첩하고 재빠른 동작으로 움직였다. 필의 깨끗한 새 유니폼의 긴소매 아래의 팔뚝에는 지구와 닻 모양의 문신이 새겨져 있음을 루크는 알고 있었다. 그는 지뢰 폭발로 왼쪽 다리를 잃었다. 내 전쟁 외에 또 다른 전쟁이 있었군… 루크가 생각했다. 코니 왓슨이 조금 전에 통찰력

있게 말했듯이, 세상에는 절대로 변하지 않는 것이 있다.

"대너 씨." 필이 카탈로그를 덮고 의자에 등을 기대면서 흥미롭고 호기심에 찬 표정으로 쳐다보았다. 그는 다른 의자를 가리켰다. "앉으세요. 대너 씨가 찾아오다니 뜻밖이군요. 내가 듣기로는 대너 씨가 요즘 아주 바쁘다고 하던데요."

"솔직히 심심할 만큼 한가하지는 않았어요." 루크가 의자에 앉았다. "정비소 일은 잘 돼가나요?"

"나쁘진 않죠. 모텔사업은 어떠세요?"

"오늘 아침에 내가 아이린 양에게 말했듯이, 성가신 숙박객들과 상대하지만 않는다면 꽤 해볼 만한 사업이죠."

필은 생각에 잠긴 표정으로 눈을 가늘게 뜨고 말했다. "대너 씨가 서비스업 분야 사업에 적성이 맞지 않는다고 생각해 본 적은 없나요?"

"그렇잖아도 사람들이 요즘 그런 질문을 많이 하더군요."

"그렇다면 더 이상 그런 질문은 하지 않겠어요." 필은 커피가 가득 담긴 유리주전자에서 긁힌 자국 하나 없이 깨끗한 하얀 색의 머그잔에 커피를 따랐다. 그는 루크 앞에 놓인 작은 냅킨 위에 그 머그잔을 내려놓았다. "어떤 특별한 용무가 있어서 찾아오신 것 같은데요?"

"뭐 좀 알아볼게 있어서요. 그걸 알아보는데 이 마을에서 여기가 제일 적당한 장소일 것 같았어요."

"그건 사실이죠." 필은 의자에 등을 기대고 양손으로 머리 뒤에서 깍지를 꼈다. "카펜터 자동차정비소는 이 세상의 정통 연결고리라고 할 수 있죠." 그는 눈썹을 치켜 올렸다. "그 알아볼 일이라는 것이 대너 씨의 새 여자 친구와 관계있는 일인가요?"

루크는 그 말에 대해서 잠시 생각해 보았다. "마을 사람들이 아이린을 그렇게 부르던가요? 나의 새 여자 친구라고요?"

"그래요. 지각 있는 사람들은 그녀를 그렇게 부르죠. 그리고 대너 씨가 5개월 전부터 이곳 던즐리에서 살아오면서 그동안 여자 친구가 없었다는 사실 때문에 아이린 양에게 더 큰 관심을 갖게 되었죠."

"그래요?"

"그동안 대너 씨가 여자에 관심이 없는 사람이라는 추측이 조금씩 나오기 시작했거든요."

"허 참," 루크는 커피를 맛보았다. 카펜터 자동차정비소의 커피는 언제나 맛이 있었다.

"이제 그런 근거 없는 추측은 사라지고, 대너 씨와 아이린

양이 즐기는 이상한 데이트에 대해서 좀더 자세한 이야기가
오가고 있어요."

　"이상한 데이트요?"

　"믿기지 않겠지만 이 마을에서는 밤에 함께 시체를 발견
한다든지, 집에 화재가 나서 거의 불에 탈 뻔한 일들이 솔직
히 드문 일이기 때문이죠. 여기서는 결혼생활을 하지 않는
커플들은 일반적으로 보다 전통적인 방식으로 데이트를 즐
기죠. 예를 들어서, 자동차 뒷좌석에서의 섹스라든가 뭐 그
런 거죠."

　"알겠어요. 귀띔해 줘서 고마워요. 이제부터는 좀더 정상
적이고 전통적으로 보이도록 노력해 보죠."

　필은 어깨를 으쓱하였다. "때로는 정상이라는 말이 우리
같은 남자들에게는 안 어울리는 말이죠."

　"바로 그거예요." 루크는 빤질빤질하게 윤이 나는 책상
위에 동그란 커피 자국이 남지 않도록 머그잔을 작은 종이
냅킨 위에 내려놓았다. "그런데 필 씨의 단골 중에서 누구든
지 아이린을 두고 무례한 말을 하는 사람이 있으면 내가 심
각하게 화를 낼 것이라고 귀띔해 주세요."

　필은 노련한 동작으로 고개를 끄덕였다. "알았수다." 그
는 커피를 한 모금 마신 뒤 머그잔을 내려놓았다. "그런데

무슨 일을 알아보려고 하죠?”

“아이린은 고등학교 시절 파멜라 웹과 친했어요.”

“두 사람은 여름 한때 친하게 지냈죠. 내가 기억하기로는 그게 다였던 것 같은데…” 필이 말했다. “아이린 양의 부모가 죽은 그해 여름이었죠.”

“아이린과 파멜라는 그 여름 이후 서로 만나지도 않았고 말도 하지 않았어요. 그런데 어쩐 영문인지 며칠 전에 파멜라가 이곳 던즐리에서 만나자는 이메일을 아이린에게 보냈어요. 어떤 중요한 일에 대해서 할 말이 있다고 했다더군요. 두 사람이 어린시절에 만들었던 암호까지 사용하면서요. 어쨌든 이런 사실을 종합해 보면서 아이린은 파멜라의 죽음이 자살이나 사고사가 아닐지도 모른다고 생각하고 있어요.”

“아이린에 대한 이야기는 들었어요.” 필이 말했다. “대너 씨의 생각은 어때요?”

“간밤에 어떤 사람이 웹 씨의 집에 방화하는 것을 본 뒤에 아이린의 생각이 옳다는 것을 깨달았죠.”

“샘 맥퍼슨 서장은 그 방화는 커비빌의 부랑자의 소행으로 추정하고 있어요. 그곳에 악명 높은 도둑과 악당들의 소굴이 있거든요.”

“동기는요?”

필은 머리 뒤에서 깍지 낀 손을 풀고 활짝 벌렸다. "그 점이 방화 범죄의 핵심이죠, 그렇지 않나요? 방화범들은 미치광이에요. 그들에게는 아무런 동기가 없다는 건 누구나 다 아는 사실이잖아요."

"동기가 있다 해도, 허구일 뿐이죠."

필은 조심스러운 표정으로 물었다. "그 자를 봤나요?"

루크는 고개를 흔들었다. "그림자밖에 보지 못했어요. 그 집에 불이 붙기 전에 아이린을 테라스에서 탈출시키려고 정신이 없었거든요. 내가 아는 건, 그 자가 보트를 타고 달아났다는 것뿐이에요." 그의 입이 일그러졌다. "그 자가 자동차를 타고 왔을 것이라고 내가 생각했기 때문에 더 쉽게 빠져나갈 수 있었을 거예요. 내가 그 자를 잡으려고 도로 쪽으로 달려가는 동안 그 자는 반대쪽으로 달려가서 호수로 간 거죠."

"너무 자책하지 말아요. 그런 상황에서라면 누구나 그런 생각을 할 수밖에 없었을 테니까요."

"내가 일을 망쳐버린 거죠."

"살다보면 때때로 그런 일도 일어나곤 하죠."

루크는 다리를 쭉 폈다. "내가 여기 온 것은 혹시 파멜라의 최근의 남자친구에 대해서 들은 바가 있는지 알아보러 온 거예요."

"파멜라의 최근 남자친구라?…"

"그동안 그녀는 이 던즐리 마을에 혼자 온 적은 없었다고 하더군요."

"그건 그래요." 필이 잠시 말을 멈추며 얼굴을 찌푸렸다. "하지만 이번에는 그녀의 오랜 습관을 깨뜨린 것 같은데… 그녀가 이번에 멋진 남자 친구와 함께 왔는지에 대해서는 들은 바가 없어요."

"그 비슷한 이야기라도 얼핏 들은 적이 없어요?"

"파멜라가 이 마을에 오면 늘 이런 저런 소문이 돌곤 하죠. 그녀는 웹 씨 가문의 일원이니까요. 웹 씨 가문의 사람들의 행동은 언제나 이 마을에서 모든 사람들의 관심거리가 되죠."

"그녀가 이번에 남자 친구를 데리고 오지 않은 이유가 이 마을에서 누군가가 기다리고 있기 때문일 가능성은 없을까요?"

필은 코웃음을 쳤다. "내가 파멜라에 대해서 알고 있는 바로는 그녀의 고상하고 세련된 취향을 만족시켜 줄만한 남자가 이곳 던즐리에는 없다고 생각해도 무방하죠. 물론 우리 두 사람은 제외하고서죠."

"당연하죠."

"하지만 고상하고 세련된 우리 두 사람 모두 파멜라와 데이트를 하지 않았다는 사실로 미루어봐서 그녀가 이곳의 어떤 다른 남자를 만나고 있었다고는 추정되지 않는군요. 장담하건대, 만약 그녀가 이 마을의 남자와 데이트하고 있었다면 아마 소문이 번갯불처럼 빠르게 번졌을 거예요."

"나도 그런 생각을 했어요."

"또 한 가지," 필은 침착하게 말했다. "자신의 가문의 배경을 믿고 이 마을을 손아귀에 넣고 마음대로 주무르는 웹 상원의원을 대너 씨와 아이린 양이 상대하고 있다는 거죠."

"나도 그런 생각이 들 때가 많았죠."

"하지만 이 마을 사람들 전부가 그의 손아귀에 놀아나지는 않는다는 점을 지적하고 싶어요." 필이 조용히 덧붙였다.

"대너 씨를 도와줄 사람이 필요할 거요. 언제든지 전화해요."

루크는 일어섰다. "고맙소."

"*항상 충실한*, 친구.*"

"*항상 충실한.*"

---

* 미국 해병대의 표어

20

시내에서 사분의 일마일쯤 벗어났을 때, 샘 맥퍼슨 서장의 순찰차가 빠르게 뒤쫓아 오는 것이 SUV 백미러에 나타났다. 그리 놀라운 우연의 일치는 아니야… 루크는 생각했다. 맥퍼슨 서장이 성가시게도 헤드라이트 불빛을 그에게 여러 번 깜빡이자, 루크는 도로 옆으로 자동차를 몰고 가서 멈추었다.

그는 백미러를 주시하면서 맥퍼슨 서장이 다가오는 것을 지켜보았다. 백미러를 통해서 보이는 물체는 실제보다는 작게 보이는 법이지… 그는 마음속으로 생각했다. 그러나 그렇다고 해서 그 작은 물체가 말썽을 일으키지 않는다는 뜻은 아니었다.

맥퍼슨 서장이 운전석 차창으로 가까이 다가왔을 때, 루크는 창문을 내렸다.

"과속으로 걸릴 일은 하지 않았다고 생각하는데요." 그가 말했다.

샘은 한 손을 SUV의 측면에 갖다 대었다. "대너 씨가 정비소에서 나오는 걸 봤죠. 그래서 단 둘이 이야기할 수 있는 기회라고 생각했어요."

"그러니까, 아이린 없이 말이죠?"

샘은 무겁게 한 숨을 내쉬었다. "대너 씨는 이 마을로 이사온지 얼마 안됐죠. 그래서 아이린 스텐슨 양의 배경에 대해서 좀 알려주는 게 좋을 것 같다는 생각이 들어서…"

"예를 들면요?"

"그녀는 언제나 조용한 여자아이였어요. 수줍어해서가 아니고 항상 심각한 표정으로 남자아이들보다는 책에 더 관심이 많았어요. 그녀는 행동거지도 늘 단정해서 한 번도 말썽을 일으킨 적이 없었어요."

"파멜라와는 달랐다는 뜻인가요? 그게 서장님이 말하고 싶은 거죠?"

"오해하지 말고 들어요. 난 파멜라를 좋아했어요. 그녀가 그렇게 되어서 정말 안타깝게 느끼고 있어요. 파멜라는 10대가 되자 행동이 문란해졌어요. 그녀가 겨우 다섯 살 때 엄마가 죽고, 그녀의 아버지는 선거운동으로 너무 바빠서 딸에게 관심을 기울이지 않았어요. 파멜라는 분명히 그 때문에 문제가 많았어요. 그래서 스텐슨 씨 부부가 그 해 여름 왜 아이린이 파멜라와 어울리는 것을 허락했는지 난 이해하지 못했어요. 말하자면 아이린이 나쁜 영향을 받을 텐데도 말이죠…"

"요점이 뭐죠, 샘 서장님?"

"그래요. 내가 말하고 싶은 것은 아이린 양이 결코 비행 소녀가 아니었다는 거죠. 그녀는 틈만 나면 도서관에서 시간을 보내는 모범생이었어요. 그녀는 분명히 그녀의 아버지가 미쳐서 그 짓을 저지른 그날 밤 이후, 정신적으로 충격을 받았을 거예요. 누구든지 그런 일을 겪고 나면 완전히 정상으로 회복되는 건 불가능한 법이죠. 더구나 아이린 양처럼 순진하고 얌전하고 착한 소녀에게는 그런 일이 더욱 견디기 힘들죠."

"그녀가 심리적으로 문제를 가지고 있다고 말하고 싶은 거예요?"

"아이린 양처럼 열다섯 살 때 그런 일을 겪은 사람이라면 누구나 그런 문제를 갖고 있죠. 그날 밤 내가 제일 먼저 현장에 달려갔어요." 샘은 호수를 향해서 시선을 돌렸다. "그날 밤 내가 그 집 부엌에 들어가 보니, 그녀는 공포에 질린 그 큰 눈으로 나를 바라보면서 방 한가운데에 서 있었어요. 그 가엾은 어린애가 부모에게 인공호흡을 하려고 했던 것 같아요. 하지만 소용없었죠. 두 사람은 모두 그 자리에서 즉사했었어요."

"그녀의 엄마는 어디에 총을 맞았나요?"

"머리와 가슴에요." 샘의 턱이 몇 번 떨렸다. "마치 처형된 사람처럼 보였어요. 무슨 말인지 알죠?"

"그녀의 아버지는요?"

"부인을 그렇게 살해한 후, 그는 총을 자신의 머리에 겨누었어요."

"옆머리에요?"

"그래요, 그런 것 같았어요."

루크는 그 점에 대해서 잠시 생각해 보았다. "스텐슨 씨가 총을 입에 물지 않았던가요?"

샘이 얼굴을 돌려서 루크를 쳐다보았다. "뭐라구요?"

"총기류에 대해서 잘 알고 있는 사람들이 총으로 자살하기로 마음먹었을 때는 대부분 총신을 입에 집어넣죠. 그렇게 해야 실수하는 일없이 깨끗하게 일이 끝나게 되니까요.”

샘은 손을 SUV에서 떼고 똑바로 섰다. “그 망할 진실을 알고 싶어요? 지금은 기억도 가물가물하지만 그때 난 겨우 스물 세 살이었어요. 난 정말 떨렸어요. 그런 장면을 보게 된 것도 난생 처음이었구요. 밥 손힐 씨가 도착하고 아이린을 순찰차에 태우고 난 뒤에, 난 나무들 사이로 뛰어가서 마구 토해냈어요.”

“누가 그 사건의 보고서를 작성해서 상부에 보고했나요?”

샘은 극도로 침착해졌다. “밥 손힐 씨였죠. 그가 직속상관이었으니까요. 그 후, 그가 한동안 서장 직을 맡았어요.”

“그에게 무슨 일이 있었나요?”

“그는 6개월 후에 죽었어요. 그의 부인이 죽은 직후에요. 그는 자동차를 타고 가다가 심장마비를 일으켜서 호수로 뛰어 들었어요.”

“그래서 서장님이 갑자기 덕즐리 시의 새 서장이 되었군요.”

“내가 덕즐리 경찰서에 남아 있던 유일한 경관이었으니까요.”

“스텐슨 서장 사건에 대한 기록을 읽어보고 싶은데요.”

샘의 입이 굳어졌다. “그건 불가능해요.”

"정보공개법을 거부했다고 고소당하고 싶으세요?"

샘이 깊게 한숨을 내쉬었다. "대너 씨에게 그것을 보여 줄 수가 없어요. 그 기록이 하나도 남아 있지 않거든요."

"도대체, 어떻게 된 일이에요?"

샘의 얼굴이 상기되었다. "그 망할 놈의 기록은 다른 많은 서류들과 함께 부서에서 일하던 임시직 서기에 의해 우연히 소실되었어요."

"젠장."

"사실이에요. 빌어먹을… 손튼 씨가 서장 직을 인수받고 난 뒤에 제일 먼저 그 보고서를 완성하기 위해서 몇 달 동안 임시적으로 사람을 고용했어요. 그 여자가 모든 것을 망쳐 버렸죠. 알겠어요? 그런 일이 종종 일어나긴 하죠."

루크는 조용히 휘파람을 불었다. "아이린이 그 사건을 설명하기 위해서 음모론을 생각해 냈던 것도 무리는 아니었군. 그녀는 그것을 뒷받침할 논거를 많이 가지고 있더군요. 그렇지 않아요? 그 사건에 대한 기록이 없다구? 아이린의 아버지 뒤를 이어서 서장이 된 사람도 우연히 6개월 뒤에 잇따라 죽고…"

"밥 손힐 씨를 그 사건에 끌어들이지 말아요. 그는 좋은 사람이었어요. 재수가 없었던 것일 뿐이지. 그는 일 년 동안 암으로 죽은 부인을 돌봤는데, 가엾게도 심장마비를 일으켜서 호수에 빠져 죽었어요.”

“정말 우연한 일이군요, 그렇죠?”

“자, 대너 씨.” 샘은 부드러운 어조로 말했다. “아이린 양의 이상한 음모론을 부추겨서 그녀를 선동하지 말아요. 전투가 끝난 후에 군인들이 가끔씩 겪는다는 그 심리적 외상 같은 병을 그녀가 의사로부터 진단받았다는 소문이 있어요.”

“어디서 그런 소리를 들었어요?”

“그건, 이곳에서는 공공연한 비밀인데요.” 샘이 말했다. “그러니까 내 말은 그녀의 환상을 부추겨서 그녀가 이상한 행동을 하도록 선동하지 말라는 거예요.”

“그게 무슨 뜻이죠?”

샘은 주저하면서 말했다. “웹 상원의원에게 화재에 대해서 알려 주었더니, 그가 제일 먼저 물은 말이 아이린 양이 그 집에 방화를 했냐고 하더군요.”

이거 심각한데… 루크는 생각했다.

“그래서 물론 아니라고 했겠죠? 그렇죠?” 그는 차갑게 물었다.

“현재로서는 그녀를 의심할 만한 것을 발견하지 못했다

고 했어요. 하지만 우리끼리 얘기입니다만, 아이린 양이 파멜라의 시체를 발견한 뒤에 그 집에 불을 질렀다고 웹 씨는 생각하고 있어요. 말하자면 일종의 망상적인 집착 때문에 그녀가 방화를 했다고 생각하는 거죠.”

“아이린이 그날 밤 일어났던 일에 대해서 이야기할 때, 내가 그녀의 말을 뒷받침 해주었잖아요.”

“대너 씨도 현장에 그녀와 함께 있었다는 것과, 또 대너 씨가 한 말도 그대로 상원의원에게 말했어요.” 샘이 말했다. “사실은 대부분의 마을 사람들과 마찬가지로 웹 씨도 대너 씨가 아이린 양과 깊은 관계에 있다고 생각하고 있어요. 그래서 그의 생각으로는 대너 씨가 신뢰할 만한 증인이 될 수 없다는 거죠. 그는 또, 대너 씨가 이 마을에 이사온지 얼마 되지 않았다는 사실도 지적했어요. 대너 씨를 잘 아는 사람이 거의 없다는 거죠.”

“그래서 상원의원은 불타버린 집에 대해서 어떻게 할 셈이던가요?”

샘의 표정이 굳어졌다. “그는 딸의 일을 묻어버리기로 했어요. 더 이상의 문제를 일으키고 싶지 않아 하더군요. 그냥 이 모든 일을 조용히 덮어두기를 원해요.”

“보아하니 그가 그렇게 되도록 서장을 이용하고 있는 것 같군요.” 루크가 말했다.

샘의 얼굴이 분노로 붉어지면서 어두워졌다. “대체, 무슨 말을 하고 있소, 대너 씨?”

“웹 상원의원을 위해서 이 일을 덮어두는 것이 서장의 임무가 아니라는 말이죠.”

루크는 SUV의 기어를 넣고 산장으로 이어지는 도로를 따라 달리기 시작했다.

21

　그들은 레드와인의 향긋한 냄새가 풍기는 서늘하고 어두운 지하 발효저장실에서 만났다. 캘리포니아에 있는 대부분의 대규모 와인 제조업소들은 적포도주를 강철로 만든 현대적인 시설의 발효탱크에 보관하지만 엘레나 크릭 포도원에서는 설립초기부터 쭉 오크통을 사용해 왔다. 유럽에서 수입된 목재는 카베르네 소비뇽 포도뿐만 아니라, 지하 저장실 자체에도 독특한 풍미를 더해 주었다.

　제이슨은 동굴 같은 저장실로 들어올 때면, 늘 그러듯이 숨을 깊게 들이마셨다. 그는 그곳을 아주 사랑했다. 그는 커다란 통에서 마술 같은 발효과정이 진행되면서 풍기는 독특한 향내 등 그곳의 모든 것을 음미했다.

"그가 우울증에 빠져 있진 않았어?" 캐티가 조바심이 나서 물었다.

"우리 지금, 루크 형에 대해서 이야기하고 있잖아?" 제이슨이 그녀에게 말했다. "형이 우울증에 빠져 있다면 그렇게 분명히 말하지는 않았을 거야. 큰형만큼 자신의 감정을 숨기지 못하는 사람도 없을 거야. 전혀 아니야. 형은 절대로 우울해 하지 않았어. 오히려 벤타나 호수에서 정말 즐거운 시간을 보내며 잘 살고 있다고 해야겠지."

캐티의 눈이 커졌다. "즐거운 시간?"

제이슨이 미소를 지었다. "응."

해케트는 팔짱을 끼고서 발효탱크 벽에 어깨를 기댔다. "어떻게 루크 형이 즐거운 시간을 보낼 수가 있지? 형이 시체를 발견하고, 집의 화재로 거의 불에 탈 뻔했다고 말했잖아?"

"그건 그러니까, 저, 루크 형을 잘 알잖아." 제이슨이 말했다. "형이 좀 변덕이 심하잖아. 이상한데서 재미를 느낀다든지 해서…"

"아니면, 다른 일이 생긴 거겠지." 해케트는 지쳤다는 듯이 말했다. "젠장, 노친네가 이 일을 알면 마음에 안 들어 하

266

실 거야. 엄마도 마찬가지구…”

“우리 아빠도 마찬가지일걸…” 캐티가 말했다. 그녀는 관자놀이를 쓰다듬었다. “모두들 루크를 걱정하고 계시니까…”

“형이 그 다 쓰러져가는 산장에서 날마다 싸구려 와인에 잔뜩 취해서 호수를 멍하니 바라보고 앉아 있다는 소리를 듣는 것보다는 낫겠다고 생각했는데…” 제이슨이 일리가 있음을 납득시키려고 하면서 말했다. “게다가 새 여자 친구도 생겼어. 그 소식은 모든 사람들을 안심시킬 수 있겠지.”

캐티가 갑자기 깊은 관심을 보이면서 그를 바라보았다. “그 두 사람이 깊은 관계인 것 같았어?”

해케트 역시 제이슨을 유심히 바라보았다.

“그런 거야?” 해케트가 물었다.

“아직은 잘 몰라.” 제이슨은 인정했다. “아이린은 겨우 며칠 전에 산장에 왔거든. 이상하게도 그녀가 온 첫날밤에 그녀는 형과 함께 시체를 발견하는 둥… 해서 정신없었지. 두 번째 날에는 방화사건이 있었지. 그 산장에서 이상한 일들이 정신없이 일어나고 있는 것 같아…”

“그 소리를 들으니까, 루크가 받는 스트레스가 극심할 것 같군.” 캐티가 한숨을 쉬었다. “그런데 말이야… 밴 다이크

박사가 루크는 지나친 스트레스를 피해야 한다고 말했잖
아.”

“난 그저 아이린과 형이 사랑을 속삭일 시간이나 기회가
많지 않았던 것 같다는 점을 말하고 싶었을 뿐이야.” 제이슨
이 설명을 하였다. “하지만 두 사람 사이에 뭔가가 있는 건
분명한 사실이야. 난 확신해. 그 두 사람이 방에 함께 있으
면 뭔가가 지글지글 타오르는 소리까지 들릴 정도라니까…”

해케트와 캐티는 아주 의심스러워하는 표정으로 그를 바
라보았다.

“문제는,” 해케트가 말했다. “그 지글거리며 타오르는 소
리가 발화점에 도달하기도 전에 식어버릴 수도 있다는 거
지.”

“좋아, 루크 형이 6개월 전에 작은 문제가 있었다는 사실
을 우리 모두 알고 있지.” 제이슨이 말했다. “하지만 이제 형
을 너무 걱정하지 않아도 되겠다는 느낌을 받았어.”

해케트의 턱이 굳어졌다. 그는 캐티를 힐끗 쳐다 본 후 얼
른 시선을 돌렸다 “형은 그런 문제를 누구에게도 잘 말하지
않는 스타일이야.”

“그건, 병적인 문제야.” 캐티가 단호하게 말했다. “의사와
상담해 봐야 돼.”

제이슨은 두 손을 벌렸다. "가족들이 모두 이해하지 못하는 것은 루크 형이 예전과는 약간 달라졌다는 것이야."

캐티와 해케트는 다시 의미있는 시선을 주고받았다. 그들은 이번에는 약간 눈을 굴렸다.

이 두 사람은 도대체 어떻게 된 걸까?… 제이슨은 궁금해졌다. 때때로 그들은 텔레파시로 서로 의사소통을 하는 것 같았다. 요즈음 그들은 마치 심술궂은 고양이들처럼 서로 아옹다옹하고 있었다. 그들은 때로는 함께 즐겁게 웃음을 터뜨리다가, 어느 순간에는 가슴 두근거리는 연인처럼 토라져서 짜증을 내는 것은 흔한 일이었다. 그들은 고풍스러운 방을 개조하려는 계획에서부터 적포도주의 새 상표 디자인에까지 모든 일에서 서로 다투었다.

예전에 그들이 어릴 때에는 그렇지 않았지… 제이슨은 생각했다. 캐티와 해케트는 영원히 친한 친구였다. 캐티의 데이트 상대가 그녀를 버렸을 때, 해케트는 고등학교 졸업 댄스파티에 그녀를 데리고 갔다. 또, 해케트의 대학교 여자 친구가 룸메이트의 말에 따라 그를 버렸을 때, 캐티는 그를 위로해 주었다. 두 사람 사이에는 공통점이 많았다. 그들은 오페라를 보러 함께 샌프란시스코로 가기도 하고 새 레스토랑을 답사하기도 하고 경쟁사의 와인을 시음해 보는 것을 즐졌다.

그러나 약 6개월 전에 그들의 관계가 극적으로 변화되었다. 잠깐 동안의 루크와 캐티의 약혼이 그들 사이를 어색하게 만들었던 것 같았다.

"루크 형이 예전과는 많이 달라졌다는 건 사실이야." 제이슨이 인정했다. "하지만 내가 말하려고 하는 것은 형이 우리하고는 다르다는 점이야. 형은 우리가 사업에 대해서 생각하고 있는 것과는 다른 방식으로 생각하고 있어." 그는 주변에 있는 큰 오크통의 숲을 향하여 손짓을 하면서 말했다. "노친네와 고든 씨는 루크 형을 회사로 끌어들이려는 계획을 포기해야 할 것 같아. 그런 일은 앞으로 절대로 없을 거야."

캐티는 생각에 잠긴 표정이었다. "루크가 더 안정적이고 확실한 어떤 것을 찾았다는 확신이 들면, 우리 사업에 참여하라는 제의를 거절하는 것을 부모님들이 받아들여야 한다고 생각해. 사실, 그가 심리적으로 너무 불안정하기 때문에 부모님들이 걱정하시는 거잖아. 부모님들은 루크가 말년에 샌프라시스코의 거리 한쪽 구석에서 푼돈을 구걸하는 모습으로 전락할까봐 그러시는 거지."

"자세히는 모르지만 솔직히 루크 형이 미치거나 뭐 그렇

게 될 정도로 나쁜 상태가 아니라고 생각해.” 제이슨이 말했
다. “이번 노친네 생신 때 형이 올 거야. 그때, 직접 판단하
는 게 좋겠지…”

“루크 형이 설득할 사람은 우리가 아니야,” 해케트가 중
얼거렸다. “엄마와 고든 씨와 노친네라구…”

“좋아, 그건 문제가 될 수 있겠네…” 제이슨이 말했다.

22

아이린이 필라테스의 힘든 자세를 취하면서 운동을 시작하려고 할 때, 차도 쪽에서 루크의 SUV 소리가 들려 왔다. 잠시 후에 들려온 두 번의 날카롭고 급한 노크 소리로 미루어 볼 때, 그가 기분이 썩 좋지는 않다는 것을 알 수 있었다.

"들어오세요," 아이린은 두 다리와 팔을 공중에 뻗은 다음, 발가락 끝을 쭉 펴고 엉덩이뼈로 몸을 지탱하는 V자형 자세를 취하고 있었다.

루크는 방갈로 문을 열고 들어와서 그녀를 바라보았다. "도대체, 지금 뭐하고 있어요?"

"필라테스." 아이린은 자세를 풀고서 발가락을 오무렸다.

"몇 년 전부터 시작했어요. 신체의 주요 근력을 강화하는 게 이 운동의 핵심이죠. 댄서들도 이 운동을 많이 해요. 하지만 밤새도록 불을 환하게 켜 놓는 강박증을 없애는 데에는 별 도움이 되지 못했어요. 대신 외출할 때마다 주방 싱크대의 수돗물이 잠겼는지 열두 번도 넘게 확인하던 버릇은 없어졌어요. 사실 그 증세도 만만치 않았거든요…"

"하나의 강박증세를 다른 일에 몰두함으로써 대체한다는 거죠? 그래요, 나도 그런 이론에 대해서는 잘 알고 있어요." 루크는 문을 닫았다. "하지만 부탁하나 할께요. 이 마을 사람들에게는 아무에게도 필라테스하는 모습을 보이지 말아요. 알았죠? 당신의 이미지가 이상한 쪽으로 고정되지 않는 게 좋겠어요."

분명히 기분이 썩 좋지는 않군.

"생각을 정리할 필요가 있을 때, 이 운동이 많은 도움이 되는 것 같아요."

"내가 생각을 정리하기 위해서는 잠시 던즐리를 빠져나가는 것이 도움이 될 것 같군요." 루크는 조그마한 주방으로 다가갔다. "잠시 드라이브를 하는 건 어때요?"

아이린은 그가 허락도 없이 마음대로 냉장고 문을 여는 것을 지켜보면서 마치 자기 집처럼 행동하는군, 하고 생각했다. 그러나 곧 이곳이 루크의 소유인 것을 깨달았다. *사실 자기 집인 건 맞지…*

"좋아요." 그녀는 아주 조심스럽게 말했다.

루크는 물병을 꺼내서 뚜껑을 땄다. "오는 길에 커비빌에서 저녁을 먹는 것이 좋겠다고 생각했어요."

이건 사람들이 말하는 낭만적인 저녁식사 초대가 아니야… 아이린이 생각했다. 그러나 최근에 그녀가 그를 위해 마련했던 두 번의 기괴한 외출보다는 호수 건너편에서 저녁식사를 하는 것은 훨씬 더 재미있을 것 같았다.

"그렇게 하죠." 아이린이 말했다. "하지만 먼저 무슨 일이 있었는지 말해주세요."

루크는 조리대에 몸을 기댔다. "지난 5개월 동안 난 이 던즐리 마을의 모범시민이었어요. 과속위반 딱지 한번 떼이지 않았죠. 그런데 오늘 경찰서장이 내게 경고를 할 필요가 있다고 생각하는 모양이더라구요."

아이린은 마음속에서 죄책감과 함께 걱정이 아프게 밀려오는 것을 느꼈다. "샘 맥퍼슨 서장이 루크 씨를 위협하던가요?"

"그것보다는 약간 더 미묘한 것이었어요. 하지만 맞아요. 결론은 바로 그거였어요. 진짜 짜증나더군요. 그동안의 나의 모범적인 행동이나 모든 것을 미루어 볼 때…”

“루크, 다 제 잘못이에요.”

“그 말을,” 루크는 열쇠 꾸러미를 공중에 던져 올렸다. “잊지 않겠어요.” 그는 공중에서 떨어지는 열쇠를 다시 받고는 아이린에게 다가갔다. “자, 이 싸구려 모텔에서 나갑시다.”

〰

던즐리에서 멀어질수록 아이린은 안도감을 느꼈다. 자신이 그 마을에 도착한 이래로 얼마나 많은 긴장과 스트레스를 받아 왔는지 스스로도 깨닫지 못하고 있었다.

밤은 빠르게 찾아왔다. 호수 물이 어둡고 무거운 하늘 아래에서 거의 검은색으로 보였다. 아마도 새벽이 되기 전에 비가 올 것 같았다. 대형자동차의 앞좌석에서 루크와 함께 앉아 있으니 마음이 든든해졌다.

호숫가를 따라 꾸불꾸불 돌아가는 긴 도로는 곡선으로 이어지는 커브가 많은 이차선 도로였다. 루크는 능숙한 솜씨로 신중하게 천천히 자동차를 몰았다. 그가 서둘러 목적지로 가려는 게 아니라는 걸 알 수 있었다.

"오늘 신문사 사장인 애디와 통화했어요." 그녀는 이윽고 입을 열었다. "파멜라의 장례식을 취재하러 샌프란시스코에 가지 않아도 된다고 하더군요. 틀림없이 그 장례식은 교묘하게 조작되어서 상원의원에게 난처한 질문을 할 기회를 기자들에게 주지 않을 거라고 말했어요."

"그 사람 말이 맞을 거예요."

아이린은 루크를 바라보았다. "필 카펜터 씨는 뭐라고 하던가요?"

"코니 왓슨 아주머니가 같은 말을 하더군요. 파멜라가 이번에는 남자와 함께 오지 않은 것 같아요."

아이린은 밤의 어둠이 나무들 사이에서 빠져 나와서 서서히 주변을 집어삼키는 것을 바라보았다. "모든 사람들의 공통된 의견은 파멜라가 이번에는 평소의 습관대로 움직이지 않았다는 것이에요. 그러니까, 그녀가 이번에 던즐리로 온 것에는 어떤 특정한 목적이 있었다는 말이 되죠. 그리고 그녀가 자살하려고 온 것도 물론 아니에요."

"파멜라는 당신을 만나러 왔잖아요."

"맞아요."

루크는 호수가로 이사온 직후에 우연히 발견했던 그 레스토랑을 선택했다. 커비빌 마리나카페는 근처에 있는 대부분의 간이식당들보다는 약간 고급스러운 분위기였다. 그는 이탈리아 궁전 풍으로 꾸며진 그곳의 분위기를 아이린이 아늑하고 친밀하게 느끼기를 바랬다. 그 지역의 다른 모든 가게들이나 마찬가지로 일 년 중 이맘때면 그 레스토랑도 그다지 붐비지 않았다. 그는 어렵지 않게 종업원으로부터 창가의 테이블로 안내를 받았다.

아이린은 자리에 앉아서 주위를 둘러보았다. "이곳은 새로 생긴 레스토랑인가 봐요. 내가 던즐리에서 살 때는 없었어요."

루크는 메뉴판을 펼쳤다. "모든 사람들의 의견과는 달리 세상에는 변하는 것도 있어요."

아이린이 미소를 지었다. "호수 이쪽편에서는 그렇겠죠. 내가 아는 한 던즐리에서는 그렇지 않아요. 그 마을은 어떻게 그렇게 하나도 변하지 않았는지, 생각해 보면 온 몸이 오싹해져요."

"우린 던즐리에서 잠시나마 벗어나려고 여기 왔어요. 화제를 다른 걸로 바꾸는 게 좋겠어요."

"좋은 생각이에요." 아이린은 메뉴에 주의를 돌렸다. "나는 새우튀김과 아보카도 샐러드로 하겠어요."

"난 스파게티, 같은 샐러드로."

"엘레나 크릭 포도원산 와인은 메뉴에 없는 것 같은데요…" 아이린이 말했다.

"레인 크릭 와인 메뉴에서 찾아봐요. 그게 엘레나 크릭 포도원에서 중급 와인제품에 붙인 브랜드죠."

"그 브랜드는 알아요. 사실 난 레인 크릭 와인을 즐겨 찾죠. 특히, 소비뇽 백포도주를 좋아해요."

"레인 크릭은 동생 해케트의 아이디어였어요. 그는 중산층을 위한 좀더 대중적인 제품을 만들고 싶어했죠. 하지만 노친네와 고든 씨를 설득하는 데 오랜 시간이 걸렸어요. 그분들은 평생동안 일구어온 고급 이미지를 고집했거든요. 그래서 해케트는 제품에 다른 브랜드를 붙이기로 마음먹었어요. 그런데 그게 효과가 있어서 잘 되고 있어요."

"와인제품에 다른 브랜드를 붙이는 것에 대해서 루크 씨는 어떻게 생각하세요?"

루크는 어깨를 으쓱하였다. "그건 내가 상관할 바가 아니에요. 오래 전부터 가업을 잇지 않기로 결심했거든요. 해병대를 제대한 후, 노친네와 고든 씨가 가업에 한번 참여해보라고 하셨지만, 결과는 참담한 실패였어요."

두 사람은 웨이터에게 음식을 주문했다. 웨이터가 떠나자 테이블 주위에 무거운 침묵이 흘렀다. 아이린은 와인잔과 어둠이 깔린 호수의 경치에 빠져 드는 것 같았다.

루크는 조금 전에 대화의 주제를 바꾸자고 말한 것이 실수인 것 같아 걱정이 되었다. 던즐리에서의 일에 대한 이야기를 빼면, 아이린은 어쩌면 자신을 따분하고 지루하게 여기고 있을지도 모르는 일이었다. 그는 아이린이 다른 남자들과 함께 있을 때는 어떤 대화를 나누는지 궁금해졌다.

"비가 올 것 같은데요." 루크가 대화의 영감을 찾으려고 애쓰면서 말했다.

"음, 그래요."

좀더 찾아봐, 이 친구야. 그녀의 관심을 끌어보란 말이야.

루크는 빵바구니에 손을 뻗어서 스틱빵을 집어 들었다. 영감이 마침내 하나 떠올랐다.

"내일 밤에 노친네 생신 파티에 참석해야 돼요." 그는 말했다. "같이 갈 짝이 필요하거든요."

아이린은 어리둥절한 표정으로 물었다. "짝이라니요?"

“파트너 말이에요.” 루크가 곧 정정했다.

“부친 생신파티에 데려갈 파트너가 필요하신 거예요?”

“잘 들어요. 내가 지금 조촐한 가족 모임을 얘기하고 있는 게 아니에요. 노친네의 생신파티는 산타 엘레나의 중요한 연례행사예요. 그 지역의 모든 와인 제조업자들과 마을 사람들이 참석하죠. 아이린 양이 나와 함께 간다면 큰 도움이 될 겁니다.”

“재미있을 것 같군요,” 아이린이 말했다. “기꺼이 함께 가죠.”

루크는 눈에 띠게 기분이 좋아졌다. “고마워요. 내일 오후에 산타 엘레나로 자동차를 타고 갈 거예요. 파티가 밤늦게 시작되거든요. 어쩌면 산타 엘레나 호텔에서 하룻밤 묵어야 할지도 모르겠어요. 그리고는 다음날 던즐리로 돌아올 거예요.”

“근데 한 가지 물어볼 게 있어요.” 아이린이 말했다.

“뭔데요?”

“왜 제가 루크 씨의 부탁을 들어줘야 하죠?”

루크는 와인잔을 손가락 사이에서 조금씩 돌리며, 어느 선까지 이야기를 털어놓을까 고심하였다. “지난 몇 달 동안 우리 가족들이 나에 대해 걱정을 많이 하고 있다는 이야기를 했었죠.”

“예.”

“내가 아이린 양과 함께 나타나면, 가족들을 안심시킬 수 있죠.”

“아,” 아이린이 말했다. “알겠어요. 루크 씨가 파트너와 함께 파티에 참석하면 이제 루크 씨가 과거의 트라우마를 극복하고 정상으로 돌아왔다고 가족 분들이 생각하게 될 거란 말이죠?”

루크는 와인을 한 모금 삼키고서 잔을 천천히 내려놓았다. “불행하게도 그것보다 좀더 복잡한 문제에요.”

“얼마나 더 복잡한 문젠데요?”

“아까 말했듯이, 내가 해병대를 제대했을 때 모든 사람들이 가족의 울타리 안으로 들어오기를 학수고대했죠. 별다른 방도가 있겠어요? 그 당시에는 그게 최상의 길인 것 같았어요.”

“말하자면, 정상적인 삶으로 돌아오라는 가족의 의견에 찬성한 셈이네요? 그런데 뭐가 잘못됐나요?”

루크는 아이린을 쳐다보았다. “아가씨, 난 해병대출신이요. 난 그냥 찬성한 것만은 아니에요. 일단 정상적인 삶으로 돌아가기로 마음먹은 이상, 난 나 자신을 헌신해서 내 임무에 충실하기로 했어요. 그래서 목표를 세우고 그 목표를 성취할 수 있도록 전략을 짜냈어요. 그런 다음 아주 정교한 계획표를 만들어서 그 전략을 수행해 나갔죠.”

아이린은 주춤했다. “어머나…”

“어머나가 맞아요. 정상적인 삶으로 돌아가는 것은 생각보다 까다롭더군요. 내가 생각하기에는 용어에서 미묘한 차이가 있는 것 같아요.”

“그래서 어떻게 되었어요?”

“글쎄, 한동안은 잘 나갔죠.” 루크는 신중한 표정으로 말했다. “큰 진전을 보게 되었어요. 나의 첫 번째 목표도 완수했고요. 가업을 맡아서 잘 이끌어 나갔죠. 물론, 진짜 지루했지만 난 해냈어요. 수많은 회의에도 참석하고, 회사 재무상태도 살펴보고, 고객들도 접대했어요. 하지만 두 번째 목표에서 약간의 실수를 하고 말았죠.”

“그게 뭔데요?”

“난 정상적인 삶으로 돌아가는 것의 정의를 결혼해서 가정을 꾸리는 것이라고 결론 내렸죠.”

아이린은 표정을 감추고 루크를 쳐다보았다. “제이슨이 잘못된 약혼에 대해서 조금 귀띔해 주었어요.”

“아버지의 파트너인 고든 풋 씨에게는 캐타라는 딸이 있

어요. 그녀는 제이슨보다 두세 살 나이가 많은데, 그녀의 부
모는 그녀가 십대 때 이혼했어요. 그래서 많은 시간을 부친
과 함께 보내면서 지냈어요. 말하자면 우리 가족과 자주 만
나면서 와인사업 안에서 성장한 셈이죠. 그녀는 회사의 홍
보분야를 맡고 있는데, 난 그녀를 어릴 적부터 알고 지냈어
요.”

"그래서 캐티에게 결혼하자고 청혼했나요?”

"지금 와서 생각해보니까, 그건 아주 이성적인 판단이었
던 것 같아요. 캐티도 그렇게 생각한 것 같구요. 결혼을 승
낙했으니까요. 가족들은 아주 기뻐했죠. 하지만 뭔가가 빠져
있었어요.”

"예를 들면요?”

루크는 손을 움직였다. "사랑, 열정, 섹스 그런 것들이
죠…”

"두 사람의 관계에서 섹스가 빠져 있었어요?”

"몇 번의 친밀한 키스와 포옹, 그 뿐이었어요. 고도로 훈
련을 받은 숙련된 전략가로서 난 주변에 너무 많은 가족들
이 있는 것이 문제라고 결론을 내렸어요. 그래서 둘만의 시
간을 갖기로 했죠. 바닷가를 오랫동안 산책한다든지 촛불이
켜진 저녁식사를 한다든지 하는 절차를 갖기로 마음먹었어

요. 어떤 절차인지 잘 알죠?"

아이린은 생각에 잠긴 표정으로 말했다. "솔직히 사랑을 절차라고 생각하진 않아요."

루크는 아이린의 말을 무시하고 하던 말을 계속했다. "난 캐티에게 해변에 있는 한적한 호텔에 가서 주말을 함께 보내자고 했어요."

"그런데, 그때 뭐가 잘못됐나요?"

"그곳에 도착하자마자 난 우리가 큰 실수를 저질렀다는 것을 곧 깨닫게 되었어요. 캐티도 같은 생각이었구요. 그래서 우린 집에 도착하자마자 약혼을 취소한다고 모든 사람들에게 알렸어요."

"슬프긴 하지만 끔찍한 불행은 아니군요. 그래, 뭐가 문제였나요?"

"문제는" 루크가 냉정한 어조로 말했다. "내가 약혼을 취소한 이유가 침실에서 나의 의무를 완수할 수 없기 때문이라고 캐티를 포함해서 모든 사람들이 추정하고 있다는 거죠."

아이린은 웃음이 터져 나오려는 것을 참으면서 루크를 바라보았다.

"어머나 세상에…" 그녀가 속삭였다.

“세상 사람들로부터 트라우마를 가졌다고 낙인찍히는 것
이 견디기 힘들어요? 발기불능이라는 낙인이 찍히는 것에
비하면 아무것도 아니죠…”

23

루크는 불이 환하게 켜진 아이린의 방갈로 앞에 SUV를 멈추고 엔진을 끈 다음 자동차 밖으로 나갔다. 아이린은 그가 차문을 열어주기 위해 자동차 앞을 돌아 걸어가는 것을 지켜보았다. 두려운 기대감과 낯선 흥분이 그녀의 마음을 들뜨게 했다. 오늘 밤 그가 다시 키스를 할까?

그건 좀 이상한 일이었다. 아이린은 첫 데이트를 앞두고 있는 십대 소녀처럼 마음이 설레었다. 여태까지 데이트를 몇 번 해봤지만 내 평생 이런 느낌은 처음이야… 아이린은 생각했다.

자동차문이 열렸다. 아이린이 앞좌석에서 빠져나가기 전

에 루크의 손이 그녀의 허리를 감쌌다. 기분 좋고 든든하고 힘찬 느낌이었다. 루크는 아이린을 새털처럼 가볍게 들어서 땅에 내려놓았다.

그는 아무 말도 하지 않고 아이린을 현관문까지 바래다주었다. 짜릿한 전율이 그녀의 숨을 막히게 했다. 루크는 열쇠를 꺼내어서 현관문을 열었다.

"산타 엘레나까지는 자동차로 한 시간쯤 걸려요." 그가 말했다. "호텔에 체크인하고 가족들과 인사를 나누고 파티를 위해서 옷을 갈아입을 시간이 필요해요. 그래서 천오백에 출발하는 거 어때요?"

아이린은 문지방을 넘어서면서 그를 마주 바라보았다. "그게 정확하게 몇 시에요?"

루크의 입이 한쪽으로 말려 올라가면서 미소를 지었다. "오후 세시에요."

아이린은 팔짱을 끼고 출입문에 어깨를 기대었다. "있잖아요. 좀더 일찍 출발했으면 좋겠어요."

"왜요?"

"쇼핑을 좀 해야 될 것 같아서요. 신문사에서 같이 일하는 친구들이 옷가지 몇 개를 소포로 부쳤는데, 호화로운 파티에 어울릴 만한 옷은 없어요. 정오쯤에 출발하는 게 좋겠어요. 산타 엘레나 근처에 괜찮은 옷가게들이 있을 거예요.”

“쇼핑이라…” 루크가 고개를 끄덕였다. “좋아요. 알겠어요. 점심을 먹고 바로 출발하도록 하죠. 음식 얘기가 나왔으니까 말인데, 우리 둘 다 아침을 먹는 체질이니까 내일 아침에 내가 만든 프렌치토스트를 함께 먹는 건 어때요?”

천천히 짓는 그의 미소가 너무 매혹적이어서 아이린은 자신이 방갈로의 비좁은 입구에 나 있는 웅덩이에 발을 헛디뎌 빠지지 않은 것이 신기할 정도였다.

아이린은 가슴이 두근두근해졌다. 그 말이 밤을 함께 보내고 싶다는 뜻을 표현하는 그의 방식이 아닐까? 그렇다면 결정을 내려야 한다. 지금 당장. 그렇지만 어쩌지, 아직 준비도 안 돼 있는데…. 그러기에는 아직 너무 빨랐다.

“좋아요,” 아이린은 이성적으로 생각할 틈도 없이 대답을 해버리고 말았다. “아침식사 함께 먹는 것 좋아요.”

루크는 만족한 표정으로 고개를 끄덕였다. 그는 고개를 숙여 아이린의 입술에 가볍게 키스를 했다. 그리고는 곧 고개를 들었다. “내 숙소에서요. 칠백삼십, 다시 말해서 오전 일곱 시 삼십 분예요.”

“그런 걸 잘 알아들을 수 있다면 좋겠어요.”

루크는 현관문에서 멀어져서 계단을 밟고 있었다. 아이린은 애석함을 느끼면서 어쩔 줄을 모르고 현관 앞에 서 있었다. 중대한 결정을 내리려고 했는데, 기껏 이것뿐이야? 아이린은 생각했다.

루크는 계단 끝에서 잠시 걸음을 멈추고 뒤돌아보았다. "문 잘 잠가요."

그의 표정이 수상한데… 아이린이 짐작했다. 그 스스로도 자신이 아이린의 평정심을 잃게 만들어 놓았다는 것을 알고 있는 것 같았다.

"알았어요." 아이린은 부드럽게 말했다. "하지만 그럴 필요가 없을 것 같은데요. 오늘 밤 이 근처에 뭐 위험한 일이 일어날 것 같지도 않아요."

루크가 싱긋 웃었다. "그건 모르죠."

아이린은 방갈로 문을 닫고 안으로 잠갔다. 그녀는 문구멍으로 루크가 SUV에 올라타는 것을 훔쳐보았다.

자동차의 헤드라이트 불빛이 켜지면서 어둠을 가르고 퍼져나갔다. 그르릉거리는 무거운 엔진소리가 울려 퍼졌다. SUV는 차도에서 천천히 육중하게 1호 방갈로를 향하여 움직였다.

젠장, 그는 정말 떠나버렸다.

"짜식." 아이린은 루크가 떠난 것에 대한 자신의 혼란스

러운 반응을 재미있어 하면서 급히 입을 다물었다. 그녀는
어쩌면 아주 다행스럽게 생각해야 한다고 스스로에게 중얼
거렸다. 잘 알지도 못하는 사람하고 잠자리를 같이 하기에
는 너무 이르다는 생각이 들었다. 게다가 그녀에게는 일을
복잡하게 만들 수 있는 문제들이 있었다.

대신 내일 밤에 대해 생각해 보는 것이 더 나을 것 같았
다. 루크는 내일 호텔에서 하룻밤 묵을 것이라고 했다. 그는
호텔방을 한 개를 빌릴 생각일까? 아니면 두 개를? 내일 새
드레스와 함께 새 잠옷도 사야 하나? 그리고 그녀의 문제들
은 어떻게 하지?

아이린은 방갈로 문에서 천천히 돌아섰다. 그 순간 머리
가 어지럽게 빙빙 돌고 불안감이 감각을 마비시켜서 그녀는
안절부절 어쩔 줄을 몰랐다.

침실에 덮여 있는 어둠의 그림자가 무엇을 의미하는지 전
혀 알 수가 없었다.

17년 전에 이미 초 자각 수준으로 맞춰져 있는 그녀의 자
율신경계가 즉각적으로 반응을 보였다. 그녀의 의식은 주어
진 정보의 처리를 끝내기도 전에 완전한 공포상태로 전환되
어 불꽃을 튀겼다.

아이린은 반쯤 걸음을 멈추고 숨을 죽인 채 자신에게 엄

습해오는 공포를 억제해 보려고 애썼다.

침실에는 전등불이 꺼져 있었다. 아까 밖으로 나가면서 불을 켜놓았던 것을 분명히 기억하고 있었다. 그녀는 언제나 온 집안에 불을 켜놓고 외출하곤 했었다. 언제나…

어쩌면 침실의 천장에 달린 전등이 수명이 다 됐거나 아니면 고장이 났을지도 몰랐다.

진정해, 여긴 오래된 방갈로야. 전기 배선도 낡았고 전등도 오래 되었어…

그때 침실에서 밀려드는 어둠의 홍수 속에서 마룻바닥이 삐걱거리는 소리가 들려 왔다.

24

그 여성적인 매력이 넘치는 아름다운 눈에서 실망한 표
정이 얼핏 스쳐 지나가는 것을 보았지… 루크는 자신의 방
갈로로 이어지는 길을 따라 천천히 SUV를 몰면서 생각했
다. 그는 확신했다. 아이린은 곧 표정을 바꿨지만, 그가 점
잖게 떠나는 것에 대한 자신의 반응을 완벽하게 숨길 수는
없었다.

아이린은 오늘 밤, 좀더 그와 함께 즐거운 시간을 보내고
싶어했던 게 틀림없었다.

*아가씨… 문제는 장난삼아 데이트를 하기에는 내가 너무
늙었다는 거야. 다음번에 단 둘이 있게 되면 끝장을 보고 말*

*겠어. 할 것인지 말 것인지, 양자택일이지… 하지만 오늘은
너무 이르다는 것을 우리 모두 알고 있지…*

이런 일에는 전략이 무엇보다 중요해… 루크는 스스로 다
짐했다. 전략은 언제나 모든 일의 핵심이었다. 그러나 안타
깝게도 그것은 대가를 요구했다. 루크는 따뜻하게 불이 켜
진 아이린의 방갈로를 뒤돌아보았다. 어쩌면 지금이라도 가
서 그녀와 함께 좀더 즐거운 시간을 가져 볼 수 있지 않을
까? 그러나 그 대가는 함께 침실로 향하는 것이 될 것이다.

*그러지 말자… 오늘 밤, 다시 시작하면 멈출 수가 없어.
잘 알고 있잖아. 아이린이 아침에 일어나서 후회하도록 만
들지 말자.*

루크는 그 순간, 5호 방갈로에 뭔가가 잘못됐다는 생각이
번뜩 들었다. 뭔가 평소와 다르게 보였다.

침실의 전등불이 꺼져 있었던 것이다.

그 순간, 알 수 없는 불안감이 고개를 들기 시작했다. 루
크는 급히 브레이크를 밟고 자동차를 정지시켰다. 아까 두
사람이 호수가로 드라이브를 갈 때, 아직 햇살이 남아 있긴
했었다. 그래서 아마 아이린이 침실의 불을 켜두고 나오는
것을 잊었을지도 모르는 일이었다. 아니면 램프의 전등이
수명이 다 됐을지도 몰랐다. 그렇다면 적어도 전등을 갈아

끼우러 왔다는 구실은 생긴 셈이었다. 맥신은 서비스정신이 투철해야 이 사업이 오래 계속될 수 있다고 늘 강조하곤 했었다.

과연 전구의 수명이 다한 것일 뿐일까? 아니면 뭘까?

루크는 자동차를 돌렸다.

그가 차도에 도착하자 아이린이 묵고 있는 방갈로의 출입문이 활짝 열어젖혀 있는 것이 눈에 띄었다. 그때 현관에서 아이린이 불쑥 나타났다. 그녀는 계단으로 뛰쳐나와서 SUV를 발견하고서 황급히 차 쪽으로 뛰어들었다.

"루크"

방갈로의 현관문 근처에 한 남자의 모습이 어렴풋이 나타났다. 그는 손에 뭔가를 들고 있었다.

루크는 자동차 문을 연 기억도 없을 정도로 재빠르게 SUV 밖으로 뛰쳐나가서 아이린 쪽으로 뛰어갔다.

"어떤 남자가…" 아이린은 숨을 헐떡거렸다. "어떤 남자가 안에…"

루크는 그녀의 팔을 잡고 SUV 뒤쪽으로 끌어당겼다. 그들과 현관의 남자 사이에는 자동차가 있었다. 루크는 얼른 자동차문을 열고 아이린을 차안으로 밀어 넣었다. "안으로 들어가서 엎드리고 있어요."

아이린은 시키는 대로 했다.

침입자는 현관의 출입문 밖으로 움직였다. "스텐슨 양, 잠깐만요…" 그가 흥분된 쉰 목소리로 외쳤다. "겁주려고 했던 건 아니요…"

"아니, 도대체 뭐야?" 루크는 SUV 앞으로 나갔다. "밀스 씨요?"

터커 밀스는 목소리를 낮추었다. "나요. 대너 씨, 정말 미안하게 됐어요. 내가 여기 있는 것을 아무에게도 들키지 않으려고 그랬어요…"

"자, 괜찮아요. 터커 씨, 손에 들고 있는 것을 내려놓아요." 루크는 목소리를 위협적이지 않고 최대한 부드럽게 들리도록 하려고 애썼다.

"알았어요, 대너 씨…"

터커는 손에 쥔 물건을 땅바닥에 떨어뜨렸다. 그것은 현관 바닥에 소리 없이 떨어졌다. 총이나 칼은 아닌 것 같군… 루크가 생각했다.

루크는 재빠르게 앞으로 다가갔다. 그가 현관계단을 뛰어오르자 터커는 불안하고 초조한 표정으로 뒷걸음질 치면서 자기 방어의 몸짓으로 양손을 반쯤 처량하게 들었다. "제발, 대너 씨. 해칠 생각은 없었어요. 정말이에요…"

마치 악당이 된 것 같은 느낌이 들면서 루크는 터커가 떨어뜨린 물건을 내려다보았다. 그것은 니트 모자였다. 그는 허리를 굽혀서 모자를 주워서 밀스에게 건네주었다.

"어떻게 된 일이요, 터커 씨?" 루크가 조용히 물었다.

"터커? 터커 밀스 씨?" 아이린은 기어가듯이 SUV 밖으로 나가서 방갈로 쪽으로 재빨리 걸어갔다.

"그래요, 스텐슨 양…"

"세상에… 얼마나 놀랐는 줄 알아요?" 아이린은 급히 계단을 올라가서 루크 옆에 섰다. 그녀는 터커를 유심히 쳐다보았다. "도대체 내 침실에 숨어서 뭘 하고 계셨어요?"

"난 아무에게도 들키지 않으려고 했어요." 터커는 처량하고 아주 긴장된 목소리로 말했다 "내가 여기 왔을 때, 아이린 양이 방갈로에 없었어요. 그래서 뒷문을 억지로 열고 들어갔어요. 방갈로 안에서 기다리는 것이 낫겠다 생각했어요. 그렇게 하면 아무에게도 들키지 않을 테니까요…"

"괜찮아요, 터커 씨." 아이린이 부드럽게 말했다. "이해할 수 있어요. 그렇게 난리를 피워서 미안해요. 터커씬 줄 몰랐어요."

"밖에서 기다릴 걸 그랬나 봐요… 알아요, 스텐슨 양. 내가 방갈로 뒷문 쪽에서 서성대는 걸 누가 볼까봐 그랬어요.

그러면 경찰을 부를지도 모르니까요…"

"안에 들어가서 이야기합시다," 루크가 말했다.

아이린은 터커에게 따뜻하게 미소 지었다. "차를 내오겠어요."

〜

잠시 후, 아이린은 자신이 가지고 있는 특별한 차가 담긴 3개의 뜨거운 찻잔을 작은 주방 테이블 위에 내려놓았다. 그녀는 극도로 흥분된 신경이 안정되려면 몇 시간은 족히 걸릴 거라는 것을 알고 있었지만, 최소한 맥박은 더 이상 세게 뛰지 않았다.

루크는 그동안에 재빨리 방갈로 주변을 한 바퀴 돌아보고는 창문마다 꼼꼼히 커튼을 내렸다. 이제 그는 굳은 표정으로 놀라우리만치 참을성 있고 침착하게 터커 맞은편에 앉아 있었다. 두 사람이 서로 아는 사이인가 봐… 아이린이 생각했다. 루크는 터커를 강압적으로 다루면 안 되겠다고 판단했다.

"어떻게 된 건지 처음부터 말해 보세요, 밀스 씨." 루크가 말했다.

"예." 터커의 얼굴이 걱정스러운 표정으로 굳어졌다. 그는 어디가 처음인지를 모르는 듯한 눈치였다.

"어디서라도 괜찮으니까," 아이린이 말했다. "천천히 말씀해 보세요."

"예." 터커는 그녀에게 고맙다는 시선을 보냈다. "그럼, 오늘 오후부터 시작할게요."

"오늘 오후는 왜요?" 아이린이 물었다.

"오늘 오후에 카펜터 씨 정비소에서 여기 있는 대너 씨를 만났죠. 나는 아까 오후에 그곳을 청소하고 있었어요. 매일 그렇게 하죠. 그때, 대너 씨가 들어와서 카펜터 씨와 이야기했죠. 파멜라 양에게 새 남자 친구가 있는지에 대해서 대너 씨가 묻는 것을 본의 아니게 듣게 되었어요…"

루크는 터커를 아주 차분하게 바라보았다. "그녀에 대해서 알고 있는 것이 있어요?"

터커는 앙상한 두 손으로 머그잔을 움켜쥐었다. "나는 웹 씨의 저택에서 정기적으로 일을 하고 있어요. 적어도 얼마 전까진 했었죠…" 그는 잠시 말을 멈추었다. "그러니까, 그 집이 불타기 전까지는요… 이제 더 이상 그 일을 할 수 없게 됐지만서두…"

"그래서요?" 아이린은 마음속에서 울화가 치밀어서 빨리 말해 보라고 소리치고 싶었지만, 목소리를 낮추고 부드럽게 하려고 애쓰면서 말했다.

"웹 양은 몇 년 전부터 날 고용했어요. 그러니까… 정원을 다듬고 잔디를 깎고 수도 파이프가 얼지 않도록 돌보는 일을 시켰어요. 뭐…주로 그런 일들이죠…"

"집을 관리하는 일이요," 루크가 말했다.

터커는 자신의 말이 이해되어서 기쁘다는 듯이 고개를 끄덕였다. "맞아요. 관리예요. 나는 일주일에 두세 번 그 집에 갔어요. 아이린 양이 파멜라 양을 발견하기 하루 전날에도 거기에 갔어요. 그러니까 아침에요…"

아이린이 긴장했다.

"그날, 파멜라와 대화를 나누었나요?"

"그럼요. 그녀는 언제나 나에게 친절했어요. 옛날에도 그랬구요… 사실은 아이린 양과 파멜라 양, 둘 다 그랬죠. 두 사람 다 내가 쓸모없는 무능한 사람이라고 생각하지 않았어요…"

아이린은 질겁을 했다. "터커 씨는 무능한 사람이 아니에요. 아빠는 터커 씨가 이 마을에서 제일 열심히 일하는 분이라고 늘 말씀하셨어요."

터커의 수척한 얼굴에 슬픈 표정이 희미하게 드러났다.
"스텐슨 서장님은 나를 무시하지 않고 진심으로 대해 주셨
죠. 또, 나를 믿어 주셨고요. 다른 마을사람들은 그렇지 않았
죠. 오, 그래요… 마을 사람들은 허드렛일이 있으면 나에게
곧잘 일을 시켰어요. 하지만 무언가를 잃어버리게 되면 누
구를 의심하게 되겠어요? 바로 나죠. 하지만 아이린 양의 아
버지는 그 사람들의 말을 믿지 않았어요. 그래서 오늘 밤 이
렇게 아이린 양을 만나러 온 거예요. 내가 아이린 양에게 빚
을 졌다고 생각했어요. 왜냐하면 아이린 양의 아버지에게
신세를 졌으니까요. 다시는 그 은혜에 보답하지 못할 줄 알
았어요. 무슨 뜻인지 아시겠죠."

"고마워요, 터커 씨." 아이린이 말했다.

"파멜라 웹이 죽기 전날에 무슨 일이 있었나요?" 루크가
물었다.

터커는 기억을 되살리려고 애를 쓰는 것이 역력해 보였
다. "그날 나는 평소와 마찬가지로, 그 저택의 정원에서 일
을 하고 있었어요. 웹 양은 집안에 있었어요."

"그녀가 그날 무엇을 하고 있었는지 아세요?" 루크가 물
었다.

"확실히는 잘 모르고요. 내가 테라스 뒤쪽에 트럭을 주차

하는 것을 보고 그녀는 내게 인사를 했어요. 그리고는 컴퓨터로 끝마쳐야 할 일이 있다고 말하면서 집안으로 들어갔어요. 잠시 후에 자동차 한 대가 차도로 들어왔어요.”

“어떤 종류의 차였어요?” 루크가 물었다.

“정말 좋은 차였어요. 외교관들이 타고 다니는 것 같은 그런 차였어요. 운전석에 앉은 남자는 날 보지 못했어요. 난 집 뒤쪽에 있었으니까요. 그리고 방금 말했듯이 집 뒤편에 트럭을 주차했기 때문에 연장이나 장비를 가지러 집 앞으로 나갈 필요가 없었어요. 어쨌든 난 그 남자가 현관문을 두드리는 것을 보았어요.”

“파멜라가 그 남자를 집안으로 들어오게 했나요?” 아이린이 물었다.

터커는 고개를 끄덕였다. “그 남자는 그녀가 아는 사람이라는 걸 알 수 있었어요. 하지만 웹 양은 그 남자를 만나는 것을 반가워하지 않는 것 같았어요. 그 남자에게 집에 왜 왔냐고 물었어요. 그녀는 화가 난 것처럼 보였어요.”

“그래서 그 남자가 뭐라고 대답했는지 들었어요?” 아이린이 물었다.

“아니오. 하지만 그 남자도 정말로 화가 많이 난 것처럼 보였어요. 웹 양은 그를 잠시 집안으로 들어오게 했어요. 하지만 그리 오래 있지는 않았어요. 무슨 말을 하고 있었는지는 모르지만, 그 남자와 웹 양이 서로 다투는 소리가 들렸어요. 웹 양이 그 남자를 쫓아내기 위해서 나의 도움이 필요할지도 몰라서 나는 다용도실 문 주위에서 서성거리고 있었죠. 하지만 잠시 후에 그는 떠났어요. 쌩하고 자동차를 몰고 정말 빨리도 가더군요. 그가 그녀에게 여전히 화가 났다는 것을 알았어요.”

“그 남자를 자세히 보았어요?” 루크가 물었다.

“그런 것 같아요…”

아이린은 숨을 죽였다.

“그가 누군지 알아요?” 루크는 변함없이 참을성 있게 부드러운 어조로 말했다.

“그 사람을 그날 처음 봤어요…” 터커가 말했다.

아이린은 실망의 한숨을 소리없이 삼켰다. 그리고는 이거야말로 조금 전까지 알아냈던 모든 정보들보다 더 중요한 것이라고 생각했다.

“그 남자의 인상착의가 어떻던가요?” 루크가 물었다.

“약간, 중간 정도의 키에 부드러웠어요.”

“부드럽다뇨?” 아이린이 호기심에 가득차서 되물었다.

“살이 쪘다는 뜻이에요?”

302

"그런 건 아니고요… 살이 쪘지만 부드럽지 않은 사람들도 많이 있어요." 터커는 기억을 되살리려고 얼굴을 찌푸렸다. "그는 별로 살이 찌지는 않았어요. 하지만 그는 살짝 밀기만 해도 넘어질 것처럼 보였어요." 터커는 루크를 바라보았다. "대너 씨처럼 단단해 보이지는 않았어요. 부드러웠어요…"

"좋아요, 부드럽다고요." 아이린은 말했다. "그리고요? 계속해 보세요. 그밖에 그 남자에 대해서 말씀하실 것이 있으면 얘기해 보세요."

"갈색 머리였어요." 터커는 기억을 더듬어 찾는 표정이었다. "값비싼 고급 양복에다가 아까 말했듯이, 고급 차에다가…"

아이린은 실망스러운 신음소리가 나오는 것을 억제하려고 애썼다. 아주 포괄적인 묘사뿐이잖아. 아이린은 생각했다. "그 남자를 처음 보셨다면 이 마을 사람이 아니라는 얘기겠네요?"

"아니오. 절대로 이 마을에 사는 사람은 아니에요. 아까 말했잖아요. 그 사람을 그때 처음 봤다구." 터커는 뜨거운 차를 한 모금 삼켰다.

그들은 한동안 침묵 속에서 앉아있었다. 아이린은 잔뜩 부풀어 올랐던 기대가 힘없이 빠져나가는 것을 느꼈다. 그런 애매한 인상착의로 어떻게 그날 파멜라를 찾아갔던 그 남자의 정체를 알아낼 수 있겠는가? 아이린은 생각에 잠겼다.

터커는 찻잔을 테이블에 내려놓았다. "하지만 얼마 전에 그 남자를 다시 봤어요."

아이린은 재빨리 의자에서 자세를 똑바로 했다. 루크도 역시 관심을 다시 집중시켰지만, 겉으로는 꼼짝도 하지 않고 앉아있었다.

"그를 언제 다시 봤어요?" 루크가 아주 태연한 표정으로 물었다.

"웹 양의 시체를 아이린 양이 발견한 그 다음날 아침에요."

아이린은 양손으로 머그잔을 움켜잡았다. "그가 무엇을 하고 있던가요?"

터커는 그 질문에 어리둥절해졌다. "그 남자가 뭘 하고 있었는지는 확실히 모르겠어요."

"그를 어디에서 보았어요?" 루크가 물었다.

"시청 건물 바깥에서요. 그 남자는 웹 상원의원과 그가 결혼할거라는 그 예쁜 여자 분과 함께 검정색 리무진을 탔어요."

아이린은 숨쉬기도 힘들어하면서, 루크를 바라보았다.

"호이트 이건이군요." 루크가 말했다. "웹 상원위원의 보좌관 말이에요."

25

잠시 후에, 루크는 아이린과 함께 방갈로의 뒷문 쪽에 서 있었다. 그들은 터커 밀스가 어둠 속에서 나무들 사이로 휘청휘청 걸어가는 것을 지켜보고 있었다.

"이 일로 지레짐작해서 너무 속단하지 않길 바래요." 루크는 한 팔로 아이린의 어깨를 감싸 안으면서 말했다. 그녀는 루크의 탄탄한 근육에 바싹 기대어서 포근함을 느꼈다. "이건은 어떤 목적이 있어서 그날 파멜라를 만나러 갔을 거요."

"터커 씨가 한 말 들었잖아요. 그들이 서로 다투었다잖아요."

"그래요. 하지만 그렇다고 해서 그가 파멜라를 살해했다고 단정 지을 수는 없죠." 루크는 잠시 말을 멈추었다. "그래도 그는 파멜라가 죽기 전 며칠 동안 무슨 생각을 하고 있었는지에 대해서는 알고 있겠군요."

"맞아요." 아이린이 진지하게 말했다. "어쩌면 그 두 사람은 서로 사랑하는 관계였을지도 모르죠. 파멜라가 둘 사이의 관계를 끊으려고 하자, 이건이 그것을 받아들이지 못했을지도 몰라요."

"그럴 가능성도 있어요." 루크가 동의했다. "하지만 이 시점에서 그건 약간 단순한 추리군요. 더구나 당신은 파멜라의 죽음이 부모님의 죽음과 관련이 있다고 생각한다면서요? 그렇지 않아요?"

"맞아요."

"그런데 이건이 아이린의 부모님의 죽음과 관련된 어떤 일에 개입되어 있을 거라는 가정은 좀 설득력이 부족한 것 같아요. 그는 한 삼십대 중반쯤 되어 보이던데… 아이린보다 몇 살 더 많은 셈이죠. 그렇다면 그는 그 당시에 대학생이었을 테고 게다가 그는 이곳에서 살고 있지도 않았어요. 그 사건과 어떤 연관이 있다고는 보기 힘들죠."

"그런 것 같아요." 아이린은 마지못해서 동의하는 그 짧은 대답이 마치 납덩이처럼 무겁게 느껴졌다.

루크는 자신이 아이린의 음모론을 짓밟고 있는 야수처럼 느껴졌다. 그러나 그는 그녀가 알든 모르든 간에 자신이 그녀를 위해서 애쓰고 있다고 마음속으로 중얼거렸다.

"자, 자, 힘내요." 루크는 아이린을 꼭 끌어안으면서 말했다. "그렇다고 여기서 포기하라는 뜻은 아니에요. 저번 날 밤에 누군가가 웹 씨의 집에 불을 지를 때, 난 당신과 함께 있었어요, 그렇죠? 그래서 뭔가 수상한 일이 진행되고 있다는 생각에 나도 동의해요. 난 그냥, 그 일이 옛날 일과 연관이 있는지에 대해서는 확신이 안 설뿐이오."

"루크 씨는 어떤 생각이 들어요?"

"파멜라 웹의 마약 남용 전력으로 봐서는… 어쩌면, 그녀가 아주 질이 나쁜 남자들과 연루되어 있었을지도 모른다는 생각이 들었어요."

"어머나, 세상에" 아이린이 몸을 떨었다. "마약상들 말이에요?"

"그럴 가능성도 있죠. 안타깝게도 다른 가능성도 많이 생각해 볼 수 있어요."

"예를 들면요?"

루크는 어깨를 으쓱하였다. "어쩌면, 누군가가 그녀의 마약 중독 전력에 대해서 협박하거나, 그것을 이용해서 그녀를 조종하려고 했을지도 모르죠." 그는 잠시 망설였다. "아니면, 또…"

아이린은 재빨리 고개를 돌려서 루크를 쳐다보았다. "또 뭔데요?"

"정계의 내부정보를 원하는 사람들에게 있어서 상원의원의 딸은 아주 이용가치가 높은 대상이죠. 파멜라는 그녀의 아버지가 알고 있는 정계 사람들을 대부분 다 알고 있었어요. 그녀는 그들과 사교모임에서 교제했고 아버지가 후원자들을 관리하는 것을 도왔어요. 또 그녀는 사회에서 가장 영향력 있는 저명인사들과도 접촉해 왔어요."

"게다가 그녀는 아름다울 뿐만 아니라 섹시하기도 했죠." 아이린이 조용히 말했다. "아마 그런 중요인물들 중에 몇몇 사람과는 성적으로 깊은 관계에 있었을 거예요."

"그러고 보니 점점 더 유쾌하지 않은 가정들이 나타나는군요."

"맙소사." 아이린이 말했다. "그러니까 파멜라가 너무 많은 것을 알고 있기 때문에 살해되었고, 집까지 불태워졌다고 생각하세요? 말하자면 그녀가 어떤 불리한 정보를 폭로하려고 하니까 누군가가 입을 막기 위해서 그랬다구요?"

"글쎄요, 그건 잘 모르겠어요." 루크는 한쪽 손을 들어서 손바닥을 위로 올렸다. "현재로서는 당신과 마찬가지로 그렇게 추정하고 있어요."

"그러면 그녀가 제게 보낸 이메일은 뭐죠? 그 이메일에 대한 생각은 늘 제 머리속에서 떠나지 않고 있어요. 파멜라가 이렇게 오랜 세월이 지난 후에 제게 연락을 한 것은 어떤 개인적인 이유가 있었기 때문이라고 생각해요."

"아마 당신이 신문기자가 되었다는 것을 그녀가 알고 있었을지도 모르죠." 루크는 생각을 정리해 보면서 말했다. "파멜라가 매스컴에 뭔가를 폭로할 생각이었다면 믿을만하다고 생각했기 때문에 당신에게 연락을 했을 거요."

아이린은 코를 찡그렸다. "전 소도시의 작은 신문사에서 일해요. 글래스턴 코브에서 현재 찬반의 논란이 되고 있는 가장 큰 사회적 이슈는 시의회가 새로운 개 전용 공원을 승인할 것인가 아닌가 하는 거죠. 지난 몇 년 동안 아버지의 일을 도우면서 파멜라는 주요 매스컴과 많이 접촉을 해왔을 것이고, 그 방면에서 아는 사람들이 많았을 텐데. 그녀가 폭로할 스캔들의 정보를 가지고 있었다면 왜 저한테 연락을 했는지 모르겠군요."

"좋아요. 그러면 당분간은 잠정적으로 그녀가 개인적인

이유가 있어서 당신에게 연락했다고 추정하는 것이 좋겠군
요.”

“그 개인적인 이유는 부모님의 죽음에 관한 정보와 연관
이 있을 거예요.” 아이린은 팔짱을 낀 팔에 힘을 주었다. “전
확신해요. 루크. 그게 가장 타당성이 있는 결론이죠.”

“어쩌면 그럴 수도 있고 어쩌면 아닐 수도 있어요. 그리고
파멜라가 한동안, 적어도 일주일 정도 숨어 지내기 위해서
던즐리에 왔는지도 모르죠.”

“아마 이 마을과 오랫동안 연관을 맺고 있었기 때문에 이
곳이 안전하다고 생각했겠죠. 이 마을에는 아는 사람들이
많으니까요.”

“그럴 가능성도 있어요. 하지만 그렇다고 해도, 그녀는 혼
자 이곳으로 와서 집에만 있었어요. 만약 누군가가 그녀를
제거할 계획이었다면 쉽게 목적을 달성할 수 있었을 거예요.
그러니까 내 말은… 그녀가 생명의 위협을 느끼고 있었다면
혼자가 아니라 누군가 믿을 만한 사람들과 함께 있으려고
했을 거란 말이죠.”

“어쩌면.” 아이린이 말했다. “그녀가 믿을 만한 사람이 아
무도 없었을지도 모르죠. 그게 제게 연락을 한 진짜 이유일
지도 몰라요. 전, 그녀가 믿을 수 있다고 느낀 어린 시절의

친구였으니까요.”

“어떤 정보를 공유하는데 믿을만하다고 생각했을까요?” 루크가 단순하게 물었다.

“바로 그게 지금 제가 찾고 있는 거예요.”

루크는 말없이 아이린을 안고 있는 팔에 힘을 주었다.

“이제 더 이상 루크 씨가 저를 설득해서 생각을 바꾸려고 애쓰시는 것 같진 않네요.” 아이린이 잠시 후에 말했다.

“불행하게도 그렇게 됐어요. 아이린의 생각에 일리가 있다는 느낌이 들기 시작했어요. 별로 좋은 징조는 아닌 것 같지만.”

“이제 우리 두 사람 모두 길고 멋진 휴가를 함께 갈 준비가 되었다고 생각하세요?” 아이린이 갑자기 물었다.

“그런 것 같아요. 난 하와이에 갔으면 좋겠어요.”

“저두요,” 아이린은 잠시 말을 멈추었다. “그러기 전에 먼저 호이트 이건을 만나봐야겠어요.” 그녀는 아주 부드럽게 말했다.

“나도 그런 생각을 하고 있었어요. 관심이 있을지는 모르겠지만, 내게 한 가지 계획이 있어요.”

아이린은 그를 쳐다보았다. “무슨 계획인데요?”

“노친네 생신파티가 끝난 다음날 아침에 샌프란시스코로

가서 이건을 만나서 추궁해 봅시다. 우리가 불시에 들이닥치면 뭔가를 알아낼 수 있을 거요.”

“좋아요,” 아이린이 시원스럽게 고개를 한 번 끄덕였다. “그거 아주 좋은 생각이에요.”

루크는 가볍게 미소를 지으면서 아이린의 얼굴을 바라보려고 그녀를 끌어당겼다. 현관문의 전등불빛 아래에서 본 아이린의 두 눈에는 깊은 그림자가 드리워져 있었다.

“오늘 밤, 터커 밀스 씨가 아이린을 놀라게 해서 안타깝네요.” 루크가 말했다.

“그는 그럴 생각이 없었잖아요.”

“맞아요. 하지만 그런 일이 없었더라면 좋았을 텐데… 정말 괜찮아요?”

“전 아직도 떨려요.” 아이린은 희미하게 억지로 미소를 지었다. “침실에 불이 꺼져 있다는 것을 깨닫고는 전 한동안 제자리에 얼어붙고 말았어요. 헤드라이트 불빛에 얼어붙은 사슴처럼요. 정신이 들자마자 밖으로 뛰쳐나왔어요.”

“그게 최선의 길이죠. 그런 상황에서는요…”

“제 모습이 우스꽝스럽게 보였을 거예요.”

“아뇨, 겁에 질려 있는 것처럼 보였어요.” 루크가 말했다. “당신은 신속하게 움직여서 지혜롭게 행동했어요. 그런 공포스러운 상황에서 모든 사람들이 다 그렇게 행동하지는 못하죠. 어떤 사람들은 그 자리에서 꼼짝을 못하죠."

"저도 공포에 질려 있었어요," 아이린이 속삭였다.

"알고 있어요," 루크는 아이린의 목덜미를 어루만지면서, 딱딱하게 긴장된 목 근육을 풀어 주려고 애썼다. "나도 알아요."

아이린은 눈을 감고 잠시 동안 그대로 있었다. "아, 정말 기분이 좋군요."

"한 가지 물어보고 싶은 게 있어요," 루크가 잠시 후에 말했다.

"뭔데요?"

"그 불 말이에요. 왜 밤새도록 불을 켜놓고 있어요?"

"제 방어본능이라고 불러도 좋겠죠." 아이린은 여전히 눈을 감고서 말했다.

"지금 이 순간에 이런 이야기하기는 좀 그렇지만, 누가 방으로 침입해 올지도 모른다는 두려움이 생긴다면 그 보다 더 좋은 안전시설이 있잖아요. 예를 들어, 안전경보기라든가 그런 거요. 아무리 사방에 불을 환하게 켜놓아도 밀스 씨가 방갈로 안으로 들어오는 것을 막는 데에는 소용이 없었다는 것을 오늘 밤에 실지로 목격했잖아요."

아이린은 눈을 떴다. 루크는 무엇인가에 사로잡힌 듯한 그녀의 눈을 들여다보면서 뼈 속까지 얼어붙는 것 같은 한기를 느꼈다.

"그날 밤, 집안의 불이 모두 꺼져 있었어요." 아이린은 불안하게도 아주 침착하고 냉정한 어조로 말했다. "저는 집에 늦게 돌아갔어요. 귀가시간이 훨씬 지나서요. 전 아빠가 정해놓은 엄격한 규칙 중의 하나를 어겼어요. 파멜라가 커비빌로 자동차를 몰고 가는 걸 내버려 두었어요. 그래서 그날 밤 가능하면 부모님의 얼굴을 대하고 싶지 않았어요. 집안의 불이 모두 꺼져 있길래, 전 부모님이 모두 잠드신 줄 알았어요. 그래서 부엌문을 이용해서 몰래 들어가려고 집 뒤쪽으로 갔어요."

루크는 맥신이 했던 말을 떠올렸다. *휴 스텐슨 씨가 자신의 집 부엌에서 부인을 총으로 쏴 죽이고, 자신도 총으로 자살했어요.*

루크는 아이린의 어깨를 힘주어 감싸 안았다. "정말 안타까운 일이에요. 이런 질문을 하지 말았어야 했는데 그 일에 대해서 더 이상 말하지 않아도 돼요. 적어도 지금은요, 오늘 밤에는요."

아이린은 그의 말을 듣고 있지 않는 것처럼 보였다. 이미 때가 늦었다는 것을 루크는 깨달았다. 그녀는 그 순간 다른 세계에 있었던 것이다.

"전 조심해서 아무 소리도 내지 않고, 불도 켜지 않으면… 아빠, 엄마가 알아차리지 못하실 거고… 그러면… 몰래 제 방으로 들어 갈 수 있을 거라고 생각했어요." 그녀가 말했다.

루크는 그런 일을 겪는 것이 얼마나 힘든 일인지 이해할 수 있었다. 또 그녀가 말하는 동안 그녀를 꼭 끌어 안아주는 것 외에 그가 할 수 있는 일이 아무 것도 없다는 것도 잘 알고 있었다. 그는 아이린의 어깨를 꼭 감싸 안았다.

"전 뒷문을 열쇠로 열었어요. 문을 열려고 하는데, 뭔가 무거운 것이 안에서 가로막고 있는 것처럼 느껴졌어요. 힘을 더 주어서 억지로 열려고 애썼어요. 마침내 문을 열자 처음 맡아보는 이상한 악취가 풍겨왔어요. 어쩌면 야생동물이 집안으로 들어와서 쓰레기통 속을 뒤졌을지도 모른다고 생각했죠. 하지만 그건 말이 안 되는 소리였어요. 엄마, 아빠가 그 소동을 몰랐을 리가 없었으니까요."

"아이린." 루크는 부드럽게 말했다. "내가 곁에 있어요."

"아무 것도 볼 수 없었어요." 아이린은 여전히 놀라울 정도로 감정이 없는 단조로운 어조로 말했다. "사방이 너무나 어두웠어요…”

“알아요,”

“문 옆의 벽에 있는 전기스위치를 더듬어 찾아서 불을 켰
어요…” 아이린은 몸을 떨면서, 숨을 훅 들이마셨다. “그런
다음, 모든 것이 보였어요…”

“아이린, 이제 됐어요.” 루크는 그녀를 끌어안고서 천천
히 부드럽게 흔들어 주었다. “더 이상 말 안 해도 돼요. 이제
밤새 불을 켜 놓는 것에 대해서 이해할 수 있어요.”

“마치 제가 다른 세계에 와 있는 것 같았어요.” 아이린은
루크의 셔츠에 몸을 기대고 말했다. “그곳에 혼자 있을 수가
없었어요. 그래서 잠시 동안 다른 곳에 가 있었어요.”

“알아요, 알아요…” 루크는 그녀의 머리칼을 쓰다듬었다.
“나도 그렇게 다른 세계에 가 있었던 적이 있어요.”

“당신이 전쟁터에 가 있었던 적이 있었다고 제이슨이 그
랬어요.”

“방금 말했듯이, 다른 세계였죠.”

“그러면 사람들이 어떻게 보였는지 알겠네요, 그렇죠?”

루크는 그녀가 하는 말이 무슨 의미인지를 잘 알고 있었
다. “그래요.”

“당신이 아는 사람들, 당신이 사랑하는 사람들, 그때 그

사람들이 어떻게 보였는지… 잘 알고 있겠죠. 그때의 느낌
이 어떤 건지도 잘 알겠네요. 그리곤 왜 제가 아니고 그 사
람들이냐고 울부짖었죠.”

“그 일이 있은 후, 세상이 달라 보였어요.” 루크가 말했다.
“결코 예전과 같을 수가 없었죠. 그런 다른 세계에 가 본 경
험이 없는 사람들은 이해할 수 없을 거예요. 우리 같은 사람
들이 그곳에서 현실로 다시 돌아왔을 때, 아무 일도 없었다
는 듯이 태연한 척하는 것이 얼마나 힘드는 일인가를…”

아이린은 두 팔로 루크를 꼭 끌어안았다.

그들은 그렇게 서로 끌어안고서 아무 말 없이 오랫동안
함께 서 있었다. 잠시 후, 루크는 아이린을 집안으로 데리고
들어갔다. 그는 침실까지 그녀를 데리고 가서 전등불을 켰
다.

아이린은 그의 곁을 벗어나서 약간 거리를 두었다. 그녀
는 떨리는 미소를 지으면서 눈가에 맺힌 눈물을 소매로 닦
았다. “걱정 마세요. 아침이 되면 평소의 상태로 돌아가 있
을 거예요.”

“물론이죠,” 루크가 말했다. “당신이 괜찮다면 난 오늘 밤
여기 소파에서 자고 싶어요.”

아이린은 눈을 깜박거리다가 두 눈을 크게 떴다. “왜 그렇

게 하실려구요?”

“오늘 밤에 당신이 몹시 놀랐기 때문이에요. 또 내가 당신의 옛 상처에 대해서 물었기 때문이에요. 그리고 당신이 대답을 했기 때문이에요. 오늘 밤 혼자 있고 싶지 않죠? 그렇죠?”

“예.” 아이린이 말했다.

순수하고 고통스럽고 솔직한 그녀의 대답이 루크의 가슴을 찡하게 했다. 다른 사람과 이렇게 가까이 함께 밤을 지새는 것에 익숙하지 않은 모양이야. 루크가 생각했다.

“나도 그래요.” 루크는 작은 벽장문을 열어서 속에 들어 있는 여분의 베개와 담요를 꺼냈다. “현관방의 불을 좀 어둡게 해도 괜찮겠어요? 그게 싫다면 셔츠를 얼굴 위에 덮고 잘게요.”

“괜찮아요.” 아이린이 말했다. “당신이 거기에 있다는 것을 아는 이상 이제 어둠이 두렵지 않아요.”

— 2권에서 계속